U0093707

INFORMATION BROKER

牛哥 著

情報掮客・下

情報掮客 下

目次

第一章　敗兵之將言勇

于芃見駱駝言語滑稽，格格地笑了起來，笑得前合後仰的，憨態畢露，說：「義父真是會開玩笑！」

夏落紅知道駱駝是在故意作弄他，臉紅過耳，窘態畢露，唯有不吭聲，瞧這老頭兒還要怎麼樣？

駱駝忽地又問于芃說：「于芃，你是否打算和我同住在一間酒店內？」

于芃說：「我匆匆到香港來，還不是全聽你們的安排？」

「夏落紅，你的意見如何？」駱駝問。

夏落紅忽說：「義父，請你停車，我想和于芃暢談一番，她的行李，請你先帶到酒店去，好嗎？」

「你們要到什麼地方去？」駱駝踩了剎車之後問。

「我和于芃離別已久，想找個清靜的地方……」

于芃插嘴說：「已經是吃飯的時候了，我們何不大家在一起敘敘？咦？剛才我好像看見彭虎也在機場內，為什麼一眨眼就不見了，還有查大媽、孫阿七他們呢？」

「我會詳細告訴你的！」夏落紅推開了車門，拉著于芃走出車外。

夏落紅和于芃走在行人熙攘的馬路上，于芃瞧著夏落紅的臉色不對，似乎悶悶不樂，便說：「你好像和你的義父在鬧什麼彆扭似的，什麼事情這樣不開心呀？」

夏落紅一聲嘆息，無限感慨地說：「一言難盡！」

「是否我來壞了？」

「不！絕對不是這樣！」他連忙否認，邊搔著頭皮，自語說：「我們找個什麼地方吃飯最好呢？」

于芃也幫著他在想，忽說：「在香港，吃海鮮最好！」

夏落紅說：「對，我們到水上飯店去，那兒既清靜，要吃的東西又新鮮好吃。」

於是他倆攔了一部出租汽車，便驅往「水上飯店」去了。

那是一艘龐大無比的畫舫，緊貼著岸，燈光輝煌，雕樑畫棟，天花板上是七彩的圖案，還懸著宮燈，顯得古色古香。

夏落紅和于芄選了一個靠窗僻靜的坐位，兩人對坐，夏落紅仍好像是心事重重，肚子裡有許多話無法啓齒。

跑堂的已經過來，遞上「菜牌」請他們點菜，夏落紅將菜牌交到于芄手中。

于芄說：「我離開香港久了，吃慣了麵包和牛排，對自己的家鄉菜都不認識啦！」

夏落紅便吩咐跑堂的要了蝦、蠔、蟹和石斑魚，跑堂的送上茶，擺上杯筷之後便離開了。

夏落紅和于芄相對無言，于芄不時向他露出笑臉。

于芄的臉容秀麗，明眸皓齒的，打扮也是那樣的素淡，使人有極其清新之感。

夏落紅的用情，是多方面的，他並非是對于芄忘情，也或是有「喜新厭舊」的心腸，夏落紅的性格，「有奶便是娘」，哪一位少女和他接近，感情就會超越其他一切。

他深愛著于芄，但是和古玲玉「雙宿雙飛」的一段時間裡，他又愛古玲玉高於一切。在于芄未抵達香港之先，他對古玲玉「情堅不移」，海枯石爛，此心不變，一個非君莫屬，一個是非卿莫娶。

夏落紅好像是很有決心，要和于芄解除婚約，一心一意和古玲玉白首偕老了，甚至於當駱駝告訴他于芄將要抵港時，他也很有勇氣，決心要向于芄將和古玲玉相戀的經過始末說出，但是現在面臨抉擇的時候到了，夏落紅卻躊躇著不忍開口，于芄之美，是秀外慧中；古玲玉之誘人，是活潑刁野，她倆是兩種不同典型的美，而這兩種典型的美人夏落紅都愛，最好是兩者兼而得之。

可是時代不同了，三妻四妾的時代已經過去，魚與熊掌，不可兼得！該怎麼辦呢？

夏落紅默對著于芄，兩人目光交換，夏落紅愈看于芄愈是可愛，使得他心中癢酥酥的，可是腦海之中卻不時的湧現出古玲玉的影子，古玲玉還在等候著他的消息，他該怎樣給古玲玉回報？

「海濱大酒店」距離駱駝居住的「安普樂斯」酒店並不太遠。

古玲玉選擇居住在這個地方，顯然是有著她的用心的，也許是特別要和夏落紅靠得近一點。

她真像到香港地頭上來做富婆一樣，訂了最爲豪華的套間，出手闊綽，飲食都是佳餚美酒，每天不睡到午後是不起床的。

一日已是日正當中，僕歐敲門，報告說：「有客拜訪！」

古玲玉以爲夏落紅回來了，披上睡衣，光著大腿就下了床，一搖三擺，滿室生春，她擰開了大門，正打算擁抱情郎來個見面吻，豈料大門拉開，門首立著的是一個禿子，老鼠眼、朝天鼻子、大齙牙、身材的高度和古玲玉相差無幾……

古玲玉嚇了一跳，失聲驚呼著，往後退了四五步，「你，你……怎麼來了？」她吶吶地說。

「總該輪到我來了。」駱駝笑嘻嘻地說。

古玲玉雙手抱著胸脯，一個閃身急忙跑回臥房裡去，搶起一件洋裝鑽頭套上，好一副狼狽不堪的形狀。

「你來幹什麼？」她問。

駱駝摸出煙斗，劃火柴燃點上，翹起二郎腿在沙發椅上坐下。

「古玲玉，其實你我的交情早在你認識夏落紅之先，在沙哇奴爵士的慈善舞會裡，我真是『一舞難忘』，在那一舞之後，我們種下了不解之緣，你認爲對否？」

古玲玉冷嗤說：「天下本無事，所有的麻煩，全是你『活見鬼』搞出來的！」

駱駝咬著煙斗，抖搖著二郎腿，以輕佻的語氣說：「你的乾媽毛引弟夫人可好？」

「舉槍自盡了！」古玲玉冷然回答說。

駱駝一怔，又說：「金煥聲呢？」

「被逮捕了！」

「還有查禮周他們呢？」

「查禮周他們作鳥獸散了！」

「這樣說，你是漏網之魚了？」

古玲玉說：「我本來早就退出了他們的圈子，所以這案件於我無關的！」

駱駝頷首，微笑忽而正色說：「我們打開天窗說亮話，你到香港來的目的究竟是什麼？」

古玲玉瞪大了俏眼，霎霎的閃亮，說：「我是找夏落紅來的！」

「你真是個專情不二的人麼？」

「至少，我爲夏落紅不遠千里而來！」

駱駝正色說：「你席捲我們的數十萬元鉅款，這筆錢，現在下落何處？」

古玲玉慢條斯理地說：「這是一筆不義之財，我將它物歸原主了！」

「嚇！」駱駝高聲怪呼起來，說：「這筆錢，是我們好不容易自國際間諜的魔掌之中挖出來的，你竟說將它物歸原主了？」

「只有這樣我才可以回復自由之身！相信你和夏落紅都不會介意這筆錢的！」

駱駝大爲惱怒，說：「你倒說得輕鬆，幾十萬美金就憑你這麼一句話就報銷了麼？」

古玲玉含笑說：「駱教授，你在外面跑跑已經不是一天了，江湖上有言，錢算什麼東西？生不帶來，死不帶去。憑你在此道上混了這麼多的年頭，幾十萬美金算個什麼東西？夏落紅甚至於願出更多的代價讓我恢復自由之身呢！」

駱駝再次燃著了煙斗，吞雲吐霧了一陣子，和古玲玉面對面坐了下來，正下神色說：「我可以給你一語道破，你是爲那份軍事機密文件而來的！」

「什麼軍事機密文件？」古玲玉故意含糊說。

「你居然會不懂嗎？就是珍珠港海軍招待所失竊的那份真的軍事機密文件，內中還有部分是工事建築藍圖！」

「哦！」古玲玉點了點頭。「就是有一隻帶著了手銬的公事包，裡面裝載著的文件麼？」

駱駝說：「你冒著生命的危險爬牆越壁將它盜竊出來，難道說還不知道它的內容麼？」

「我受義母的恩典撫養教養成人，她命令我做任何的事情，我從不查問根由的！」

「現在你是否又是受命來奪取這重要的文件呢？」

「不！義母已經自殺，沒有人能約束我、命令我做任何事情了，我已經是個自由人啦！」

駱駝一口咬定，「不！我可以斷定你是爲那些文件而來！」

古玲玉含笑，說：「不！你錯了，我是爲夏落紅而來！」

「哼！夏落紅那小子，我就不知道你憑哪一點將他迷住了！」

「駱教授，你是到了花甲之年，和時代已經脫節了！愛情之偉大是可以犧牲一切的……」

「嘿！夏落紅早已訂婚，難道說你有意要拆散他們的姻緣？」

「夏落紅已經後悔他那宗父母之命，媒妁之言的婚約，這一次他是自主的，他要解除過去的婚約呢！」

「胡說八道，他受誰個父母之命？誰個媒妁之言？婚約是他自己訂的！」

「不管怎樣，夏落紅和我已經沒有人能夠把我們分開了！」

駱駝正色說：「你迷惑夏落紅的目的無非是爲那些秘密的軍事文件！」

「秘密文件已經與我無關了！」古玲玉說：「我已經退出了這可厭的圈子，找尋著一個好的對象，打算好好地過幸福家庭的生活！」

駱駝搔著頭皮，他開始疑惑，古玲玉究竟是怎麼回事？在初和古玲玉接觸時，駱駝認爲古玲玉是個涉世不深，天性純厚的女郎，到現在爲止，這印象還沒有消失。

古玲玉和夏落紅相戀，駱駝也不介意，夏落紅在用情方面本來就是不堅定的，駱駝已經有過好幾次的經驗！最可怕的就是古玲玉突然席捲了美金數十萬逃之夭夭。

現在，這個女人的目的何在？含意頗難使人了解，她是否真脫離了她的組織？是真心的和夏落紅相戀？或是爲那軍事機密文件？或爲報復而來？

駱駝自命智慧高人一等，但是他竟想不透古玲玉究竟是怎麼一回事？

駱駝搔著頭皮，慢吞吞地說：「我想和你『打開天窗說亮話』！把問題攤到桌面上講個明白！」

「我們之間恩怨已了，沒什麼可需要談的！」

「你需知道，夏落紅的未婚妻于芄，是一個極其可親可愛的女孩子，她和我們一家人的感情都非常融洽，所以，夏落紅婚約之變，對我們一家人在情感上會有著極大的影響……」

「你是打算替于芄說人情的麼？」

駱駝說：「是的，弱者女人，你也應該同情于芄，別導致他們解除婚約！」

「這件事應該由夏落紅自己來決定！」

駱駝又說：「我願意接受你任何的條件來交換這可怕的婚變！」

「我不會接受你任何的條件的！」

「甚至於我願意貢獻出那份軍事機密文件，正是你所希望得到的東西！」

古玲玉一怔，眼睛霎時亮了，可是只片刻之間，她卻吃吃笑了起來，說：「別唬我，任何條件我都不會接受！我絕對不會放棄夏落紅的！」

「一份軍事機密文件的價值是多少，你該明白，沙哇奴爵士就出價了六十五萬美金……」

「價值再多我也不會放棄夏落紅，愛情是無價的！」

駱駝此行，似乎是失敗的，他故意向古玲玉提出軍事機密文件的問題，意圖試探古玲玉糾纏夏落紅的真正目的。

但是古玲玉刁狡異常，除了愛情之外，對其他的問題，一概不談。

連老謀深算的駱駝也感到棘手，只是在短短時間裡，這妮子竟變得如此的難纏，實在使人意想不到呢。

倏地，夏落紅在走廊上出現，他的神色匆匆，好像是趕著回來似的。

古玲玉房間的大門是敞開的，他一眼就可以看到駱駝那怪物在古玲玉的房間內。

夏落紅突然回至酒店裡，古玲玉無異得到精神上的勝利，她笑顏逐開的，立刻迎上去了。

「義父怎麼也到這裡來了？」夏落紅問。

「嗨！老朋友抵港了，先入爲主，我想略盡地主之誼呢！」駱駝回答說。

夏落紅瞪了義父一眼，他心中想，這個老怪物可能是蓄意破壞他而來的。

「夏落紅，別瞪眼！」駱駝正色說：「要知道我和古小姐的交情在先，你是後來居上的，穿針引線還是我做紅娘的呢！」

夏落紅和古玲玉雙雙用無言的反抗，乾脆不說話了。

駱駝咬著煙斗，仍不肯離去。

「于芄怎樣了？」他忽地又問。

「我將她送回酒店裡去休息了！」夏落紅說。

「談判得如何？」

「還沒有結果！」

「瞧你的臉色，好像很有爲難之處，是否有需要老夫幫忙你解決問題呢？」

夏落紅說：「不！我自己的事情自己解決！」

夏落紅毫無表情地僵立著，場面顯得十分的尷尬，駱駝待著，自己也覺得無聊，聳了聳肩膊，說：「那麼再見了！」他揮了揮手，大步跨出房門之外。

「再見！」古玲玉一抬腳，將門砰然踢上，和夏落紅相對一笑。

他們又來了一個見面的熱烈擁吻。

駱駝像鬥敗了的公雞，垂首喪氣，由電梯降下樓去。

他剛走出電梯門，只見大廳上坐著一位女郎，楚楚動人，一副失意的形狀。「呵？于芄，你怎麼會在這裡？」駱駝急問。

于芄還未開口，便是熱淚盈眶的。

駱駝是「慈父」心腸，掏出手帕，爲這未來的兒媳拭淚。

原來，于芄和夏落紅自見面到分手，一直覺得夏落紅的神色不正，而且一直催促著她回酒店去休息。

于芄心中有了疑惑，待夏落紅離開酒店之際悄悄的跟蹤，於是到達了這間「海濱大酒店」。

夏落紅不論到任何地方去，出手都十分闊綽，酒店裡上下的人沒有對他不認識的。

于芄向帳房查問，知道夏落紅和一個女郎同居在此，立時傷心欲絕，她本擬闖進房去的，但是又拉不下這副臉。

當她查問房間號碼之後，上到樓去，古玲玉的套房大門正開著，發現駱駝也在房內，駱駝好像正在向夏落紅申斥呢。

于芃的心中稍爲得到點安慰，於是她悄悄的落至大廳之中，耐心地等候著。

駱駝走出電梯正好和她見面，于芃在一陣激動的情緒之下，不禁珠淚盈眶矣。

駱駝安慰她說：「這並非是什麼大不了的事情，年輕人少不了總會有些糊塗事情的！我在年輕時候，也曾經發生過好幾次類似的事件，但是很快的就會反省過來了，你只管放心，我相信夏落紅也很快的就會覺悟的！」

于芃一聲長嘆，說：「想不到我不遠千里而來，就爲著是看這種事！」

駱駝說：「這只怪我不好，一連拍了好幾封電報催促你趕到香港來，使你落得難堪！」

于芃忍不住悲切，嚶嚶而泣，在酒店的大客廳內，眾目睽睽，實在難看。駱駝攙扶她離座，邊安慰著說：「你需要忍耐，並鼓足勇氣面對事實，夏落紅並非是壞人，只是有時候會糊塗罷了！」

于芃說：「我恨不得馬上飛回美國去！」

「那是失敗主義，難道說，你不敢作戰麼？不論在任何條件之下，你都應該能夠將對手擊敗，假如說戀愛是一帆風順沒有絲毫波瀾的話，那還有什麼意思呢？經過了波折而重新合好，會倍增恩愛的！」

駱駝自己駕來了一輛小汽車，攙于芃進入汽車之後，發動引擎，向他們所住的「安普樂斯」酒店而去。

于芃伏在座上泣不成聲。

夏落紅對他的義父突然拜訪古玲玉很感到疑惑。

這個老兒，刁鑽古怪，鬼計多端，究竟他又耍什麼把戲？出什麼絕招，很難捉摸。夏落紅在「魚與熊掌」兩者均不忍捨棄的情況之下，他真希望能夠分身有術，一面敷衍古玲玉，一面敷衍于芃，享盡齊人之福。

當然，夏落紅肚子裡有數，駱駝他們一夥人，全都是同情于芃的，絕對不會有人幫古玲玉說話。

也就因爲如此，夏落紅就傾向祖護古玲玉的一方面成分較多。

「我的義父向你說了什麼？」夏落紅問。

「這還用說嗎？他希望你和我能夠分開！」古玲玉很坦率地說出。

「老糊塗！」夏落紅詛咒說：「另外還說了些什麼？」

「他提到那筆錢的下落！」

「你怎麼說？」

「我告訴他，錢已經物歸原主，頓時，他跳腳咆哮不止，大罵混蛋不已，我告訴他說，這是骯髒錢，佔有這種錢是不名譽的，終身會留下污點！但是他指定要我賠出來！」

「唉，義父真是個老財迷，這麼大的一把年紀了，又不是沒有錢養老，何必呢？」

古玲玉長吁短嘆，嫵媚地說：「我真願意賠出來，這完全是爲了你，乾媽在生之時，還留下有一點積蓄，她老人家去世之後，這筆錢我又用不著，不如送給你義父贖罪算了！」

夏落紅說：「這個老兒是個怪物，錢到了手，可能派不上用場，他就會馬上捐給慈善機關，一隻手來一隻手去，他就喜歡磨人！」

「假如不把錢賠出來，對你不好，我於心也不安的！」

「管他，別理睬他就得了！」夏落紅很慷慨地說。

「我完全是爲了你著想！」

「另外義父還說了些什麼沒有？」

古玲玉故意吞吞吐吐，含糊欲言又止。

夏落紅會錯了意思，說：「你是否告訴他你已經懷孕了？」

「不！我們未經合法手續正式成爲夫妻，名不正言不順。」古玲玉發嗔說。

夏落紅不禁臉紅過耳，訕訕地說：「那麼什麼事情使你難以啓齒呢？」

「很可怕呢！」古玲玉皺著眉宇，至玻璃櫥前斟了兩杯酒。

「你對我還有什麼好吞吞吐吐的？」

「你義父提及到珍珠港海軍招待所丟失的軍事機密文件……」

「軍事機密文件麼？」夏落紅頓時眼睛一亮。

「是的，他慫恿我，打算用那份文件交換你！」古玲玉說。

「什麼？」夏落紅怪叫起來，「拿我做交換的對象？那是什麼意思？」

古玲玉說：「他的意思是將文件交給我，讓我遠走高飛，永遠和你斷絕往來，他說，這文件的價値極高，得到這份文件，可以終身不愁享受……」

「哼！老糊塗，可惡之極了！竟然將我當做物品交換的對象！」夏落紅詛咒著說。

古玲玉端了酒，和夏落紅對飲，一杯下肚，桃腮微紅，顯得分外的嬌媚，她坐落在梳妝檯前去理弄她那凌亂的一頭秀髮。

「你和于芄談得如何了？」她改變了話題而問。

「沒有結果！」夏落紅吁了口氣，又自動去斟了一杯酒。

「我早就知道不會有什麼結果的！」

「玲玉，別這樣說，反正事情是總得要解決的！」

古玲玉嬌嗔說：「哼，等到我的腹部瞞不了人的時候，再解決問題？我可丟不了這個人！」

夏落紅愁腸百結，實在不知道該如何是好，這是多情之累也！

古玲玉開始更換衣裳，露出一身細皮白肉，夏落紅心癢難熬。

「今晚上你是要敷衍我？還是去找你的未婚妻？」

「噢！」夏落紅如在夢中驚醒，忙說：「我既然到你的身邊來了，當然是陪伴你的……」

孫阿七抵港之後，接替了彭虎的任務，負責監視杜雲生。

杜雲生抵港之後，並沒有積極展開活動，他住到一間「紅底黃字招牌」的旅店裡，那旅店的名字是「華商酒店」，當然，這個酒店就是間諜的活動大本營。

彭虎已經探聽清楚杜雲生是住那一號的房間，等到孫阿七接替時，所有的情報全有了。

杜雲生在頭一天晚上，並沒有什麼動靜，大概是疲倦了，略吃了點酒就睡覺了。第二天晚上招了一位應召女郎，可是他並非是爲解決性苦悶而爲的。一整夜裡，他和那位應召女郎談個沒完沒了，至黎明始散。

孫阿七是以飛索絕技，由屋頂平台掛繩索落至杜雲生的房間窗戶外向內窺伺的，由於那扇窗戶嚴緊，等到那位應召女郎進室之後，杜雲生還垂下了窗簾，孫阿七想從那窗簾的縫隙向內偷窺，甚感爲難，同時，他們在房內所說的，那是什麼把戲？孫阿七連一句也聽不見。

第三天晚上的情形可不對了。杜雲生的房內可來了一批外型魑魅魍魎的人物，他們似在開特別的會議。

孫阿七隔著窗戶，還是連一句也聽不到。

到了子夜間，只見那批古怪的人物，一個個掏出槍械，檢查彈藥。

「搞什麼鬼？莫非要大開殺戒不成？」孫阿七心中嘀咕著。

爲了要探求真相，孫阿七仗著藝高膽大，竟摸出劃玻璃鑽刀。

他使勁按著，在玻璃窗上劃了一個圓洞，用手接頭輕輕一敲，玻璃向內脫落，只發出些微聲息。

他便附耳向玻璃洞內偷聽。

可是，那片破玻璃落地的聲息，已經將房內那些職業兇手驚動了。

「什麼聲音？」一個機警的傢伙問。

「玻璃窗……」另一個說。

「窗外有人！」

「劈！劈！劈！」裝有滅聲器的槍械，不斷地朝著孫阿七的身影猛射。

好在孫阿七的動作機警俐落，只在一揉一縱之間已上至平台。

他知道歹徒們是不會就此甘休的，必然會追蹤到平台上來，他已經不能由這間酒店的原路下去了。

「劈，劈，劈，」槍聲又響。

孫阿七的身手快如脫兔，他只在一縱身之間，已進入對屋平台的欄牆，接著身形一滾，已沒入暗影之中，槍擊已沒有用處。

孫阿七逃脫了性命，回至「安普樂斯」酒店之中向駱駝報告。

他將杜雲生和槍手聚會接觸頻頻的情形，由頭至尾詳細敘了一遍，最後他被槍手發現，被亂槍射擊而越屋逃亡……一五一十向駱駝報告。

駱駝甚感詫異，杜雲生自抵港之後，一直沒向外活動，相反的，邀約大批的槍手聚會在酒店之內，接觸頻頻，理由何在?究竟有何用心?

駱駝判斷杜雲生的目的不外乎有兩項，一是為那份軍事機密文件而來，另一項則純是為報復而來。

「我們可能會遭遇到最艱鉅的戰鬥呢!」他吶吶說。

下午，駱駝外出購物，一間玻璃傢俱店派來了三四個伙計，每個人都捧著好幾面巨型的鏡子。駱駝購買這麼許多的鏡子幹嗎？他又要使弄什麼詭計，或是有什麼特別的企圖？他將鏡子左右前後對窗戶而豎，經常面對鏡子背窗而坐，這樣，由幾面鏡子的一再折射反映，可以看到屋內每一扇鏡子都有一個駱駝在內坐著，它們的動作是一致的，駱駝抽煙斗，每一個鏡子內都抽煙斗，只是由於角度不同的關係，有正面的，有側身的，有半側身的，很容易看得眼花撩亂。

于芃至駱駝的房門前敲門，當她跨進房門時，大感詫異。「豎這麼多的鏡子幹嗎？」她問。

駱駝說：「我在練習表情罷了！」

于芃不解，說：「打算改行演戲麼？」

駱駝說：「這年頭，混生活不容易，每一樣的把戲都需懂得呢，也許我的佈置很快的就能見效！」

于芃之所以來找駱駝，是因為夏落紅一整夜都沒返回酒店。于芃非常的生氣，她認為夏落紅是貪新厭舊，絕情絕義，被那狐狸精給迷住了。

她說：「我留在這裡已經沒什意思了，不如歸去！」她是要求駱駝為她辦離境手續的。

駱駝嘆息說：「人生在世不可以沒有鬥志！生命，事業，愛情，是相等的；假如說，沒有一點挫折的話，反而顯得平淡無奇的！若稍遇挫折而沮喪灰心的話，豈不浪費了上蒼賦與我們生命上應有的權利？」

于芃說：「對這種權利，我再也不感興趣了！」

「你並沒有挫敗，只是沒有鬥志罷了！」駱駝說。

于芃擔憂說：「難道說，我要和一個從未見過面的女人去搶奪自己的未婚夫？」

駱駝說：「這是很不平凡而且十足有趣的事情，最後的勝利必屬於你，又何樂而不為？」

于芃搖首：「我覺得十分難堪呢……」

「不！不要把生命看得太平淡了，起了高潮才有意義！」

夏落紅真個好像是被古玲玉迷昏了頭，和于芃分手之後，根本就沒有回返酒店去過。

古玲玉的目的和企圖很難猜測，不過，駱駝是敏感的，他認定古玲玉的目的，一定是為那份軍事機密文件而來的。

古玲玉纏住夏落紅，是一種「煙幕彈」的作法，駱駝尚不知道古玲玉自稱已經懷孕了呢。

是夜，古玲玉和夏落紅又出現在一家夜總會裡，他們趕上了熱鬧。

法國來了一個「人妖歌舞團」，稱為「巴黎嘉立蘇豔舞團」，且看他們的宣傳廣告，就足夠吸引人的，他們認為是「性的倒亂」，七位雄赳赳的男兒，變成嬌滴滴的小姐，認為是醫學界的奇蹟，並證明了變性的男兒比女人更有吸引力。

香港是一個十里洋場的都市，人們多愛好新奇，所謂「八十歲不死都有新聞聽」，就是這個道理。搞娛樂的色情販子將「人妖歌舞團」的廣告吹噓得天花亂墜，因之，這間夜總會每天晚上是坐無虛席，茶資和門票都漲了價，但是為欣賞人妖歌舞團的賓客仍然蜂湧而至。

夏落紅和古玲玉是為湊熱鬧而來的，在正午間，古玲玉已打了電話訂了一張靠近舞池的座位，進門就付過小費給那保留座位的侍役。

要了飲品和食物，不多久，「巴黎嘉立蘇豔舞團」就開始表演了。

經過報告員的報告後，全場的電燈一黑，沒有訂好靠近舞池座位的客人們紛紛湧向舞池，平日間道貌岸然西裝革履的紳士們，也如糞蛆般的亂湧亂擠，眼睛瞪得賊大，仕女們有脫下高跟鞋站到椅子上去的。這似乎已經不是一個紳士淑女跳交際舞的高級場所了。

不久，音樂台奏出了節奏輕快的音樂，燈光由微弱漸轉回復正常，舞池內現出七位袒胸蜂腰女郎的背影，有金髮的、有銀髮的、有棕髮的、有黑髮的。

瞧他們的肌膚，玉潔冰瑩，細滑得較之女性更甚，雖然他們都是男性。

古玲玉和夏落紅是聚精會神去欣賞這短短的四十五分鐘的豔舞。

古玲玉還品頭論足的，哪個漂亮；哪個姿色平平；哪個身材好；哪個大腿最美。觀眾的人潮散開了，還在議論紛紛，夏落紅和古玲玉回過頭同時嚇了一大跳。

原來于芃出現在他們的背後了呢，于芃也不知道是在什麼時候到的。

「噢！你……你怎麼也來了……？」夏落紅吶吶說。

于芃冷冷地說：「我爲什麼不能來，買門票，看豔舞，這是很平常的事情！」

「一個人來的麼？」

「臨時找不到伴，難道說要我登報徵求不行？」

夏落紅頓覺得一陣難堪，以咳嗽掩飾，吶吶說：「爲什麼義父沒陪伴你？」

「他是個忙人，同時，他以爲我本來應該有人陪伴的！」于芄的眼光和古玲玉接觸。她倆互相都有妒忌的心理，女人和女人之間對了面都要互相打量一番的。

「爲什麼不替我介紹一番？」于芄叉著腰問。

夏落紅手忙腳亂，忙指著古玲玉介紹說：「這位是古玲玉小姐，我們是在夏威夷認識的……這位是……」

「不用介紹了，我知道！」古玲玉搶先說：「這位是你的未婚妻于芄小姐，對嗎？」

夏落紅尷尬地點頭，邊又問于芄說：「你坐在什麼地方？」

于芄答：「還未尋著座位呢！」

「我們何不坐到一起呢？」古玲玉反而建議道。

夏落紅忙替于芄移過椅子，招待她坐下，于芄當然不會客氣，大模大樣，一屁股就坐下了，好像是有意思找晦氣來的。

「你要喝點什麼？」夏落紅問道。

「當然要找最貴的喝，反正有孫子付帳！」于芄泰然地說。

夏落紅無可奈何，便招呼侍役要了一瓶香檳。

于芄再加重語氣說：「要『玫瑰香檳』！」

香檳酒本來就是最貴重的飲料，加上彩色，那是貴上加貴。

古玲玉很不服氣，因爲她所點的飲料只是一杯碧綠色的薄荷酒呢。

不久，侍役已送來了一隻冰桶，內藏「玫瑰香檳」一瓶，啓瓶塞，像打氣槍一樣的，「乒」的一聲，瓶塞打到天花板上去了。

侍役執瓶，傾出來是像瑪瑙色般的「玫瑰香檳」，香噴噴的，會叫不吃酒的人也會饞涎欲滴。

古玲玉有了酸勁，向夏落紅說：「你有什麼話要向你的未婚妻說的，現在是時候了！」

夏落紅惶然不知所措，說：「我要說些什麼呢？」

「咦？你不是說過要和未婚妻攤牌？」古玲玉說。

「唉，現在不是時候……」

「在任何地方豈不是一樣可以啓齒麼？」古玲玉故意說：「難道說你和我所說的話，是言不由衷的麼？」

于芄不樂，便說：「夏落紅，你的劣跡行爲我全知道，有什麼話，你只管說吧！」

「唉！現在不是談這些問題的時候！」夏落紅吶吶說。

「沒關係，反正問題是遲早要談的！」于芄說。

「不，我們不要在此出洋相！……」

「大丈夫要敢作敢爲，天底下有什麼事情不能當面說的？」

古玲玉又插口說：「大概夏落紅對兩方面所說的話都不一樣，所以不敢面對事實！」

「唉，你們是在故意苦惱我……」

「假如你是欺騙我的話，你同樣可以欺騙你的未婚妻，不如我替你把真話說了！」

「古玲玉，不要逼我太甚！」夏落紅說。

「我當你說的是真話所以才這樣說的！」

「既然如此，你何不替夏落紅把話說明白呢？」于芃冷冷地說。

「他要和你解除婚約！」古玲玉正下神色說。

于芃故作驚訝之狀，但並不在乎，說：「真的麼？千里迢迢把我請到香港來，原來只是爲這個嗎？倒是難以令人置信呢！」

夏落紅連忙雙手亂搖，勸止說：「你們兩位最好別在這裡吵鬧，在公共場所之中難看呵……」但是兩位女郎，針鋒相對，互不相讓，使得夏落紅窘困之至，左右做人難，恨不得地上有個洞好鑽進去。

正在這時，只聽得身後有一個粗暴的聲音，高聲喝道：「你爲什麼踩我的腳？」

「呸！誰踩你的腳了？」

原來那是彭虎，他不知道在什麼時候坐落在這間夜總會裡，他正在指責一位打身旁走的舞客踩了他的腳呢，只見他吹鬍子瞪眼睛煞有其事似的。

那位舞客，是位年輕的小夥子，和他同來的有五六名飛男飛女之流，很受不了被人當面凌辱。

「你踩了我的腳，非但不道歉還好像理直氣壯的，趕快替我把布鞋擦乾淨，要不然要你好看！」彭虎是一臉孔要找打架的神色。

「你這個人究竟講不講理？我走過路的地方，距離你有好幾尺遠，怎麼會踩到了你的腳呢？」

「你不替我擦布鞋麼？」彭虎再問。

「你是存心要找麻煩了？」

那客人招手之間，和他同道而來的幾名阿飛全圍上來了。

彭虎哪在乎這些，任憑他們再多來個十來個人，彭虎也不放在眼內。

「打架啦……」有人高聲呼喊。

於是，場面上的秩序大亂，剎那間桌椅翻飛，彭虎特別起勁，幾個阿飛全吃了他的苦頭。

「快打電話報警……」夜總會的辦事人員呼喊著。

夏落紅忽而驚覺，彭虎可能是爲他解圍而來的，此時不走尙待何時？

他趕忙招呼古玲玉和于芄說：「打架了，我們快走吧……」

于芄膽子較小，最怕遇著這類的事情，慌慌張張的，拾起手皮包擠在人叢之中往外便跑。

夏落紅拉著古玲玉追隨在于芄之後，古玲玉正在彆著氣呢，忸怩著，經人潮一擠竟把她擠掉了，夏落紅再回頭找尋時，古玲玉已不知去向了。

夏落紅帶著于芄出了夜總會，不見了古玲玉，在凌亂的場面之下，她不知道被擠到哪兒去了。

夏落紅在大門前守候了片刻，不斷地向那些陸續擠出來的人潮盼望。

于芄不樂，說：「我先走一步了！」

夏落紅說：「不！還是讓我送你回酒店去！」

于芄說：「不必！你既然和那個野女人同來，應該送她回去才是！」

「別難爲我，我已經夠苦惱了……」

「天底下有許多苦惱的事情是自己招來的，有些人認爲這是一種樂趣呢！」

「隨便你怎樣諷刺謾罵，但總得要給我一個解釋的機會！」

于芃冷嗤。「我不會像那個野女人一樣高興聽你花言巧語，既然你已經在古玲玉的面前有了聲明，就按照你的聲明辦事就是了！」

「我聲明了些什麼？」夏落紅猶作聲辯。

「你不是已經答應了她，要和我解除婚約麼？我不遠千里漂洋過海而來，就爲成全你而來的！……」

夏落紅大窘，吶吶地說：「天大的冤枉！」

「不要口是心非，否則又在古玲玉面前沒有交代了！」

「你別聽信讒言……」

「瞧！」于芃忽地向夏落紅的身後一指，說：「瞧，你的心上人來了！」

夏落紅猛一回首，在擁擠的人潮之中，哪有古玲玉的影子？

夏落紅再回過頭來時，只見于芃已跳上了一輛出租汽車。「于芃……」夏落紅叫喊。

于芃頭也不回，只刹那時間，汽車遠颺而去，將夏落紅撇留在燈光慘黯的路中央。

傢俱公司又給駱駝送來了好幾面大鏡子，這一次，是「哈哈鏡」，有凸型的，有凹型的，人影現在鏡子裡，會連自己也不認識自己，或會變成肥團的矮子，也會變成狹長的瘦人，看來怪模怪樣的。

駱駝好像需要「顧影自憐」，經常端著一杯酒，對著鏡子獨坐，將燈光扭得極黯，以欣賞自己在鏡子裡變成的怪形怪狀。

駱駝爲什麼突然之間有這樣的嗜好？令人百思不解。

是夜，駱駝又端著一杯酒，坐到僻靜的角落裡，對著鏡子，欣賞自己的尊容。忽而，聽到一點聲息，是靠內街的一扇窗戶傳過來的。

他便開始注意到面對那扇窗戶的鏡子，不久只見一根繩索垂下一個黑影，但他的動作並不夠機警俐落。

駱駝知道必然是有事故快要發生了，他很冷靜的，不動聲色，靜等候著那黑影的企圖。

剎時間，只見那黑影已貼近了鐵柵窗，雙手握著鐵枝，露出了一張怪臉，蛇頭獐目的，一隻鼠眼不住地向窗內張望，同時還摸出了傢伙。

忽而，他被鏡子內自己的影子所嚇，駱駝也乘這時倏地起立，故作姿態，像要向鏡子撲過去。

「砰！」槍聲一響，那歹徒竟開了火。

只聽得嘩啦啦的一陣玻璃破碎的聲響，鏡子被炸得粉碎，玻璃的碎片撒得遍地皆是。

駱駝急忙伏地，雙手護著腦袋和眼睛，他生怕被玻璃碎片所傷。

那一聲槍響過後，歹徒便告失蹤了，他已經離開了窗戶，重新攀繩回返平台上去了，這個人來得奇特，又去得匆忙。

他費盡了幾許的氣力由平台上垂繩下來，竟被鏡子裡自己的反影嚇得胡亂打了一槍，便又匆匆的溜掉了。

這個人究竟是什麼來路？是否和杜雲生他們是一黨的？或是普通的竊賊？假如說，那是杜雲生他們的黨羽的話呢，一照面便開火，這未免太可怕了！莫非他們已準備大開殺戒了？

幸好駱駝預備了這麼多面的鏡子，使他們無從捉摸目標，這也是他的老謀深算，早有這樣的布置，藉以試探對方。

駱駝正在猶豫間，房門上已經有人拍門了。

「駱教授，我聽到嘩啦啦的一陣聲音，究竟出了什麼事情？」是值夜班的僕歐過來查問。

「沒什麼，我不小心打碎了一面鏡子罷了！」駱駝回答說。

「噢，夜已深了，所有的客人都已睡熟，最好小心一點！」僕歐說。

「知道啦，沒你的事了，」駱駝吩咐說。

第二章　最瘋狂的賭注

正在這時，門外又有人拍門，駱駝以爲又是僕役來找麻煩，叱斥說：「沒你的事，別再來麻煩我！」

可是門鎖「咔啦啦」的一聲，自動擰開，探進一個人頭，鬼頭鬼腦地向內探望了一番。

駱駝一看，倒吸了一口涼氣，原來又是檀島那位刁探長到了。

駱駝躲避他已經多天了，自己肚子裡有著許多煩悶無法解決的事情，哪還有興趣和這個莫名其妙的傢伙多囉唆？

「唉，駱大哥，我找你好幾天了，爲什麼一直避不見面？……」他說。

駱駝一聲冷嗤，說：「什麼駱大哥、駱二弟的，你以前都稱呼我爲大騙子呢！」

刁探長毫不客氣地推門進來，他的身後還是跟著那位海灘上遇見的便衣。

「駱教授，我們之間的友誼不是一天了，何必意氣用事？要不然，我就不會放你離開檀市的。」

駱駝說：「別忘記我是被限制離境的！」

刁探長說：「現在我可歡迎你回去！」

駱駝說：「世界這樣大，有海風椰樹的地方多的是！我何必要回檀島去做不受歡迎的人物？短短的假期內做了十多天的囚徒！」

刁探長說：「不！這一次你是被邀請的，是被列在最受歡迎的人物之中！」

「食髓知味，何必死而後已？我領教過一次滋味，不再有興趣了！」

「你不去的話，恐怕有人會受苦呢！」

駱駝怔怔地說：「誰？」

「你的爪牙，查大媽、吳策，還有那個扒竊幫的老祖宗何仁壽，他們都會吃不完兜著走的！」

駱駝說：「這事情於何仁壽何干？」

「這是不得已的做法，總該有替死鬼出來替大家把事情解決！」刁探長說。

「逼死人不償命嗎？」

「若以治安而言，這種人皆曰可殺，留在社會上後患無窮，不如教他早死投生！」

駱駝哈哈大笑，說：「你們真是民主國家的恥辱！」

刁探長正色說：「不管怎樣，我不遠千里而來，受盡你的冷漠和奚落，四五天尋不見你的人影，說實在話，我還是爲那份軍事機密文件而委屈求全來的。酒店的地下室有一間不夜天的酒吧，我請你吃宵夜如何？」

駱駝說：「刁探長向來一毛不拔的，爲什麼今天樂意破費呢？」

刁探長說：「我們久別，該借此機會歡聚一番！」

駱駝像是另有圖謀，接受了刁探長的邀請，離開了房間，由電梯下樓去。

一般說，這是「夜遊神俱樂部」，供人通宵玩樂的，大多數是一些舞廳或夜總會打烊後轉過來的客人，帶著舞女，以盡餘興也。

刁探長和駱駝找到一個座位，侍役遞上菜單，上面全是洋文，但是價目卻是阿拉伯字碼。

駱駝懶得研究菜單，找價錢最貴的點了一大堆，反正是刁探長請客，何不充闊客呢？

刁探長一反平日作風，還自動地要了酒，純是攀交情的形狀。

「現在，我們來談談正事如何？」他說到正題了。

「什麼稱爲正事？」駱駝故裝含糊。

「當然是那筆老買賣了！」

駱駝吃吃而笑道：「你是指那份軍事機密文件麼？」

刁探長點首，說：「我不遠千里而來，是爲渡假不成？」

「你估計得太便宜了！」駱駝故意裝瘋扮傻說：「你以爲請我吃這頓宵夜就可以解決這筆交易麼？」

「不！」刁探長忙解釋說：「一切的條件是依你的！」

「唔，這樣還可以有成交的機會！」

「可千萬拜托不要故意拖延時間，要知道鄺局長快急昏頭了！」

「我和鄺局長的交情並不厚，同時在檀島時他又沒給我特別優待，我是毋須爲他操心的！」

「請看在你我的交情上……」刁探長心焦如焚，幾乎把好話說盡了。

「有好消息！」駱駝忽而手舞足蹈地說。

「什麼好消息？」

「你們破獲了國際間諜案，但是主犯卻逃掉了！但是沙哇奴爵士不久就要出現在香港了，正如你說，你大可以用引渡法將他引渡回去！」

刁探長所急的，並不是沙哇奴爵士的問題，而是珍珠港海軍招待所失竊的文件的問題，沙哇奴爵士是否會出現在香港？能否用引渡法將他押解回檀島去，刁探長好像都不關心。

「還有！」駱駝又說：「下手盜竊那份文件的女賊，也出現在香港啦！」

刁探長怦然心跳，說：「你是說那份文件還在她的手中麼？」

駱駝說：「可能如此！」

刁探長急忙問：「現在那位女賊在什麼地方呢？」

剛好，侍役給他們上了菜。

駱駝拿起刀叉，指著菜碟說：「餓了，吃完這份大餐再說！」

每逢週末，香港的居民，泰半處在賭馬的狂熱之中。

平常出版僅能賣二三萬份的報紙，到了週末，會高昇至六七萬份，天底下的大事、國際新聞、社會新聞，全塞到三四版去了，一版的頭條新聞，全是「馬經」。

週末是賭馬最激烈的日子，「跑馬地」人山人海，下午二時開賽，上午十一點多馬場的進口處便排滿了長龍，但見紅男綠女，你推我擁的，交通阻塞，汽車早已經繞道而行，賣熟食的小攤子擺滿在街邊。

夏落紅有湊熱鬧的興趣，也可說是古玲玉慫恿的，古玲玉表示悶得發慌，湊湊熱鬧也許可以減卻內心的煩悶。

夏落紅的賭注下得很大，買賭券都是一次十多張這樣買的。除了熱馬之外，必搭配冷馬，輸足或是贏足。

古玲玉卻不同，每次五元只賭一券，而且賭的還是熱門馬的「位置」。所謂「位置」，就是跑頭二三名都有彩派，不過輸掉就是五元，而贏也贏不多，有時候贏得只是幾角錢而已。

古玲玉手執望遠鏡，她不是在看馬，而是在人堆之中看人，忽而她大叫一聲：「不好了！」

夏落紅被嚷的莫名其妙，說：「什麼事情？」

古玲玉將手中的望遠鏡一伸，指著地面上靠跑道的人群，教夏落紅看過去。

夏落紅接過望遠鏡，俯首向下窺望，邊說：「什麼事情大驚小怪的？」

「這個老傢伙怎麼也出現在香港了？」古玲玉喃喃說。

夏落紅以望遠鏡窺望了好半晌，他發現了一位穿著花格子絨上裝的紳士，高瘦的個子，狹長臉龐，半禿著頭，圓杏眼，鷹爪鼻，滿臉濃鬚，架著單一只紳士眼鏡，這個人看來面善。

「這個人是誰？」他問。

「沙哇奴爵士，不是嗎？」古玲玉說。

「哼，這傢伙跑到香港來幹嗎？他不是檀島破獲的國際間諜案的漏網之魚嗎？」

「我們快離開此地！」古玲玉說。

「爲什麼？你爲什麼怕他？」

「唉，我倒無所謂，重要的是你，沙哇奴爵士一定會殺你的！」

夏落紅失笑說：「沙哇奴是個僞裝紳士，他憑什麼殺我？我和他是無怨無仇的！」

「你的那位義父可把他騙慘了，害得他家散人亡，所有的事業全毀了，並且有家歸不得，他爲國際間諜畢生建立的功勞也化爲灰燼了！」古玲玉正色說：「他必定是爲報仇而來的！」

夏落紅赫赫大笑，說：「沙哇奴爵士就算是有天大的本領，也不敢在香港胡來的！」

「不管怎樣，這裡已經成爲是非之地了，我們走吧，最好是趕緊離開香港！」古玲玉惶惶不安地說。

駱駝因爲夏落紅和古玲玉突然失去了下落，甚爲擔憂。他心中想，這小子被古玲玉迷昏了頭，撇下了未婚妻，會跑到哪兒去呢？夏落紅該不致於糊塗到那種程度，隨古玲玉上大陸去了吧？

孫阿七和彭虎奉命整個香港可供玩樂的地方全跑遍了，就是找不到夏落紅的影子。夏落紅經常喜歡出現的幾個公共場所，彭虎和孫阿七都留下了線索，拜託了帳房先生，相熟的侍役只要是夏落紅出現，馬上要他們打電話相告。

孫阿七是鬼靈精比較敏感，他說：「週六和週日，澳門都賭狗，夏落紅和古玲玉是否會到澳門去玩了？」

彭虎卻提出相反的意見：「夏落紅並非是個真正的賭徒，他不會專門爲賭而去的！」

孫阿七說：「也許古玲玉會有什麼陰謀？」

彭虎說：「據我看，古玲玉和夏落紅是真正相戀，她還不致於會陷害夏落紅吧！」正在這時候，電話鈴聲響了，孫阿七拈起話筒，對方竟要求請駱教授聽電話。

稱呼駱駝爲駱教授的，是哪一門路的人馬？不問而知。

駱駝的情緒也顯得略爲有點不大自在，他咯了口痰，潤了潤喉嚨，說：「哪一位？」

「沙哇奴爵士！」對方說。

「唔！是沙哇奴爵士麼？久違了！」駱駝的神色爲之一怔，頓覺得來者不善，善者不來！

這傢伙自從在檀島成爲「漏網之魚」，自駕飛機逃逸之後，銷聲匿跡了一個時期，究竟他在檀島破案之後，如何向「組織」交代？受到組織什麼樣的處分？不得而知。他竟然又在香港出現了，顯見得這傢伙的後台挺硬的，仍在繼續活動呢。

「駱教授，你自命是江湖上老前輩，桃李滿天下，門徒眾多，常言說的好：『要錢的就不要命，要命的就不要錢！』沒想到你要了錢不說，還勾結官方，要取我們的命！心腸之黑，手段之辣，絕非是一個老江湖所應有的；幸好我沙哇奴及早有提防，留著這條命仍然可以繼續陪你玩，想不到我們在香港又可以碰頭了吧？」

駱駝哈哈大笑，說：「沙哇奴爵士，你的確不簡單，我純是以其人之道還治其人之身，假如說我們是公平交易，大家不用陰謀暗算，相信我們彼此之間都會非常的愉快，閣下就是既要文件，又要性命，所以下場就很不痛快了！」

「你的意思是說，我們兩敗俱傷了！」

駱駝說：「傷的是你，錢是身外之物，這一次撈不到，以後還會有機會！」

沙哇奴爵士起了一陣冷笑，說：「駱教授，你馬上就會哀痛莫名了！」

「沙哇奴爵士又有什麼新的噱頭？」駱駝問。

「我是討那份文件來的！」

「哈！」駱駝說：「你憑的是什麼呢？」

「憑我犧牲佈置在檀島十數年的整個組織，文件應該交還給我了！」

駱駝說：「香港的海灘也很好，海水碧綠，陽光也不錯，假如說換上游泳衣，躺在海灘上，大可以白日做夢！」

沙哇奴爵士改變了語氣，說：「假如說有兩條人命在我的掌握之中呢？」

駱駝立時心中一震，他很敏感地立刻就想到了夏落紅和古玲玉。「沙哇奴爵士手下多得是職業兇手，掌握在你的手中，又何止兩條性命呢？」

「夏落紅和古玲玉在我的手中，相信你會感到有興趣的！」沙哇奴說。

「果然不出所料，夏落紅和古玲玉是落在沙哇奴那魔鬼的手中了！」駱駝手堵聽筒，回首向孫阿七和彭虎兩人說。

「怎麼啦？駱教授，你被嚇傻了嗎？」沙哇奴爵士說：「不要喪魂落魄似的，我要的只是那份文件，你的義子和古小姐，我可以保證他們的安全，連汗毛也不掉一根，回到你的身邊！」

「夏落紅確實在你的掌握之中麼？」駱駝反問：「奇怪了，這傻小子受了古玲玉的誘惑，說過已退出你們的間諜網呢，真想不到她真會做出這樣的傻事！」

「駱教授，不必貧嘴了，假如想夏落紅和古玲玉安全無事，趕快將文件交出來，要不然請你到大海裡去收屍吧！」

駱駝的腦筋裡不斷地在思索，由於事情的變化過於倉促，他不能一敗再敗栽到沙哇奴爵士的手裡，他需要有緩衝的時間以扭轉危局，救夏落紅脫險。

「你有什麼證據可以證明夏落紅在你的掌握之中？」他又問。

「嚇，難道說要我削掉他們一層皮，還是先剁下一根手指頭，呈到你面前麼？」

「那倒不必，不過憑空說大話，也很乏味就是了！」

「今晚上十時三十分，請攜同文件單獨至沙田的水上飯店見面，到時候我會給你許多的證據，夏落紅和古玲玉身上所有的證件和零星用物全在我這裡，該足夠可以做證據了吧！我警告你，不得再用什麼陰謀，否則明天就請你到大海裡去撈屍！」沙哇奴爵士說完就將電話掛斷了。

駱駝怔怔地呆著，喃喃說：「今晚上十時三十分……」

孫阿七提醒駱駝說：「這是他叫你去自投羅網！」

彭虎也說：「單獨去？萬萬去不得！沙哇奴爵士一定會有陰謀的，他的槍手全到達香港了，沙哇奴爵士會一個人赴會嗎？」

駱駝矜持著說：「現在的問題，是夏落紅和古玲玉兩人究竟是否落在他們的手裡？」

孫阿七分析著說：「以近日夏落紅暈頭轉向的情形來說，他跨進了別人的圈套一點也不足爲奇，以沙哇奴爵士的口吻一再強調夏落紅和古玲玉是雙雙被擒，我看內情頗有蹊蹺，很可能是古玲玉從中策劃，使夏落紅落入奸人之手的！」

「現在的問題是夏落紅的安危；古玲玉是否奸細，她遲早會露出狐狸尾巴的！」駱駝說。

正在這時，有人推門直接進入他們的房間，那是刁探長和他的一名把兄弟。

刁探長有著酒店房間的鑰匙，似乎可以通行無阻。

「我非得控告這間酒店不可！」駱駝詛咒說。

「哎！瞧你們三個，好像是在開小組會議呢，是否發生了什麼新問題了？」刁探長以手指頭扣著鑰環洋洋得意地笑著說。

「新的問題是在你的身上，我央託你辦的事情，可有替我辦妥？」駱駝說。

「我向來做任何事情，都是以心換心的，你囑咐的事情，一定照辦如儀，但是我求你的事情，何時交卷呢？」

「那個姓古的女人，你可有監視她的行動，她現在行蹤何處？」駱駝問。

刁探長的臉上一紅，說：「這件事情抱歉，我是單人匹馬到香港來的，所有的事情全仗這裡的弟兄幫忙，我派有兩個人暗中監視著古玲玉和夏落紅，他們可真像一對小情侶似的，卿卿我我，好像一刻都停不了的；遊山玩水，各種娛樂場所，節目一個接一個，幾乎沒有一分鐘的休息，星期六賭馬，賭完馬又乘飛翼船去澳門賭狗，他們登上了船，線索就此中斷了……」

「爲什麼線索斷了？」

「我派的弟兄說，澳門並非他們的管區，所以他們目睹古玲玉和夏落紅上了船後，就折返了！」

「出了什麼意外嗎？」

「唉！混蛋！」駱駝跳腳咒罵：「有糊塗的探長，才會有這樣糊塗的弟兄！」

駱駝指著刁探長的鼻子，氣勢洶洶地說：「夏落紅和古玲玉全被綁票了！」

「綁票？」刁探長也吃驚不已，說：「被什麼人綁票？在什麼地方？是在澳門麼？」

「現在有你的證明，當然他們是在澳門被綁票了？」駱駝氣呼呼地說。

「綁票的歹徒是勒索金錢麼？你們可有報案？」

「天底下的探長若是和你一樣糊塗的話，我們報案又有什麼用處？」

「綁票是危害社會安全行爲，不管在任何情形之下，案總應當報的！」

「哼，告訴你，歹徒勒索的不是金錢，而是你正急需要保住你的那頂烏紗帽的文件呢！」駱駝說。

刁探長臉色大變，吶吶說：「駱駝，我的祖師爺，你該不致於將文件交給歹徒，而不交給我吧？」

駱駝瞪了他一眼，說：「你認爲我該把兩個年輕人的性命不顧，而先顧慮到你的烏紗帽麼？」

刁探長大爲著急，說：「駱駝，你這是叛國的行爲……」

「我叛了哪一國？」

「這樣，我得逮捕你了！」

駱駝也板下了臉色，說：「丟那星，別忘記了這是香港，並不是夏威夷呢！」

「無論如何，我得設法禁止你將秘密文件交到國際間諜的手裡去！」刁探長氣呼呼地說。

駱駝呆了片刻，正色說：「丟那星，你一輩子也辦不到的，你已經註定了失敗的命運，因爲文件並不在我的手中呢！」

刁探長一怔，說：「那麼文件在誰的手中？」

駱駝點了點頭，說：「你需要的文件，正在那位我讓你派人釘牢監視著的女孩子的手中！」

刁探長愕然，說：「你說的是那個正被歹徒綁票的女孩子古玲玉的手中麼？」

駱駝點了點頭。

刁探長不肯相信，自然非但刁探長不會相信，連孫阿七和彭虎也認爲駱駝的這一著是恁怎的也騙不過刁探長的，除非是哄三歲的小孩子。

「哼，騙子，我上你的當上多了，你的騙術已經不靈啦！」刁探長說：「你休想再捉弄我，反正我已經混不下去了，就算拚也和你拚了！」

駱駝說：「我無暇和你鬥嘴，現在當前最重要的事情，還是要救出古玲玉跟夏落紅的性命！」

「難道說，今晚上就交換肉票麼？」

「這是我的事情，於你無涉！」

「我幫你帶大隊人馬去包抄！」刁探長自告奮勇說。

「不勞你的駕，我不願演出流血事件，我要為兩條肉票的安全著想，今晚上拜託，別跟蹤我，否則一切的後果由你負全責！」

沙哇奴爵士的約會，駱駝是非赴會不可的，他安排好孫阿七和彭虎應負的任務。約十時左右他整裝，腋下挾一隻公事包走出酒店，坐上一部招來的計程車，駱駝匆匆鑽進車廂，命司機直駛沙田。

計程車最樂意跑長途，司機先生推上了牌檔，踏滿油門便疾駛出市郊，向沙田去矣。

駱駝靜坐車廂之中，閉目凝神，把腦海之中的智慧發條打開，不斷地盤算，若抵沙田之後和沙哇奴爵士會了面該如何應付？

第三章　雙重的反間計

那位著名的國際大間諜沙哇奴爵士，還是那股子道貌岸然的僞君子風度，西裝革履的，啣著一支半尺餘長的象牙煙嘴，風采奕奕，瞧不出他是曾經栽過大筋斗，剛吃過大敗仗的間諜首腦。

「駱教授，你準時到達，有失迎迓，請多多包涵！」沙哇奴爵士起立，以主人的身分招待客人，說：「請坐！」

駱駝說：「沙哇奴爵士的風采依舊，離家這麼遠，別來無恙否？」

沙哇奴爵士說：「我們是吃八方的，哪兒都是家！」

駱駝大模大樣地在沙發椅上坐下，翹起了二郎腿，又掏出大煙斗，劃燃火柴點上，吐出了悠悠煙霧。

沙哇奴爵士在表面上頗夠鎮靜，而實際上呢，是等不及了。他指著駱駝腋下挾著的公事包說：「文件是否帶來了？」

駱駝指著門外的門簾說：「門口外面站的是什麼人？」

沙哇奴爵士說：「沒關係，都是我的兄弟，我留他們在此把風的！」

駱駝說：「我們公平交易，又何需人把風？」

「文件帶來了沒有？」沙哇奴爵士再次指著公事包說。

「我做買賣，向來是講究一手交錢一手交貨的！」駱駝說。

「我曾經吃過你一手交錢一手交貨的虧了，不會再上第二次當啦！」他伸大了手掌，又說：「快把公事包交出來，這次我得好好徹底研究，該不會再是化糞池了吧？」

駱駝搖手說：「公事包裡是空的，只有廢紙一疊，你研究它無益！」

沙哇奴爵士大怒說：「你帶著一隻空的公事包，又想耍什麼噱頭不成？」

駱駝拉開公事包的拉鍊，抖出公事包內的大疊廢紙，又說：「瞧，一點也不瞞你，裡面只有廢紙一疊！」

「你空手而來，未免過份膽大包天了！」

「我來向你討人的！又預備了一隻公事包，打算滿載而歸！」駱駝慢條斯理地說：「這樁買賣的信用喪失，是由你開端，你付出購買文件的幾十萬元，又用陰謀奪了回去，逼使我不得不暫時先將文件收藏起來！」

「那麼，你攜帶著這隻空的公事包，用意何在呢？」

「我要裝那幾十萬元回去！」

「抛下兩條肉票——夏落紅和古玲玉性命不顧麼？」

「先要錢後要人！」駱駝說：「這是我一貫的作風！」

沙哇奴爵士氣得渾身哆嗦臉如紙白，說：「駱騙子；你未免欺人太甚了！我付給你的六十五萬美金，原是一手交錢一手交貨的，你交給我的只是一幅化糞池藍圖，還說我惡意將美鈔奪了回去！」

「你讓手底下的女特務假裝和夏落紅親近，使這孩子迷昏了頭，然後將鈔票騙走，固然，間諜工作是不擇手段的，我佩服你的手段高明；但是你的目的志在那份秘密文件，我要的是那筆鈔票，你得先把錢還給我，然後再放那兩個人！」

沙哇奴爵士沉下了臉色，說：「你所指的那個女間諜可就是古玲玉？」

駱駝很沉著，點了點頭。

「古玲玉那女賊麼？她和你的義子談戀愛昏了頭，如膠如漆似的完全叛變了組織，她又怎會為我奪回那筆鉅款？」沙哇奴爵士憤怒的說。

駱駝說：「她背叛在先，為你們詐騙贖罪在後，這是淺而易見的事情！」

「若抓到古玲玉那女賊，我恨不得煎她的皮熬她的骨呢！因為，她是你義子的愛人，我留著她的性命，完全是看在你的分上！」

「不必看我的面子！」

「好的，話是出自你的口中，你可不要反悔，我們的組織有紀律，我懂得怎樣去處置古玲玉的。」

「你該怎樣處置古玲玉呢？」駱駝又問，他的話出口後似又頗感後悔，古玲玉為沙哇奴爵士做反間諜工作是他片面的猜測。因為這女郎不可能是個情義並重的女人，她出身「黑道」，愛財或者愛才，也或是才財兼好，總應該選擇一途。而古玲玉一樣也不是，她翻來覆去的，簡直捉摸不定。

在初時，是毛引弟夫人用美人計，欲利用古玲玉牽制駱駝一夥人的行動，沒料到古玲玉情竇初開，真墜入情感變成夏落紅的俘虜，之後，發現駱駝一夥人的陰謀，以爲夏落紅在騙取她的感情，席捲鉅款潛逃，直至到沙哇奴爵士的巢穴被破，駱駝一干人等被驅逐出境，她忽地又在香港出現。

問題是那數十萬的鉅款哪裡去了？據古玲玉所說：她是交還組織贖身去了，但是據駱駝的判斷，她的目的也是爲那份秘密文件而來。

駱駝可以採用借刀殺人之計，逼使沙哇奴爵士除去古玲玉以絕夏落紅的移情後患，但是假如古玲玉真個是專情爲夏落紅而來，那麼豈不變成了枉殺無辜？

駱駝的心中有了內疚！

「軍事機密文件現在在什麼地方？我們最好不要浪費時光，因爲這對你不會有好處的！」沙哇奴爵士又說。

「我早已聲明過，我是要一手交錢一手交貨的！」駱駝說。

「只要文件到手，我會讓夏落紅和古玲玉活著出來見你的！」

正在這時，船舷外的窗戶上驀的露出一隻古怪的腦袋。

「哼！兩個都不許動，否則是自找難看！」那是刁探長，他的手中握著一隻短槍，氣勢洶洶地指向了他們兩人，邊說：「一個是國際騙子，一個是國際間諜，有你們好瞧的！」

沙哇奴爵士有點驚慌，詛咒說：「原來你還是串同了警探來的！」

駱駝一聲咳嗽，說：「不！現在我和你一樣同是落難人！」

刁探長一縱身跨上了窗台，爬進廂房裡來了，他持著槍，耀武揚威地說：「正好，你們一併落網，我省事多了！」

駱駝說：「香港是一塊太平樂土，怎由得丟那星手持槍械跨窗進戶嚇唬老百姓？」

「我有權可以引渡你們回夏威夷！」刁探長說。

「要知道，這裡是沙哇奴爵士的地盤，上上下下全是他的爪牙，你單槍匹馬怎能把我們押走呢？」駱駝說。

「嚇！」刁探長一聲冷笑，說：「別以爲我是傻瓜，這條畫舫的四週早被包圍了！」

「那非引起流血事件不可！」沙哇奴爵士也說：「刁探長，你曾經有過經驗，我是不容易會束手被擒的！」

駱駝也說：「丟那星！你壯志未酬身先喪，那對你又會有什麼好處呢？」

「別廢話！跟我走吧！」刁探長一面自腰間掏出了一串亮晶晶的手銬。

「我們是老朋友了，還犯得上用那個嗎？」駱駝搖著手，擺交情說。

「呸！你們是一對狼狽爲奸狡猾的歹徒，我不會輕易再中你們的計，上你們的當了！」刁探長說著，就要給他們兩人加上手銬。

沙哇奴爵士毫不賣帳，揮手說：「香港是大英帝國的殖民地，你憑什麼身分在此持槍向我們威脅，還要給我們帶上刑具？」

「什麼刑具？」刁探長問。

「手銬就是刑具！」沙哇奴爵士說。

駱駝格格笑了起來，說：「丟那星大概是惱羞成怒，所以窮兇極惡，最好是我們大家不要傷感情，你既持了槍，我們跟著你走就是了！」

「假如說，你們不願意出醜，將文件交給我也行，甚至於我可以放你們一馬，此後大家不再追究！」

沙哇奴爵士說：「文件並不在我的手中！」

刁探長大怒，說：「反正你們兩個是狼狽爲奸！自取其辱而後已！」

駱駝也說：「文件也不在我的手中！」

是時，窗戶外又爬進另一個手持槍械的人，那正是刁探長的拜把弟兄，是在香港做警探的。

「刁大哥，沒有問題了吧？」他問。

「沒有問題，已經擒住了，來，幫我給他們戴上手銬！」刁探長說。

駱駝卻搖手說：「別聽他的，問題可大著呢！俗語說：捉姦拿雙，捉賊拿贓！丟那星光只拿人無贓無證，我請問你到了最後怎樣下台？」

那個探員卻含糊了，喃喃說：「刁大哥沒有拿著贓物麼？」

刁探長說：「逼虎跳牆，我不得不如此硬幹一番，你只管放心，光拿這個大騙子，我沒有把握，現在有這個冒牌爵士沙哇奴在場，他在夏威夷是通緝在案的國際大間諜，我可以循外交手續將他解返檀島……」

沙哇奴爵士冷嗤說：「你們辦不到的，我的身分複雜，你們打算辦多少的外交關係？」

那個探員見沙哇奴爵士道貌岸然，又是一名洋人，有點遲疑不決。

刁探長著了急，說：「小王，你別膽小只管放心，出了任何問題，由我一人承擔，絕不連累任何一個人，你替我清道，我要親自押他們出去！」他說著，便不顧一切地給沙哇奴爵士和駱駝帶上了手銬。

他知道駱駝是從不攜帶武器的，沙哇奴爵士卻不同，需得要搜他的身。

果然，沙哇奴爵士的身上有著一支小型的白郎寧手槍。刁探長毫不客氣地給他繳械了。那個叫做小王的探員已出廂房爲刁探長清道，沙哇奴爵士的爪牙全不見了，他們大概是看苗頭不對，全隱蔽起來了。

「走吧！」刁探長一手持槍，另一隻手推著駱駝和沙哇奴爵士走路。

駱駝在江湖上打滾了一輩子，最拿手的本領就是開手銬，手銬的機械是最簡單不過的，不能用力去掙扎，否則愈扣愈緊；只需用一根銅絲甚至一根火柴梗，揮進匙眼裡去撥中了彈簧，鎖扣就會打開。

「水上飯店」大門外的浮橋口已擠著了大夥的人，好像是看熱鬧來的，這時候也著實搞不清誰是誰了？這內中有著飯店內的食客、有跑堂的、也有沙哇奴爵士早佈下把風的爪牙、也有刁探長帶來的便衣；他們採取以靜對動的政策，看動靜後再實行拿人。

駱駝用一根火柴棒已偷偷的將手銬掙開了，他是以玩世不恭的態度，向刁探長說：「我在江湖上混了數十年，還是第一次帶上手銬呢！」

「這種滋味你遲早總得要嚐嚐的！」刁探長說。

駱駝被推著在前面行走，他稍一停步，刁探長就擠上來，駱駝只一閃身，只聽「咯嚓」一聲，手銬已經搭到了刁探長的手腕上，和沙哇奴爵士連在一起了。

「媽的，駱駝，你又玩什麼狡計……」

正在這時，鎂光燈閃閃，在那些擠著看熱鬧的人叢中鑽出來一個手持閃光燈照相機的，一連給刁探長和沙哇奴爵士拍了好幾張的照片。

「喂！你是幹什麼的？」刁探長帶來的一名便衣已上前交涉。

「攝影記者！」那傢伙說著，又按了鎂光燈，把那名便衣的眼睛閃得眼花撩亂的。

「別讓他跑了，扣留他的底片！」刁探長惶恐地說。他要衝上前，可是手腕又被手銬扣著，和沙哇奴爵士連在一起。

駱駝掙脫了手銬，雖然已閃躲到他們的背後去了，可是刁探長的那名稱做小王的拜把兄弟卻將他揪住，嚴聲警告說：「你逃不了的，不要枉費心機！」

這時候，駱駝便需要有助手了，假如彭虎和孫阿七及時趕到該多好。

那名攝影記者拍了照，調頭便走，便衣探員鎮壓不住，窮追窮嚷的。

刁探長手忙腳亂，摸出了手銬鑰匙，將手銬打開，正待要向前追趕，沙哇奴爵士陰損地輕輕一勾他的後腿，刁探長踉蹌一個筋斗，「撲通」一聲，竟倒頭栽到水裡去了。

剎時間，有人喊打，沙哇奴爵士佈伏著的爪牙全亮了相，以杜雲生爲首，他們一擁上前，首先要對付那個叫做小王的便衣。

「小老弟，你這時不逃，尙待何時？好漢不吃眼前虧，還是快逃命吧？」駱駝關照說。

小王著了慌，到底他不是名正言順辦案來的，純是給朋友幫忙，最出不得岔子，否則會連飯碗也給砸掉。

杜雲生已經撲上來動拳頭了，又是「撲通」一聲，小王也躍下海借水遁了。

駱駝自鳴得意，笑吃吃地說：「這種解圍的方法還是頭一次見到！」

沙哇奴爵士卻板下了臉色，指揮杜雲生說：「請駱駝教授和我們同走吧！」

杜雲生和一名打手一擁過來，左右將駱駝架起就走，分明他們是有意要綁架駱駝呢！

駱駝叫嚷說：「喂，你們搞錯對象了！」

「不要囉唆，聽爵士的話，包管你沒錯！」

駱駝猛跺腳：「呸，你們簡直是敵友不分呢！」

在「水上飯店」的碼頭外面，已駛來了一輛汽車，車門拉開，他們七手八腳地將駱駝押進了車內，剎時間，汽車揚長而去。

沙哇奴爵士異常鎮靜地慢步踱上了碼頭，他有著另一部轎車，鑽進車廂之後，汽車即急馳離去，這碼頭上便回復平靜了，剩下看熱鬧者的議論紛紛莫衷一是。

彭虎和孫阿七原是相約好，在這地方給駱駝接應的，可惜，他們是來遲了一步——事情演變得太快了。

「怎麼辦呢？駱大哥被綁架了！」孫阿七說。

「千顧萬慮必有一失，駱駝自以為聰明蓋世，這一次可算真栽了！」彭虎說。

「我們快離開這是非之地吧，瞧，那個落水的刁探長已經爬上岸了！」

駱駝被綁架，被綁到什麼地方去？他將會遭受到何種待遇呢？

沙哇奴爵士的目的，無非是爲珍珠港海軍招待所失竊的那份軍事機密文件，不惜以在香港這「民主櫥窗」幹下這駭人聽聞的事件。

彭虎和孫阿七固然焦急，最焦頭爛額的還莫過於是刁探長，他擔憂著萬一沙哇奴爵士會向駱駝施用酷刑，駱駝骨瘦如柴，吃不住皮肉之苦，和盤將秘密托出，那麼他香港之行便徒勞往返，全白費心機了！回檀島非但那芝麻綠豆官保不住，恐怕還要吃不完兜著走呢！

沙哇奴爵士出現在香港之後，使用的全盤是恐怖政策，先在澳門綁架了夏落紅和古玲玉，在後又在香港綁架了駱駝，好像肆無忌憚地蠻幹呢！

刁探長費盡心機，尋著了彭虎和孫阿七，和兩人商量，商討救助駱駝的對策。

孫阿七埋怨說：「駱駝策劃任何事情，向來是百無一失的，他和沙哇奴爵士約晤，目的只爲救助夏落紅和古玲玉脫險，我們如時趕抵現場，打算依計行事，以牙還牙，只要擒住了沙哇奴爵士，雇了船向他恫嚇，要將他押返檀島，不怕他不將夏落紅和古玲玉乖乖的安全釋放出來，豈料全盤的計畫，全被你這糊塗探長搞砸了！」

刁探長跺腳說：「唉，你們事前怎麼不和我磋商一番？」

「駱駝說過和你磋商，必然成事不足敗事有餘！」

「看得我這樣無能麼？」刁探長有點氣忿，說：「現在你們打算怎麼辦呢？」

「我們用我們自己的辦法營救駱大哥！」

夏落紅與古玲玉被綁架至澳門的牛山區，分別囚禁在木屋裡。然而，夏落紅不虧爲大騙子駱駝一手調教出來的義子，用計引開看守人，順利逃脫出來，並救出了古玲玉。

脫險回返香港之後，夏落紅的情緒似乎很不安，好像惦念著什麼事情似的，尤其是身上所有的鈔票全被幾個歹徒搜去了，所幸他所有的貴重物件如銀行存摺、旅行支票、護照等物都存在酒店裡面。

他尚不知道在他離開了香港僅一天一夜之間，整個局面已起了莫大的變化！

他首先掛了個電話回安普樂斯酒店去探聽近況。

電話的聲鈴響過之後，聽電話的是一位女人的聲音，「找哪一位？」她問。

「我是夏落紅……」

「混帳二百五！」對方一聲詛罵，就立刻把電話給掛掉了。

夏落紅聽得出，罵人的正是于芄，當然于芄對他不會諒解，不遠千里而來，只爲會晤未婚夫。不料她的未婚夫竟和別的女郎打得火熱，將她置之不顧。

「情人的眼內不能有一粒砂子」——這是至理名言，于芄已經是盡了最大的容忍了。

想到了于芄的問題，夏落紅的良知受了譴責，突有一陣莫名的難受——因此他對于芄的無禮絕對原諒。

古玲玉仍住在「海濱大酒店」內，夏落紅敷衍了她一陣子之後，即趕返安普樂斯酒店去了。

彭虎和孫阿七像預知夏落紅要回來了，正在房間內恭迎大駕呢。

「倦鳥知還——你倒是玩痛快了，可把我們急煞了呢！」孫阿七斥責的語氣說。

「你不是被人綁票了麼，怎麼又鑽回來了？」彭虎冷冷地問。

夏落紅怔怔地看著他們兩人的神色，忽說：「你們兩個人的形狀，好像出了什麼事情似的？」

孫阿七鼓掌說：「你想得一點也不錯，你的義父也被人綁票了！」

「綁票？……」夏落紅像觸電似地一顫，但很快的恢復了正常，說：「別開玩笑，義父是個老狐狸，老謀深算，有誰能將他綁走？」

「就是因爲他有個不爭氣的兒子被人綁票了，他去贖票才進了圈套，被擄劫而去，以至下落不明！」孫阿七說。

夏落紅被弄糊塗了，半信半疑，說：「你們究竟是開玩笑還是當真的？」

「得先問你和古玲玉在澳門被綁票是真是假的？」彭虎又問。

「唉，這有什麼關聯呢？」夏落紅跺腳說。

「關聯就在駱大哥是爲替你贖票去的，因而中計，被沙哇奴爵士劫持綁走了！」

夏落紅始才明白！原來他和古玲玉在澳門被歹徒劫持乃是有陰謀的。

「義父既然是被歹黨綁架了，你們二位不設法營救，反而在觀望麼？」夏落紅申責說。

「哼！他的義子都漠不關心的，我們著急又有何用呢？」孫阿七雙手抱著臂膀，冷冷地說。

夏落紅跺腳說：「唉，到這時候，你們還要向我冷嘲熱諷呀，我們要設法救義父出險！」

孫阿七說：「問題非常的簡單，沙哇奴爵士要索取的只是那份軍事機密文件！」

「這東西是在義父的手裡……」

「這樣問題就更糟糕了，他們會用慘無人道的手法向駱大哥榨出來呢！」彭虎乾著急說。

「唉，義父的身體不好，怎熬得住逼供呢？你們二位既然一直相隨，總應該可以找到些許線索，義父被他們弄到什麼地方去？我們該如何下手呢……」夏落紅急得磨拳擦掌地不住在房間內往來踱步。

孫阿七翹起大姆指說：「這樣看起來，夏落紅不愧還是個孝順兒子呢！」

「唉，別說廢話！」

彭虎忽拍拍夏落紅的肩膊，說：「落紅，線索應該是有的，恐怕還是在你自己的身上！」

「我的身上？」夏落紅瞪大了眼怪叫。

「我是指誘導你到澳門去被綁票的那個女人！」彭虎說。

「你是說古玲玉？」

「你們既是同往必然同歸，現在這個女妖精在什麼地方？」

夏落紅對彭虎的說法，不滿地說：「你們可不能冤枉古玲玉，她和我同時落難，同時受苦……」

「相信你們同甘的時間多於共苦呢！」孫阿七又插口說。

「唉，你們爲什麼對我老不信任！古玲玉和我同時被綁，我們分別被幽禁在半山間的木屋內！」夏落紅加以解釋說：「她同樣的吃了不少的苦頭！」

彭虎說：「我現在要問的是古玲玉在什麼地方？」

「她還不是住在海濱大酒店嗎！」

彭虎便和孫阿七擠了擠眼色，他倆一搭一檔的，好像心中早就有計畫。

「你們兩個爲什麼不和我合作呢？」夏落紅楞楞地說：「我們同甘共苦，共事也有許多年了……」

「唉，你是大忙人，在澳門忙完了，也該回到香港來忙一番，有人在對面的房間等著你過去解釋呢！」孫阿七說。

夏落紅知道，孫阿七所指的是于芄，當然，提到了于芄，他就會內疚不安的，他向于芄能有什麼好解釋的呢？事實俱在，再多解釋也是枉然。

「唉，還是救我的義父要緊！」夏落紅說。

「不！你是個大忙人，自己的事情還未有料理清楚呢！」孫阿七向他揮手說。

這時候，只見孫阿七和彭虎不斷地在交頭接耳，他們在商量著些什麼，好像有意不給夏落紅知道。

夏落紅苦惱萬分，說：「你們爲什麼瞞著我呢？」

彭虎回首說：「我們讓你騰出時間來，好處理自己的事情！」

孫阿七故作神秘，向彭虎說：「我們就這樣辦了！」

「好的！就這樣辦！」

於是，他們倆人先後相繼外出，葫蘆裡賣什麼藥？不知道！

夏落紅獨個兒被留在房間內，他開始有孤寂之感，這情形和昔日他們合夥進行所有案子時完全兩樣。他經常會被視爲中心人物的，這時卻被冷落著。

離開了香港僅是一天一夜的時間，駱駝被綁架時的情形完全隔膜，時間、地點、進行的方式如何？他完全不了解，有什麼線索可循求呢？

夏落紅頗感到灰心，假如說駱駝是因爲他而被綁架的話，萬一有個三長兩短，他便會落個不孝之名。

他燃著煙捲，怏怏地踱出了房門，在那走廊的對面就是于芄所住的房間，房門半開著，也許于芄是有意這樣做的。只見她的背影露在門縫之內，夏落紅臉有愧色，心情忐忑不安，有打算躡足離去。

「不必過門不入，任何事情都可以解說得清楚的！」于芄說。

夏落紅一聲咳嗽，猶豫了半晌，終於硬著頭皮跨進于芄的房間之內。

于芄擰轉了身子，抬頭瞪了夏落紅一眼，她像寬懷大量，含媚一笑。「澳門可玩得好嗎？」她問。

夏落紅不覺一陣心酸，由于芄的臉色可以看得出，她憔悴多了。

「唉，惹來了一場驚險！」他吶吶答。

「請坐！」于芄相反的變得非常客氣地說。

夏落紅如坐針氈一般，良知的譴責教他羞愧無地，照說，夏落紅在脂粉叢中打滾有豐富的經驗，不應該有這等的現象，是于芄的賢淑使他感動了麼？

「于芄，現在我可以很坦白的說，我不怨天尤人，只怪你和我距離得太遠了；而且，你的身家清白，受過良好的教育，性情又那樣的溫和，心地光明正大磊落，和我們一夥人的作爲格格不入……」

于芃制止夏落紅說下去，她擺手說：「不必談我的問題了，你應該儘速想辦法如何去營救你的義父，不看在任何人的情分上，終究他曾經養育你長大成人呀！」

夏落紅的心中有無比的難過，一聲長嘆，說：「唉，我孤掌難鳴，彭虎和孫阿七都拒絕和我合作了！當時發生了事情，我不在現場，毫無線索可尋，不知道該如何下手呢！」

「查大媽和吳策老一直將你當做親人看待，爲什麼不向他們求援呢？聽說他倆尙在檀島沒有離開！」

「唉，遠水難救近火……」夏落紅說。

于芃也感到躊躇，說：「其實孫阿七和彭虎也等於是你的長輩，必然你有著使他們不痛快的地方，他們才會對你冷落，這也是很簡單的事情，向他們道歉一聲，事情不就了啦？」

「說來說去他們是爲著你！」

「別把責任推到我的身上！對任何人都是無益的！」

「事實上確是如此！」

于芃即沉下臉色，搖首說：「我不愛聽！」

夏落紅頓時又告臉紅耳赤，垂首不語。

于芃改變了語氣，說：「不管怎樣，你的義父是因爲你而被綁架的，將來落個不義不孝之名，是在你，於旁人無涉！」

夏落紅說：「我著實被逼得走投無路了！」

于芃說：「事情非常簡單，據說綁架的匪徒，目的只在那份機密的軍事文件上面，你只要雙手將它奉獻出來，豈不就什麼事情也沒有了嗎？」

「只有義父才知道軍事機密藍圖的下落！」

「不！」于芄說：「我曾聽你義父和刁探長的談話，藍圖是在你的那個做飛賊的女朋友身上呢！」

「啊，不！那是義父想嫁禍於人！」

于芄再說：「孫阿七和彭虎曾一再磋商，認爲在你那位做飛賊的女友身上可以找到線索！」

「他們無非是想袒護你罷了！」夏落紅黯然說：「天底下有許多的事情，係是親朋好友也會不擇手段的！」

「我所能提供的線索，只有這麼多，希望你自己多作考慮吧！」于芄有逐客之意。

夏落紅快快起立，說：「我們之間的問題，你不打算談談麼？」

「當前最重要的事情，是營救你的義父，餘外的問題，都是非常容易解決的，我已倦極，希望休息一下，你還是回到你那位飛賊女朋友的身邊去吧！再見！」于芄說著，便轉身進入寢室了。

夏落紅獨自停留在客廳外面，待了很久，始才悒悒而去。其實這時，于芄早已是淚流滿面了。

孫阿七和彭虎爲營救駱駝兩人分工合作，他們唯一的線索就是杜雲生所居住的那間「華商酒店」了。

杜雲生自從在香港出現之後，一直居住在那間不甚著名的小型酒店之內。

孫阿七和彭虎曾奉駱駝之命窺探過杜雲生的行蹤，自從杜雲生住進了華商酒店後，這酒店便好像成爲國際間諜的大本營了，經常會有形狀古怪的人進出其中，和杜雲生接洽頻頻。

自從駱駝被綁架之後，這間酒店內的情形好像全變了，杜雲生和那些古怪的人物全不見啦，大概已經轉移了陣地。

不過經孫阿七向帳房查詢，杜雲生早已付給酒店一個多星期的房錢，同時，他們的行李還留在房間之內，這樣可以證明他們轉移陣地只是暫時的，遲早還是要回返這間酒店的。

孫阿七和彭虎磋商的結果，唯一的辦法只有實行「守株待兔」，監視著這間酒店。這種方法非常耗費時日，杜雲生等那一夥人也非善類，說不定他們故意留下這麼一點線索，藉以引誘駱駝爪牙的注意，以分散他們的人力。

孫阿七和彭虎成爲難兄難弟，光只是兩個人頗有人手不足之感。夏落紅那小子不爭氣，需得特別冷落他一番。

孫阿七讓彭虎單獨盯住了華商酒店，他獨個兒另作活動。

不管夏落紅對古玲玉是如何死心塌地的信任，但是孫阿七仍認定這女人和沙哇奴爵士是有關係的。

他需得分開頭去偵查古玲玉的動靜，希望由古玲玉的身上能尋出駱駝下落的線索。

這件事情自然是需得隱瞞著夏落紅進行的，孫阿七有飛簷走壁的絕技，但這種工夫在大白天之間是施展不開的，無論如何非等到午夜過後不可。

在這時間之中，夏落紅已回返「海濱大酒店」，他的神色悒悒，是爲他的義父的生命安全擔憂。

古玲玉穿著睡衣，剛由床上爬起來，當她看見夏落紅的那副神色時，說：「咦，怎麼搞的？一臉孔如喪考妣似的，又出了什麼事情嗎？」

夏落紅搖了搖頭，一聲長嘆，又開始飲酒。

「有什麼事情不可以向我說的？」古玲玉問。

「我的義父被綁架了！」夏落紅說。

「你說的是駱駝麼？他是夠老奸巨滑的，誰有本領能將他綁架呢？」

夏落紅皺著眉宇，借酒消愁，邊將綁架經過的始末述了一遍，又說：「彭虎他們幾個人認定了你和沙哇奴爵士他們是串通的！」

古玲玉很不服氣，說：「真是天大的冤枉，我和你在澳門同樣吃了苦頭，難道他們不相信？」

「他們沒有親眼目睹，所以不肯相信我所說的，冷嘲熱諷，我實在受不了！」夏落紅說。

古玲玉便開始嚶嚶哭泣，有如花枝顫動：「唉，很快連你也會不相信我了，我早告訴過你，那份軍事機密文件是不祥之物，將它留著是極大的禍患，早日將它出手，錢也有了，我們也可以過一段安逸舒適的日子！」

夏落紅一聲長嘆，說：「唉，能處理那份軍事機密文件的權並不在我的手中！」

「難道說，你當真不知道那份文件的下落？」

「我如知道，早就供出來了，反正，我是打算洗手不幹了，只有義父頑固不化，他常自以爲智慧天下無雙，沒有人能超過他一籌，決心要和沙哇奴爵士周旋到底！」

「那麼那份文件仍是在你義父的手中了？」

「當然，只有他才會知道文件收藏在什麼地方！」

古玲玉好像存心幫助夏落紅解決難題，思索了好半晌，又說：「假如以你義父一往的習慣，他可能收藏在什麼地方，你總可以猜想得出來吧！」

「他一貫的作風，是狡兔三窟的做法，『虛即是實，實即是虛』，很難捉摸！」

「憑他多年教導你做騙子的技術，你也應可以憑經驗去猜測！」

「唉，騙術是沒有公式的，憑智慧臨時變化，這和牌局郎中不同，靠洗牌砌牌……」

古玲玉更爲夏落紅著急，說：「你的義父既落入沙哇奴爵士的手中，假如他不肯供出文件收藏所在的地方，沙哇奴爵士是個殘酷不擇手段的人，憑你義父的那幾根瘦骨頭，準會被他拆掉了！」

夏落紅猛乾了好幾杯酒，但仍無法排除心腔內的憂鬱，他焦炙莫名地向古玲玉求助說：「玲玉！你也是曾經在外跑碼頭的人，可以替我出點主意麼？」

「除了找尋出那些文件之外，沒有更好的辦法！」

「哼，把文件找出來又有何用？沙哇奴爵士並沒有派出任何一個人露面出來和我接洽，就算有了文件，我該送到什麼地方去換俘？……」

古玲玉說：「你只管放心，假如在澳門綁架我倆的歹徒是沙哇奴爵士的黨羽的話，我們脫險逃返香港，他們怎會不知道，在這一兩天之間，他們必會派人出面接洽的！」

「你的想法也許是對的，但是找尋文件我仍沒有把握！」

「為你的義父著想，應該盡最大的努力！」古玲玉向夏落紅極力的鼓勵。

夏落紅猶豫不決，終於還是天性未泯，要為養育他成人的義父而作一番努力，他毅然地決意去找尋文件的下落，不過那是憑著空虛的想像，完全得靠智慧和運氣了。

夏落紅吃了有七八分酒意，又再次離開了海濱大酒店，古玲玉自窗口間俯首探視，立刻執起電話聽筒。

她給誰打電話？和什麼人作連絡？是通風報信麼？或是報告她的工作進展？

夏落紅回到駱駝居住的房間，徹底搜查了一遍，卻一無所獲，只得再次回返海濱大酒店，通過帳房間的櫃檯，那位熟悉的管事先生向他招手，說：「夏先生，有位客人留了一包東西給你！」

夏落紅趨過去看，那是一隻牛皮紙製的信封，裡面厚厚的封著一些東西，「為什麼不替我送到房間裡去？」他問。

「那位客人指定我要親手交給你的！」

夏落紅感到有點納悶，信封上隻字沒有，他即將信拆開，將裡面的東西掏出來一看，原來是一隻帶夾子的領花，一看而知，是駱駝的所有物，陳舊得幾乎像是十八世紀的古董了。

不用說，這隻領花是綁架駱駝的歹徒送過來的，表示駱駝的確是在他們的手中。但是他們並沒有提出任何的要求，譬如說，如何贖票？什麼時限？用什麼東西贖票？

「夏先生，是誰給你領花？」帳房的管事先生問。

「噢，那是舊東西，朋友故意開玩笑的！」夏落紅支吾著說，一面匆匆的向電梯進去。

他按了自動的電鈕，在升上樓時翻著領花檢查，終於給他發現，在領花的夾層裡，夾著有一張極其小的字條，將它抽出來展開。只見上面寫著：「據駱駝說：文件仍留在檀島，限五天之內交到，否則大家難看！」

夏落紅將字條反覆看了好幾遍，字條上連時間地點贖票交換的方式全沒有，歹徒們用心何在？也或許這是恐嚇性的開端，歹徒們還會繼續運用各種不同手段的。

古玲玉經過了沐浴和一頓飽食及充分的休息之後，精神已完全恢復，她喝了幾杯葡萄酒，臉頰上微泛著桃紅，嬌媚得可以。當夏落紅跨進房間時，她即衝上前去給夏落紅來了個軟玉溫香抱滿懷。「進行得如何了？」她問。

「毫無線索！」夏落紅搖著頭回答。

「綁匪方面可有和你接觸？」

夏落紅便取出那隻帶夾子的領花，在手中拋了一拋，又說：「酒店的管事先生交給我一隻信封，裡面裝著這隻破領花，是義父一年四季掛在脖子上的東西！」

古玲玉接過領花，皺著眉宇反覆看了一陣，似覺得納悶，說：「光只是一隻領花沒有夾帶麼？」

「在夾層內有著一張字條，這是最刻板的做法，無非是加以恐嚇一番罷了！」夏落紅又摸出字條交給古玲玉過目。

古玲玉看過字條，表示關心，說：「五天之內，你能辦得到麼？」

夏落紅沮喪說：「彭虎和孫阿七都拒絕和我合作，我非但毫無把握，而且是目無主見了！」

古玲玉一聲長嘆，說：「假如早相信我的話，將那份秘密文件早處理掉，豈不是錢也到手了，也不會招致這種麻煩？綁匪送來這隻領花用意非常明顯，領花是結在脖子上的，他們由你義父的脖子上開始下手，說不定就要割他的咽喉呢！」

夏落紅苦笑，說：「你別嚇唬我，沙哇奴爵士是一位國際上馳名的大間諜，他不會這樣傻的，若殺害了義父，他們恁怎麼也得不到那份藍圖的！」

「以你義父的身體來說，他們若給他來兩下較棘手的，恐怕你的義父也受不了，……」忽地，房間內的電話鈴聲響了，古玲玉拈起聽筒：「喂，你找誰？」

第四章　戲弄假「清倌人」

對方說請夏落紅聽電話，古玲玉的聽覺好像是曾受過特別訓練的，她一聽，就知道那是孫阿七的聲音。

「奇怪，孫阿七找你呢！」她堵住了話筒，向夏落紅低聲說。

夏落紅接過聽筒，說：「孫阿七，你不是拒絕和我合作了麼？找我又有什麼事情？」

「誰說拒絕和你合作了？沙哇奴爵士有電話來，指定要你單獨將文件送去交換駱駝的性命！」孫阿七說。

「文件在什麼地方？我並沒有尋著！」夏落紅吶吶說。

「在我的手中！」孫阿七說。

「在你這王八蛋的手中麼？爲什麼不早說？害我空擔心了半天！」夏落紅詛罵著又說：「怎樣交換？什麼時間？什麼地點？」

「時間就在今晚上，在『半山酒店』！」

「半山酒店麼？」

「你且先回到安普樂斯酒店的餐廳裡來，我們還要先行商議一番才行，我等你！」孫阿七說著，就把電話給掛斷了。

「喂喂！」夏落紅一再叫喊，但是聽筒已回復嗡嗡之聲。

「怎麼？今晚上就贖票麼？」古玲玉關心地問。

「爲什麼文件忽然會在孫阿七的手中呢？」

夏落紅放下了聽筒搔著頭皮，說：「我也實在搞不清楚，不過沙哇奴爵士所約定的時間、地點全有了，我非得去一趟不可！」

「那太危險了，是否我應該陪你走一趟？也許多一個人可以照應你！」古玲玉關懷地說。

「不行，你身懷六甲，應該留在家裡多休息，這種事情不用你去煩心！」

古玲玉仍是不放心，說：「孫阿七和彭虎既不和你合作，現在又派給你這個差事，我很擔心可能內中有著什麼詭計呢！」

夏落紅說：「那是沙哇奴爵士指定要我去！於他們兩個人無關，但我相信我能應付得來的！」

古玲玉皺著眉，露出憂鬱的神色。

夏落紅不斷地安慰她，並將她攙扶至床畔，教她安心歇息，並熱吻一番，始才離去。

夏落紅又再次來到安普樂斯酒店樓底下的餐廳，這是在一天之間，他第三次來到安普樂斯酒店了。

孫阿七果然坐在餐廳之內，瞧他其貌不揚，但故意裝作大亨的模樣，咬著一支粗大的雪茄煙，啜著洋酒，好像毫無心思，笑口盈盈地，招待夏落紅入座。「時間尚早，不妨先小飲兩杯，待會兒好好應敵可也！」他打招呼說。

夏落紅一眼便看見孫阿七坐位身旁有著一隻鱷魚皮的公事包，便指著說：「文件呢？是否在公事包之內？」

孫阿七忙使眼色，說：「此地不是談話的所在，待會兒再說！」

夏落紅很著急，說：「我們在事前應有所準備。」

「無需什麼準備的，交人交貨，事情就了！」孫阿七平和地說：「你是酒徒，何不先飲個兩杯？」

「我還有心情在此飲酒麼？」

孫阿七嗤嗤而笑，說：「怎麼，忽然孝順起來了？」

「你的嘴巴夠損的，但是，現在不是打嘴巴官司的時候！」夏落紅煩躁地說。

孫阿七自動的替夏落紅要了一杯雙份的威士忌，並舉杯敬酒，好像對當前的事一點也不操心似的。

「文件是在那哪兒尋著的？」夏落紅又問。

「待會兒再說！」他扮了個鬼臉，似乎說明了，是隔牆有耳呢。

夏落紅無可奈何，啜著悶酒，打發了一段時間，他還是沉不住氣，看了看手錶，又說：「我們什麼時候動身?」

「現在!」孫阿七忽地起立，掏出了鈔票，招呼侍者結帳。

夏落紅的心中，似乎落下一塊大石，急切和孫阿七離開了餐廳。

「我們是否現在就去赴約。」夏落紅問。

「不!為時尚早，隨我來!」孫阿七挾住了公事包，大搖大擺地行在前面。出了酒店的大門，他竟向沙灘下去了。

「我們下海灘去幹嗎?」夏落紅搞不清楚孫阿七的葫蘆裡賣什麼藥?他好像是在故弄玄虛呢!

「你義父有條遊艇，置在海灣上，我們乘涼去!」孫阿七說。

「乘涼?」夏落紅怪叫。

孫阿七笑而不答，只招了招手，仍然繼續向海灘走去。

這地方，是駱駝享受太陽浴，經常出現的所在。海灘上，停泊了有一條小艇，駱駝在每天固定的時間裡，帶了野餐和收音機，划到海面上，悠哉遊哉地打發一段時光，為養病也!

自從駱駝被歹徒綁架之後，那條小艇便停泊在海灘上，再沒有人過問。

「孫阿七，你好像是有意故弄玄虛，究竟你的葫蘆裡賣的什麼藥?是企圖作弄我麼?」夏落紅已經有點不大耐煩了，很氣忿地說。

孫阿七向那條小艇揮了揮手，只見艇上長起了一個人影，高頭大馬的，原來是彭虎呢。

「我在這裡等候多時了!」彭虎說。

「我們就動身吧!」孫阿七說著，便跨上了小艇。

夏落紅在海灘上止步，板下了臉色，說：「你們到底是在搞什麼鬼？現在要到什麼地方去？」

「你上了船再說！」孫阿七似乎是命令式的。

「你們不說明真相，我絕不上船！」夏落紅嚴詞回答。

「我們現在是設法替你擺脫跟蹤。」孫阿七說。

「跟蹤？誰跟蹤我？」夏落紅立刻回首四下打量，在那廣大的沙灘上，他連鬼影子也沒有看見一個。

「哈，你現在的身價不同了，相信連你自己也不知道呢！」彭虎打趣說。

「我有什麼身價呢？」夏落紅簡直如墜入五里霧中。

「那份價值連城的文件，懸在你的身上，就等於是你的身價！」彭虎說著，一把揪著了夏落紅的腕膊，硬將他拉上了遊艇。

「動身吧！」孫阿七幫忙划槳。

「我恨不得痛揍你們兩人一頓！」夏落紅發牢騷說：「誰會跟蹤我？有什麼作用？」

彭虎的氣力大，他拾起了木槳，只三兩下子，就將小艇划出海面上去了。

「你注意看海灘上！」孫阿七又挨向夏落紅吩咐說。

正在這時，只見海灘上人影幢幢，有很多的黑影，不斷地往返奔馳，像忙著什麼東西似的。

「夏落紅，這些人就是奉命跟蹤著你的！」孫阿七說：「他們正要設法追出海面上呢。」

「奇怪，剛才為什麼沒有看見？」夏落紅頗感到費解。

「歹徒們不是傻子！在這方面他們有足夠的人才。」

「現在我們該怎樣做？」夏落紅問。

「非常簡單，歹徒們搞不清楚我們的去向，一定要雇船追蹤出海面上來，他們現在正在忙著找尋船隻，我們不需等候他們出海，只在海面上打個轉，甩掉他們的追蹤，便可以登岸了！」

「你們要的是哪一門子的詭計?到底我們是否要到半山酒店赴約?」

小艇已划出海面之間，回顧岸上，只是黑魘魘的一片，說話就無需再有什麼顧慮了。

孫阿七正色說：「夏落紅，不瞞你說，『半山酒店』沙哇奴爵士的約會，是我揑造的！」

「什麼?你存心作弄我麼?」夏落紅勃然大怒。

「不!這是詭計，我在酒店的餐廳公共場所裡，當眾打電話給你，必有歹徒偷聽，他們定會莫名其妙的，因爲沙哇奴爵士並沒有這回事，歹徒的目的，志在那份機密文件，欲奪得那份文份的，除了刁探長之外，還另有其他的組織，沙哇奴爵士的爪牙，會擔心我們或會上其他人假借名義的當，所以一定會派人牢牢監視著。」

夏落紅一聲長嘆，搔著頭皮，仍搞不清楚是怎麼回事。「那麼待會兒，我們是否仍需到半山酒店去呢?」

「當然得去，歹徒們在此斷了線索，就得趕往半山酒店去！」孫阿七說：「他們出面就上當了，我們及時拿人拷問出駱駝的所在！」

「那麼文件呢?」夏落紅又指著孫阿七腋下的公事包。

「公事包內是空的，這只是做個樣子，說實在話，我也不知道文件究竟收藏在什麼地方！」

「你們倆這種做法豈不要害義父的性命麼?」

「這是『虛即是實』的做法，歹徒們若不露面的話，我們永遠不會知道駱駝的下落！」孫阿七說著，邊關照彭虎說：「時間也差不多了，我們該靠岸啦！」

「好的，回航吧！我相信歹徒們已追出海面上，四下裡亂摸索了！」彭虎伸張鐵臂，划動雙槳，徐徐向海灘靠去。

自然他們靠岸的地方和剛才出海的地方有著好大一段距離。

海灘上已不再看見有歹徒的蹤影，自然，他們是雇了船，追出海面上去了。

孫阿七將公事包交至夏落紅的手中，邊說：「皮包是空的，只是做個樣子而已，我們已爲你雇好了汽車停在馬路的旁邊，你只管去吧！」

「你們二位拆的大爛污，算是全交到我的身上了！」夏落紅撅著嘴詛咒說。

「我們會暗中追蹤著你，到時候，至少有一兩個歹徒會落在我們的手中，那是救駱駝脫險，唯一可得的線索！我們實在是逼不得已才這樣做呢！」孫阿七說。

夏落紅一聲長嘆，說：「你們真有把握歹徒們一定會在半山酒店出現麼？」

「由海灘上所見的情形，歹徒們在這裡斷了線索，不見你的蹤影，除了到半山酒店去鵠候之外，還會有其他的方法嗎？」孫阿七蠻有把握地說。

「你打電話的時候，確實知道有歹徒在旁偷聽麼？」

「當然，要不然他們怎麼會追蹤到沙灘上來的？」

於是，夏落紅挾著公事包，坐上汽車便去了。

孫阿七雇好了是兩部汽車，在香港有著這種特種營業的汽車行，只要是有駕駛執照的，繳租費和抽頭金若干，便可以租用汽車自行駕駛。

孫阿七是司機出身，曾在西南公路跑過商車，駕駛技術甚爲高明，他毋需追蹤夏落紅，任意繞道而行，只要算準時間趕達半山酒店就行了！

彭虎是個莽夫，對用計方面向來甚少參加意見，但今晚上他對孫阿七的自信也甚表懷疑，問道：「孫阿七，假如在半山酒店沒有歹徒出現，夏落紅必會找你算帳！」

「嗨，彭虎，你也沒有信心麼？要知道，這一套把戲是駱駝經常玩弄的，我僅是將他的把戲作一番實習，你且看，上當的歹徒不只一個呢！」孫阿七邊開車邊說。

「駱駝的把戲已經不靈了，要不然他怎會跨進歹徒的圈套被人綁架了呢？」

「駱駝是愛子心切，被鬼迷了心竅，所以一時大意了，但是他的一套把戲還是很少不兌現的！」孫阿七笑吃吃地說：「你也不必性急，且等著瞧吧！」

「我們今天的對手並不尋常，你的信心愈大，我愈感到擔心呢！」彭虎說。

孫阿七看準了時間，駕著車駛向半山酒店，忽而，他叫：「糟糕。」

「出了什麼事嗎？」彭虎感到意外而問。

「唉，你且看前面的一部汽車！」孫阿七說。

「前面的一部汽車麼？」彭虎伸長了頸子，只見路前一部黑色轎車，速度像烏龜爬似的，徐徐在路邊行駛著，車中連駕駛者總共是三個人。

孫阿七的眼光犀利，一眼就已經看出那駕車者正是刁探長。

「王八蛋，丟那星怎麼也會來了？」彭虎詛咒說：「有這小子參與其中，成事不足敗事有餘呢！」

孫阿七吁了口氣，說：「這樣看來，除了歹黨以外，連刁探長也派有人盯在我的身邊呢，我打電話給夏落紅時，連他也偷聽到了！」

彭虎憂慮地說：「假如說，只有刁探長派的跟蹤者偷聽到這件事，剛才在海灘上活動的全是刁探長的人，沙哇奴爵士的一方面根本還不知道這回事，那麼豈不糟了？」

孫阿七一怔，惶然說：「彭虎，你別給我太洩氣了！」

不久，半山酒店已經在望。

孫阿七將汽車的大燈滅去，悄悄地，跟蹤在刁探的長汽車背後。

這時候，只見夏落紅像個大傻瓜，呆立在半山酒店門前那廣大的空場上。

他站了許久，不見有任何的動靜，心中對孫阿七的計策頗感懷疑。

忽而，夏落紅被刁探長發現了，這位自命不凡的老鷹犬立刻停下了汽車，和他的助手指手劃腳了好一陣，推車門外出。

孫阿七向彭虎嘆息說：「唉，刁探長這個老王八蛋，一向是成事不足敗事有餘的，他一到，事情可能就砸了！」

彭虎忽向孫阿七搖手，說：「不！這一次也許刁探長對我們大有幫助，看，有人追過來了！」

果然，在那幽靜的半山馬路上，有著許多的人影在流奔著，內行人一看便可以知道，那是負有特殊任務的。

他們很仔細地，每經過一輛停在路面上的汽車，都探首向內注意，恐防有埋伏呢。孫阿七向彭虎打了招呼，伏倒座椅下面去以避歹徒的耳目。

這時候刁探長和他的那名助手已雙雙向夏落紅趨了過去。

刁探長指著夏落紅腋下的公事包說：「我知道你會尋著那東西的，你應該交給我了！」

夏落紅跺腳說：「唉，什麼人沒有吸引到，將你這冤魂吸引來了！」

刁探長伸著手又說：「公事包交給我罷，免得我動手！」

「唉，瞧你可笑復又可憐，我不了解你這份公糧是怎樣吃的？」夏落紅諷譏說。

刁探長叱喝說：「你若再不把公事包交出，我就動手了！」

夏落紅滿腹牢騷無地發洩，自覺爲著一隻空的公事包，和刁探長惡鬥一番也沒有什麼意思，便雙手將公事包擲過去，邊說：「拿去吧！」

刁探長以爲失物已經復得，沾沾自喜，正急著要將公事包打開查看──

驀地由四方八面湧上有五六名大漢之多，揪住了刁探長就是一頓好揍，公事包也被人奪去了。

夏落紅大吼一聲，說：「哼，你們終於到了！」他正好要找幾個人痛毆一陣，以洩心中的怨氣呢，這幾個傢伙來得及時了。

刁探長身旁的那個助手是「銀樣鑞槍頭」，外型蠻像樣的，就是經不起動手，在一交手之下，就拔腳飛逃。

刁探長被三揍兩揍，仆在地上，非但公事包不見了，連手中的那支短槍也不知下落了。

夏落紅心底明白，那隻公事包內根本只有廢紙一疊，它僅是用作吸引歹徒們入彀的，所以，他對那隻公事包並不重視。

他眼看著歹徒們奪得公事包之後互相傳遞，很快的將它傳出了現場範圍。

按照孫阿七的計畫，是利用這個「無中生有」的約會和那隻公事包藉以引誘歹徒們露面，利用此機會活擒他們其中一二人，不難逼他們供出駱駝被幽禁的所在，再行設法救駱駝出險。

所以，夏落紅盡全力纏住了一兩個歹徒，不讓他們脫身，但是「雙拳難敵四手，好漢敵不住人多。」以這方式打鬥，難免會吃虧的。

夏落紅不時的向四下裡注意，他覺得孫阿七和彭虎應該要出現了，計策是他們兩個人定的，最後擒人的目的要達到，他們也應該幫忙啊！

但是孫阿七和彭虎兩人竟連鬼影子也沒有出現，好像他們把此事忘掉了。

夏落紅扭住了一個歹徒，打算將他壓到地上去加以綑綁留作人質，不料到背後衝上來一個人以鈍器猛擊他的頭部，夏落紅眼前一黑，失去了知覺，迷迷糊糊的似乎聽見人聲漸漸散去，也不知道過了多少時間，他張開了眼，腦部劇痛不已，勉強爬起身子來，只見身邊坐有一個人，沮喪臉孔，咬牙咧嘴的，唇上的小髫子也歪了。

那是刁探長呢，他同樣的是剛甦醒過來，挨了揍，渾身都感到酸痛。

「唉，完了，完了，一切都完了……」刁探長喃喃詛咒著說。

「什麼東西完了？」夏落紅問。

「你讓歹徒們將文件奪去了，豈不是一切都完了麼？」刁探長說。

「十三點，那公事包內是空的！歹徒們恁什麼也沒有得著，可惜的是我們一個人也沒有抓到！」夏落紅苦笑說：「這是孫阿七無中生有的鬼計，但是雙方面都空忙了一場！」

刁探長又轉憂為喜，說：「你的意思是說，機密文件並沒有丟失？」

「我說過公事包內是空的，只裝了一疊廢紙！」

「啊，那麼文件究竟在什麼地方呢？」

「除了駱駝以外，沒有人知道！現在唯一的辦法是趕快救駱駝出險！」夏落紅說。

刁探長擔心說：「唉，怎麼辦呢？歹徒們逼得緊，假如駱駝再不把機密文件交出來的話，遲早性命難保！」

「你不是擔心駱駝，而是擔心那份文件和你的官職罷了！」夏落紅一語道破刁探長的鬼念頭，說完便站起身來，彈去了身上的泥垢打算離去了。

「你們下一步的計畫是如何的？」

「誰知道，只有走著瞧！」

「我們何不排除成見，團結就是力量，相信我們可以擊敗共同的敵人的！」

「你的好意不敢領教，我們還是各行各路比較安全！」夏落紅又經過一次失敗，垂頭喪氣地向山坡馬路下去。

「我有汽車在山背後，何不讓我送你一程？」刁探長極其謙恭地說。

「不必了，天色就快黎明，好久沒欣賞過旭日東昇的美景了，我高興散散步！」

刁探長又自討了一場沒趣，目送著夏落紅的背影闊步下山去了。

夏落紅憂悒不已，他很懊惱孫阿七莫名其妙的竟會佈下這麼的一條「無中生有」的計策，固然是把歹徒們和刁探長一併騙來了，但是所得到的結果又是如何呢？那隻裝有廢紙的公事包已被歹徒們奪去，當他們發現皮包內裝的全是廢紙時，是否又會遷怒駱駝？他們會如何對待駱駝呢？

夏落紅是因爲心中有愧，爲駱駝的下落不明而感到不安。

倏地一輛汽車自山坡馬路下來，停在他的身旁按了喇叭。

夏落紅還以爲是那「陰魂不散」的刁探長又來擾纏，他回首一看，只見駕駛室坐著的竟是孫阿七，他裂大口，眼睛笑成兩條細縫，皺起了鼻子，露出兩枚大齙牙，車廂背後坐著的卻是彭虎，他是一派武術家的氣派，喜怒都不露於形色的。

夏落紅看見這兩個人就有氣。叱責說：「你們二位現在才到麼？一場惡鬥已經過去了！」

孫阿七以取笑的語氣問：「勝負如何？」

夏落紅說：「鼻青臉腫的是刁探長，我只是丟失了那隻裝廢紙的公事包而已！」彭虎推開了車門，說：「你還不打算上車麼？」

夏落紅楞楞地探首向車廂內看去，只見座位後頭除了彭虎之外，另外還有兩條大漢，像肉團似地倒臥在座椅之下。

「這是怎麼回事？」他問！

「這就是我們此役的戰利品！」彭虎說。

夏落紅恍然大悟，說：「是剛才抓到的麼？」

「快上汽車吧，要不然，待會兒刁探長追上來我們又被纏住了！」孫阿七吩咐著說：「我們還得爭取時間，逼他們供出駱駝的所在，相信還得費上一番手腳呢！」

夏落紅轉憂爲喜，鑽上汽車，孫阿七推上牌檔，踏滿了油門，汽車飛馳在晨曦微露之中。

駱駝究竟被幽禁在什麼地方？

這是誰也不會想得到的，他被隔離了陸地，困在海面上。

在清水灣的海面上，停泊了一艘豪華的遊艇，遊艇主人據說是某國的女公爵，可是現在它卻在沙哇奴爵士的掌握之中。

這遊艇上設備豪華，有寬敞的餐廳和酒吧間，它的設計甚爲精巧，任何地方都儘量利用，可以說絲毫沒有浪費。

餐廳間的那張長型的餐桌，舖上了彈子檯的桌面，套上了邊框，它便成了彈子台。酒吧的枱架翻過了面，裡面全是豎著的球棒，和記分的設備。

沙哇奴爵士將駱駝幽禁在艇上之後，並沒有難爲他的地方。他可能是打算用「軟功」。

沙哇奴爵士擺出一副惜英雄的姿態，向駱駝說：「你真是個人才，讓你流落江湖實在可惜！」

駱駝說：「我年已老邁，早已收山務農，有幾畝薄田和一座小農場，只因被掃地出門，迫不得已，才重操舊業罷了！」

沙哇奴爵士說：「不，我的意思是要吸收你參加我們的組織！」

駱駝故作驚訝之狀，說：「要我參加你們顛覆自由世界的陰謀麼？」

「不！我們的目的是要解放全世界，建造一個美麗的黃金世界！」

駱駝哈哈大笑，說：「你的所謂黃金世界是否人人做爵士，穿好的、吃好的、住遊艇、傭僕成群，若以無資產階級鬥爭而言，將來誰做爵士？誰做傭僕呢？」

沙哇奴爵士說：「現在還是處在僞裝時代，是逼不得已才這樣做的！」

駱駝又笑說：「既是這樣，沙哇奴爵士將來是否會放棄享受而回到農田去呢？」

「當然，那才是理想的世界！」

「沙哇奴爵士，不如聽我的勸告，繼續僞裝下去算了，可保萬年之福呢！」

沙哇奴爵士嗤之以鼻說：「你老愛貧嘴，這對你不會有什麼好處，醫生囑咐你養病；我這條遊艇上完全符合你養病的條件，甲板上可以曬太陽吹海風，餐廳裡供應一切，還可以玩你喜歡玩的桌球……」

駱駝說：「不錯，醫生的囑咐要經常接觸陽光和新鮮的空氣，但是空氣要自由的才好呢，困在這條船上和坐牢有什麼兩樣？還談什麼養病呢？」

沙哇奴爵士陰森森地說：「你假如想離開這條船，也十分簡單，我的目的所求，你不會不知道的！」

談到了珍珠港海軍招待所失竊的那份文件，駱駝就得把話題打住了，他故意裝模作樣支吾其詞地把話題拖了過去。

「假如我的目的不能達到，你會一輩子都住在這條船上以享你的終年了！」沙哇奴爵士說。

駱駝在表面上甚爲鎮靜，談笑自若，好像一切都不在乎，而心底裡同樣的焦急不已。

他仍擔心著在澳門被綁架失去了下落的夏落紅的安全，父子情深，不管夏落紅經常惹出種種使人嫌棄的麻煩，但是到底是自己一手扶養長大的，尤其夏落紅年紀輕，感情脆弱，又易於衝動，駱駝終歸是原諒他的。

杜雲生大概是負責連絡的，一天有好幾次會上船來和沙哇奴爵士交頭接耳，絮絮報告。

沙哇奴爵士在一天之間也會有一兩次離船，有時候情緒平和，有時候顯得十分緊張，到底這位國際大間諜是不平凡的，絲毫看不出他曾經在檀島栽了一記大筋斗。

沙哇奴爵士在離船時，船上的水手廚子全成了看守人，駱駝更是連寸步都不得自由，除了在那間餐廳兼彈子間他可以自由活動之外，連船舷的甲板上也禁止他外出，休想再曬太陽浴了。

駱駝甚覺納悶，他滿以為落在沙哇奴爵士的手中，沙哇奴爵士為急切需要得到那份軍事機密文件，必會採用極其惡劣的手段，叫他的皮肉受苦一番。可是事實卻完全相反。他除了行動不自由之外，簡直像是在做客，沙哇奴爵士對他是夠優待的，內中的原因？耐人尋味！

第五章　海上追逐戰

沙哇奴爵士和杜雲生再度回到遊艇之上，這次他們帶來了一個紅毛禿頭大漢。駱駝覺得那傢伙有點面善，但是又想不起來曾經在哪兒見過面的？

不過據他的判斷，那個老紅毛必然也是國際間諜，還可能是沙哇奴爵士的頂頭上司呢！

只見他們立在船頭上，對著船艙窗內指手劃腳的，不知道在討論些什麼事情？

不久，沙哇奴爵士進入船艙向駱駝介紹那位老紅毛。

「這位是我們的區長薩喀奴克夫，他是特地來拜望你的！」

駱駝始才恍然大悟，在檀島時經常穿著工人裝束，出進沙哇奴爵士的別墅的，正就是這個傢伙

——果然他就是沙哇奴爵士頂頭上司的那位區長呢。

「我們的『組織』決意請你到我們的KGB總部去，你的騙術正適合我們的需要，我們希望你替我們訓練人才，使你的騙術將來發揚光大！」薩喀奴克夫笑口盈盈地說：「將來整個世界全成爲人民的社會，你將功勞不小，人民會感激你的恩德而爲你建銅像，使你的大名萬世永垂不朽！」

駱駝大笑說：「你們真使我受寵若驚呢，以我這點皮毛技術，怎擔當得起建銅像？鑄一隻銅烏龜差不多，別折煞我了！」

「你將會在KGB最高組織裡做教授！」

駱駝說：「我這個駱駝教授是當著好玩的，一旦真走上了講台，會手忙腳亂的！」

「同時，我們過往的恩怨可以一筆勾消，你的幾個手底下的人，都可以給你做助教，官職都不小！」

駱駝說：「我習慣在南方活動，貴國總部所在的地方太冷，恐怕很不習慣呢！」

「我們總部所在的春夏兩季還是蠻暖和的，冬季屋裡都有暖氣！」

「也許我手底下的幾個人不答應！」

薩喀奴克夫正色說：「我們將你扣在手中，他們會一個個的自動來投進羅網，你一點也不用費心思！」

「你真有這樣的把握麼？」

「很快就會兌現的！」

駱駝被困，連一點歪腦筋也動不得，他已經知道，沙哇奴爵士早已在那條遊艇的週圍佈置好了圈套，在等候著營救他的人入彀，隨時隨地，只要孫阿七或是夏落紅他們有了線索，就會自動的朝張開了的羅網跳。

但是駱駝也只有乾著急，他連一點辦法也沒有，他的一舉一動全被沙哇奴爵士的爪牙嚴密監視著，根本沒有發出危險信號的機會。

所以駱駝裝瘋扮傻，在遊艇上不斷地和那些監守著他的歹徒講些各種稀奇古怪的故事，藉以分散那些歹徒的注意力，假如夏落紅、孫阿七他們能乘他講故事的時間到達的話呢，還大有機可乘。

可是孫阿七和彭虎究竟是否能追尋著線索？夏落紅和古玲玉在澳門是否已經脫險？駱駝全不知道，他好像是和這個世界脫了節。

是夜，月色特別的好，海面上水平如鏡。

沙哇奴爵士所有的一條遊船，停泊在海面上下了錨，安穩得如在陸地上沒有兩樣。駱駝睡在餐艙裡，簡直和睡搖籃沒有兩樣，微波盪漾時，睡的環境也盪漾。

在船兩旁有人值夜把守，駱駝假如稍有不軌企圖的話，全船即會騷動，所以說，他想獨力逃走真比登天還難。

香港是個不夜城，隨時隨地都可以發現在沿海馬路上有著汽車在流動著。

汽車的燈光不時會映射到遊船的窗戶上，駱駝只擔心著那是孫阿七或夏落紅來營救他。

但等到馬路上平息之後，駱駝又頗感到失望，根本連夏落紅他們的影跡也沒有。過了午夜，時鐘敲過三點，忽的海面上流動著一條舢板，靜悄悄的划至海面上。果然的，那是夏落紅他們到了，他們以最謹慎的行動，來救駱駝出險。

夏落紅、孫阿七、彭虎在半山酒店設計騙沙哇奴爵士的爪牙入彀，實行拷打逼問，總算盤問出了駱駝被幽禁的所在。

夏落紅的水性最好，先由他下水泅泳，爬上遊船上實行摸哨。

夏落紅悄悄游近了那艘遊艇，不敢輕心大意，繞著船緣輕輕的摸索了一番，他發現在左邊的甲板上有著一個把哨的歹徒正在打盹。

遊船上早已是幽燈黯火了，相信船上所有的人全睡熟了，駱駝被幽禁在什麼地方？不知道。

在船兩旁懸掛著有好幾隻廢輪胎，那是用以靠岸時避免磨擦用的。

夏落紅正好利用那些輪胎登上船去，當他揪住了繩索，運用臂力升出水時，身上濕淋淋的水珠滴落水面上，不免濺出了聲息，好在那個守夜的歹徒猛打盹，竟一點也沒有發覺。

夏落紅弓身蹲在輪胎上歇息了片刻，始才伏身跨過了船欄，躡足摸索上前，忽地以「餓虎撲羊」姿勢，擒住那守夜的歹徒，運用臂力，以手肘去扼他的咽喉，歹徒突受到背面突襲，沒有還架之力，也掙扎不開，連叫喊的機會也沒有，便告昏厥過去了。

夏落紅將他拖到地上，解下他身上的襯衫將他反綁，又沿著船摸索，細看船上的每扇窗戶。

前艙的甲板上另有著一個守夜的歹徒，架好帆布椅正坐在甲板抽煙。

夏落紅悄悄的過去，摸出身上攜帶著的一柄鋒利的匕首，忽而兜後舉至那歹徒的跟前，向後一收，刀鋒便貼在那歹徒的咽喉上了。

「不得張聲，否則沒命！」夏落紅輕聲警告說。

那歹徒嚇得渾身戰慄，張開雙手表示願意投降。

「被你們綁票的人，關在什麼地方？」夏落紅再問。

「你是說那個禿頭愛說笑話的老傢伙？」

「是的，被關在什麼地方？」

「在前艙的餐廳裡，由這裡向右邊過去第一扇門就是了！」

「你沒撒謊吧？」

「你的刀子在我的咽喉上，我怎敢撒謊呢？」歹徒說。

夏落紅便擰轉刀柄，使勁地向歹徒的頭頂上擊下去，那歹徒便昏過去了。

夏落紅照樣的剝下他的襯衫將他綑綁，然後拖至一個不被人注意的地方。

他朝著餐廳的方向過去，那兒有著幾扇圓形的窗戶，向窗內窺探，黑黝黝地什麼也看不見。

夏落紅頗感懷疑，他的義父真被幽禁在內嗎？駱駝的出身是老江湖了，警覺性至高，何況他又是被囚禁之中，晚上若有人在房門前摸索，他不應該不會知道呀！那扇大門是下了鎖的。夏落紅輕輕的在門上敲了幾下，同樣的沒有反應。

夏落紅隨身攜帶著的，只有一把匕首，他後悔沒將百合鑰帶在身上。

夏落紅再去敲那扇窗戶，忽的只見那扇圓洞窗上露出一張古怪的臉。

那正是夏落紅的義父駱駝呢！他的情緒十分的緊張，齜牙咧嘴的，又不敢大聲說話。他不斷的揮著手，教夏落紅迅速離去。

夏落紅沒領會駱駝的意思，只指著門閂——教駱駝趕快開門逃走。

駱駝隔著窗戶，不斷地向夏落紅的身後指，可是已經來不及了，夏落紅一回首時，身後有兩支槍對準了他。那是大名鼎鼎的沙哇奴爵士和他最好的助手杜雲生。

大局早已佈好了，只等待著夏落紅自己落網。

沙哇奴爵士含笑說：「夏落紅先生，我們等待你已經好久了，終於你還是到啦！」

駱駝在窗內將雙手一攤，扮了怪臉，表示他也是無可奈何的。

到這時候，夏落紅始知中計了，踏進了敵人的圈套啦，兩支槍逼住了他，不！在船艙的頂上也露出了一個人，手持大號獵槍。

夏落紅假如想躍水逃走的話，幾支槍會將他射得稀爛！他唯有束手被縛了。

「怎麼只有你一個人，你的伙伴呢？」沙哇奴爵士笑著問道。

「我向來是獨來獨往的，不高興帶任何的伙伴！」夏落紅回答說，他自是得替孫阿七和彭虎隱瞞，恐防他們跟蹤而來，遭受同樣的待遇。

「不！你從來是不落單的，至少也要帶個把女人！」杜雲生也取笑說。

「帶女人那是遊山玩水的時候！」

「在澳門玩得高興吧？」沙哇奴爵士說。

「不壞，你們的圈套佈得很遠，使我佩服不已！」夏落紅說。

杜雲生已啓開了餐艙的大門，招呼夏落紅進內。

駱駝站在門首，說：「小子，你終於到了，這裡的待遇不錯，我們父子正好敘敘家常呢！」

夏落紅走進餐艙，就伸手至牆壁上去摸索電燈的開關。

原來，他是和孫阿七及彭虎相約好了，若得手成功，他帶駱駝泅水浮出海面上請孫阿七接應，若失敗的話，一定設法開亮船上任何地方的電燈，請孫阿七特別注意。

「電燈的開關在哪裡，爲什麼你們一直留在黑暗之中？」夏落紅說。

「王八蛋，他們將燈泡全部拿走了！」駱駝回答說。
「那是為什麼？」
「幹間諜工作的人，慣於利用燈光做暗號，他們是防範我也！」駱駝說。
「我們父子見面竟在黑暗之中！」夏落紅說。
杜雲生格格笑了起來，說：「夏落紅，你不必用什麼詭計了，只要孫阿七和彭虎他們任何人露面，我會接待他們和你們團聚的！」
他們父子在這種境況之下見面，心頭上自是一番辛酸。
駱駝嘆息說：「你一個人來的吧？」
夏落紅聳肩說：「可不是一個人來的麼？」
沙哇奴爵士卻插嘴說：「你絕非是單獨一個人行動來的，你還有兩個伙伴，我相信他們不久就會向這圈內跳進來！」
正在這時，忽地一名水手跑進了船艙，向沙哇奴爵士報告說：「有一條舢板向我們搖過來了！」
「船上有幾個人？」
「好像只有一個人影呢！」水手回答。
那條舢板，漸漸的接近了，可以看得頗為清楚，船上的確是只有彭虎一個人。
夏落紅和駱駝被一名槍手監視牢了，眼巴巴地看著彭虎又墜入了圈套。
「糟糕，又掉進網一個！」夏落紅嘆息說。

一連抓住了駱駝的兩個黨羽，沙哇奴爵士面有得意之色，他說：「現在我們只要等候孫阿七入網就可以功德圓滿了！」

「很簡單的，夏落紅和彭虎都會知道孫阿七在什麼地方，我們去請他上船，豈不是大家都省事？」杜雲生建議說。

「孫阿七那小子也是鬼計多端的，不如讓駱教授到船舷上去露面，相信他一定在海面上的附近，很容易的就會自動來參加我們這盛大的『派對』！」沙哇奴爵士笑著說。

「海面上發現一條摩托快艇！」一名水手神色倉惶地走進餐艙向沙哇奴爵士報告。

「什麼方位？」沙哇奴爵士好像有了預感，很可能是駱駝的黨羽孫阿七，這是在他們之中本領最爲高強又是最難惹的一個。

「在左舷的海面上繞過來！」

「不會是官方的船隻吧！」杜雲生很機警地指揮著他的爪牙，將駱駝、夏落紅和彭虎押進底艙裡去。

「那不是官方的巡邏船！」沙哇奴爵士已站立在甲板上，持望遠鏡觀察，他說：「那只是一條摩托快艇，頂多十六匹馬力！」

「它分明是朝我們來的呢！」負責守望的水手甚感到困惑，「它有什麼企圖呢？」

「一定是孫阿七了，也許他發現全船亮燈，實行硬攻了！」沙哇奴爵士說。

杜雲生已走上了甲板，指揮著全船備戰，準備打一次硬仗。

「不！在這海面和陸地距離過近，不適宜打硬仗呢！」沙哇奴爵士放下了望遠鏡，說：「我們避它一避，立刻起錨！駛出外海去！」

杜雲生並不同意，說：「爵士，那有什麼作用呢？」

沙哇奴爵士說：「一則我們可以離岸稍遠，不管打什麼仗，於香港的治安無關；二則，我們的遊艇速度快，它追我們不上，同時，這種摩托快艇甚耗油料，假如它的油量不足的話，我們大可以將它扔在公海之上，教他束手待縛！」

「我們駛出了公海，也許它就不追了！」杜雲生說：「我們在香港的事情仍未了呢！」

「有駱駝、夏落紅、彭虎，三個人被擒在我們的手中，孫阿七焉有不追之理？等到駛至公海之後，他就知道上當了！」

杜雲生雖不同意沙哇奴爵士的高見，但是他需得服從命令，於是立刻下令起錨發動引擎。

那艘摩托快艇如一支箭似地，在黝黑的海面上劃開了兩道白浪，直向他們遊艇的所在處衝過來。

「恐怕來不及起錨就會被它追上了呢！」杜雲生說。

「來得及，我們的馬力較他們強十數倍！」沙哇奴爵士說。

遊艇的引擎已經怒吼，錨剛拉出水面，那條船就已經移動了，以全速前進，打算駛往公海。

那條摩托快艇卻漸追近了，沙哇奴爵士儼如一艘戰艦的艦長，指揮全盤作戰，他很鎮靜地又舉起望遠鏡觀察。

這一次，沙哇奴爵士全身打了一個戰慄，事情大出他的意料之外。

那條摩托快艇之上，有著三條人影，駕船的是一個身材削瘦高高的個子，借著那艘快艇駕駛室內的燈光，沙哇奴爵士以最銳利的眼光去鑑認，那可不是負責檀市治安的那條糊塗蟲刁探長嗎？

爲什麼刁探長會追來了？

刁探長的目的自是爲珍珠港海軍招待所丟失的那份軍事機密文件，所以不惜命似的窮追，也可以說是爲了那份官職而賣命。

「我們出不到公海就會被它追著了！」杜雲生說。

「那不是孫阿七，是檀市來的刁探長呢！」沙哇奴爵士感到困惑說：「我們不能出到公海，更不能開火了！」

「奇怪，刁探長爲什麼會追到這裡？」杜雲生有點不大相信，自沙哇奴爵士的手中接過了望遠鏡。

「把我那把裝有滅音器的來福槍取出來！」沙哇奴爵士又吩咐說。

「你打算將刁探長他們幾個人一併解決麼？」

「可以永絕後患！」沙哇奴爵士說。

這時候，那艘摩托快艇卻駛向大海外面去了，好像要截他們的前路。

「王八蛋，他打算撞船不成？」沙哇奴爵士感到有點莫名其妙。

裝有滅音器的來福槍已經取到了，沙哇奴爵士拉開槍機上了實彈。

「在香港的領海內，槍殺一名警官不太好吧？」杜雲生提出了疑問說。

「不！我是要遏阻他繼續向我們窮追！」沙哇奴爵士舉起了槍，正對著瞄準器瞄準之際，忽的只見一線火光飛上了天空，又徐徐下降。

那是信號槍！

「王八蛋，刁探長居然用信號槍，他還有什麼陰謀不成？」杜雲生叫囂著說。

「奇怪，他還不只是一條船來麼？」沙哇奴爵士納悶地說。

「杜總管，瞧，右舷上又發現一條船！」一個水手向他大聲招呼說。

果然的，在那黝黑的海面上，只見一道白浪沫，又是一條摩托快艇如箭似地追蹤著遊船駛來。

「我並不在乎刁探長帶來了多少條摩托快艇，這個糊塗蟲若再用信號槍的話，引起停泊在封鎖線附近的兵艦注意，那時候我們就麻煩了！」

「劈！」又是一響信號槍，是打後面追出來的那條摩托快艇射出來的。

那像是一顆照明彈，將海面上照耀得亮了一大片。

兩條摩托快艇分左右向遊船夾攻。

「這樣我就不能留他們了！」沙哇奴爵士目光灼灼，充滿了殺機。他舉起槍來又再次的向刁探長的快艇瞄準。

「不好，那條快艇已經向我們追近了，它可能會超向前面去呢！」一名水手報告說。

「還只需幾十分鐘我們就可以超出公海外去，那時候收拾他們比較容易！」杜雲生說。

「劈，劈，劈！」沙哇奴爵士已扣了槍機，一連打在刁探長的船頭上，那條摩托快艇的擋風玻璃炸裂了，碎片四濺，把刁探長的臉也割傷了。

刁探長用喊話器向遊船呼叫：「沙哇奴爵士，你已經逃不掉啦，快停船投降！」

「劈，劈……」沙哇奴爵士給他的回答，只是一連串的滅聲槍彈。

「好小子，在領海之內居然敢動武，可謂膽子長了毛呢！」刁探長擺動了舵盤，不斷地左右幌動以躲避射擊。

「砰，砰，砰！」槍聲響了，是和刁探長同來的那條友船開了火，以阻截遊船逃出公海去。

「好吧！我們雙方面夾攻！」刁探長說。

駱駝和夏落紅、彭虎三人，被囚禁在底艙內，他們趴在那圓洞似的小玻璃窗向外窺看這一場追逐戰。

正在這時，忽地只聽得船艙外面大亂，沙哇奴爵士和杜雲生都在怪叫怪嚷。

「讓開，讓開……」

「呵，這樣要相撞了……」

「不得了，它們直朝我們衝過來……」

跟著，「轟」然一聲，駱駝他們在船艙內均受了震盪，仆倒在地板上打了一個大筋斗。原來，是那位糊塗探長駕著快艇繞大圈打算抄阻沙哇奴爵士的遊艇，可是他的駕駛技術不夠高明，快艇兜過來時正好和遊艇的航線接觸，雙方各不相讓，轟然一聲撞個正著。

當然，吃虧的還是那條摩托快艇，頓時，船底朝天，骨碎支離，船上的三個人全落海，沙哇奴爵士的遊艇還是衝了過去。

「不好，左邊船舷上被撞了一個大窟窿！」一個水手怪叫著說。

「看看有沒有進水？」沙哇奴爵士指揮著搶救。

刁探長和他的兩個爪牙翻船落了水，高呼救命不已。

後面跟上來的一艘快艇，卻沒敢繼續去追那艘遊艇了，當前是救人要緊。快艇停下來，亮了探照燈，將刁探長他們一一扯上船，但是快艇這麼一停留，沙哇奴爵士那艘遊艇便遠颺而去。

「探長你真了不起，居然奮不顧身和賊船相撞，這種勇氣實在天下少有呢！」一個拍馬屁的探員說。

「少囉唆，別讓前面的船跑丟了，我們快追！」刁探長爬上了甲板，因爲風大，氣候寒涼的關係，他猛打抖嗦不已。

海面上是黑魘魘的，假如說任何的船隻不亮著燈的話，那是很容易相撞的。

「刁探長，那遊艇好像不見了呢！」他的手下人說。

「王八蛋，別丟人，剛才它才穿過去的！」刁探長說。

「但現在它不見了！」

「沒有理由！」

經過了一陣緊張的氣氛之後，卻又漸漸地安靜下來，連引擎也熄了火，那條龐大的遊艇便飄流在海面上。

駱駝他們由洞窗向外看出去，只見海接天，天連海，大概是已經航行到公海之上了。

是沙哇奴爵士命令停船檢查損害的，據說船頭被撞開了一個很大的裂口，前艙已進了水，那是非常危險的事情，萬一海水漫進了機艙，那就麻煩了。

若在海面上修復的話，他們缺乏工具和機具，若向回程駛去，又必會和刁探長他們的第二條快艇接觸，也許又會演出第二次的火拚。

天色已漸告黎明，海洋上是一片蒼茫的白霧。

沙哇奴爵士向大家吩咐說：「我們儘快用現有的器材暫時搶修維持到午後再說！」

杜雲生建議說：「我們漂流在海面上不是辦法，假如要避免和快艇作第二次接觸的話，倒不如趁此慢慢地向澳門方面駛過去！」

沙哇奴爵士並不同意，說：「我們尚在公海的邊緣，若航行的話需得極度減速，若遭遇上任何國家的船隻或戰艦，連逃也逃不脫，不如在此下錨，先行搶修！」

「假如有船隻航行經過，我們一樣逃不了的！」杜雲生說。

「若真遇上了，我們唯有謊稱遇上海賊被擊傷了，反正這是死無對證的事情！」沙哇奴爵士堅持如此，杜雲生無可奈何地只有指揮著水手們修船去了。

船艙內真的浸進了水，漸漫延到駱駝他們被囚禁著的貨艙中。

「嗨！要沉船啦！」駱駝對著洞窗外拉大了嗓門高聲呼喊。

沙哇奴爵士聽說，即派人過來將那扇鎖著的厚木門給打開了。沙哇奴爵士探進頭來向地板上打量了一眼，那不過是漫進了一點點海水罷了！

「哼！我們都不緊張，你需要這樣大叫大嚷的嗎？」他斥叱駱駝說。

駱駝說：「要知道我們三個人中有兩個是旱鴨子！天不怕，地不怕，就是怕水！你們把我幽禁在水上就是不應該的！」

沙哇奴爵士便吩咐手下人將他們三個人押上樓上的餐艙。還說：「我們正在修船的時候，希望你們好好待著，別給我們增添麻煩，要不然，不要說我們待客不週了！」

駱駝說：「我希望知道船上損害的情形，我們現在同在一條船上，『同船共渡，五百年修。』我們應該同舟共濟才對！」

「沒什麼大不了，船頭上裂了大口就是了！」

「哈！真想不到那位糊塗探長一個人就弄得你們焦頭爛額了！」駱駝譏笑著說。

沙哇奴爵士不理會他的譏笑，教手下將他們三人押進了餐艙，同樣的給鎖了起來。

搶修的工作仍在進行，在器材不足的情況之下，他們唯有盡最簡陋的方式暫時補釘著再說。

駱駝伏在窗前，似在動腦筋，求脫身之計。

彭虎向他說：「你就算有更大的智慧也不行了，我們能逃到海面上去不成？這是公海呀！」

駱駝說：「假如逃不掉的話，到他們的總部去做一名特務訓練官也不壞，至少在履歷上又多添了一行！」

忽的，在瞭望塔上有人呼喊：「爵士，又有一艘快艇追來了！」

沙哇奴爵士吃了一驚，持著望遠鏡急切地跑上駕駛台，舉起望遠鏡一看，不禁跺腳詛罵起來：「王八蛋，那個刁探長真是陰魂不散，他窮纏著我幹嗎？既沒有能力引渡我回檀島去，又無法擒拿我，自己真要找死不成麼？」

杜雲生已下令全面備戰，他向沙哇奴爵士說：「在公海之上，各憑火力，我們將它轟沉算了！」

所有的水手已各就各位，連卡賓槍、衝鋒槍也全部出籠。

沙哇奴爵士檢查船上搶修的情形，希望還能發動引擎航行作戰。

駱駝又伏在窗口觀望，他已經看到，果真那個糊塗探長在翻船落海之後，又乘上另一條快艇，繼續向遊艇追蹤而來。

駱駝和刁南成探長，原是無仇無怨的，這傢伙不學無術，只憑一味的蠻幹苦幹，能爬到探長的地位，也著實是不容易了。

瞧他的那付精神，由檀島追蹤至香港，又在香港管它三七二十一胡追猛追的，由陸上追至海上，由海上追出公海，簡直可說是因公忘私！說他糊塗，卻也蠻可愛的，也可愛得怪可憐的。

駱駝對刁探長不諒解的地方，是在檀島上刁探長跋扈無能，把心眼兒著重在駱駝過去行騙的歷史而把大局誤了，到了最後要收拾沙哇奴爵士的國際間諜網時，他又輕率大意竟讓主犯逃之夭夭，以致留下今天的這場大禍。

彭虎和夏落紅也擠到窗前，眼看著刁探長的那艘快艇，漸漸的要和遊艇接近了，沙哇奴爵士的火力，早已經佈置好，只等待刁探長的快艇進入火網，反正在公海之上，要打翻刁探長的那條摩托快艇是輕而易舉的事情。

「唉，刁探長豈不是自尋死路麼？」彭虎嘆息說。

「義父，我們豈能見死不救？」夏落紅向駱駝問：「刁探長縱然是對我們不利的，到底他還是站在正義的一方面，教他落海去餵王八……我們於心不忍吧！」

駱駝說：「我們是泥菩薩過江，自身難保，哪還管得了他那麼許多呢？反正一個人在活得不耐煩時，其他的人是一點辦法也沒有的！」

「義父，你向來是鬼計多端的，爲什麼不用點急智，免教刁探長羅難，這真是慘無人道呢……」

駱駝搔著頭皮，說：「假如我有急智，早救自己脫險了，還能等到此時讓你們也來一同受苦麼？」

彭虎也無法容忍，運用全身的力氣設法掙脫反綁著的繩索。

「義父，只有你的手沒有被綁著，爲什麼不替我們解開綑綁，內應外合也許可以將沙哇奴爵士他們一夥人制服！」夏落紅說。

駱駝搖頭，說：「我們三個人手無寸鐵，哪裡會是他們的對手，我的年紀雖然大了，但仍想活著！」

「唉，義父，你好像完全失去了鬥志了！」夏落紅責備說。

眼看著，刁探長的摩托快艇更是接近了，只聽得刁探長拉大了嗓子在怪叫：「喂，沙哇奴爵士你逃不掉啦，逃出公海你就被捕了，毋需要引渡法我就可以抓你回檀島去，你需要面對法律，接受公平的審判！」

沙哇奴爵士站在船舷冷笑著，喃喃自語說：「這小子想得多麼的開心！」忽然，他一擺手，所有佈伏在船舷兩畔的槍手全露了面。

一聲令下，所有的槍械全開了火，以密集的火力向摩托快艇射擊。

幸而，那艘摩托快艇很機警地閃避開了。

沙哇奴爵士的遊艇因爲船頭浸進了水，沒敢發動馬達無法且走且戰，在形式上就吃了大虧。

「好小子，居然敢開火麼？」刁探長又叫吼著。

只見那條快艇，繞過了船頭又兜了過來，也跟著開火還擊，刹那間，海面上槍聲密集，形如一個海面上的大戰場。

摩托快艇的身形靈活，一直繞著遊船打轉，使沙哇奴爵士的槍手們疲於奔命。

「沙哇奴爵士，對付刁探長應該由我來！」駱駝忽地在洞窗上呼叫。

「不！毋需你動什麼腦筋，我很快的就可以將它解決了！」沙哇奴爵士說。

「不！你的船拋錨，就算殺死了這位探長，也逃不掉，反而落個拒捕殺人的罪名！」駱駝勸說。

「本來我的罪名就不輕！」

「你逃出了檀市本島，那些罪名已經過去了，這時候你是在接近香港的公海上！」

沙哇奴爵士又說：「你能有什麼辦法可以制服刁探長的愚蠢攻擊呢？」

駱駝說：「我僅是在動腦筋，天底下的事情，往往是靠一時的急智靈感所產生的，我希望能有機會試試看！」

沙哇奴爵士啓開了餐艙的大門，帶進來兩名槍手，他恐怕駱駝有詐，首先檢查彭虎和夏落紅身上所綑綁的繩索。

他又說：「由你去應付刁探長，也好讓你嚐一下做肉靶子的滋味！刁探長的官司和他的政治前途全懸在你的身上，也許他就會停火了！」

這時候，刁探長的摩托快艇仍繞著遊艇打轉實行攻擊。

「沙哇奴爵士，你的遊艇已受了創，根本逃不脫，吩咐你的手下棄械投降，要不然，所有的人都得陪你葬身魚腹！」刁探長居然採用「心戰」，煽惑沙哇奴爵士手下的爪牙。

遊艇上的槍手仍繼續向摩托快艇射擊，槍聲連續不斷，顯得十分熱鬧。

沙哇奴爵士將駱駝押至船頭之上，吩咐手下熄火，邊向摩托快艇招手說：「刁探長，你且看什麼人在我們的船上？」

刁探長老遠一眼就可以看出駱駝那張古怪的臉孔，立時也吩咐他的夥伴停止攻擊。

「啊！沙哇奴爵士，你又多了一項綁票的罪行了！我早已知道駱駝被囚在你們的船上，夏落紅、彭虎他們趕來營救也失了蹤！」

駱駝便高聲說：「刁探長，你打沉了這條船也沒有用處，沒有我的幫忙，你同樣的交不了差，一樣要丟官的！」

刁探長說：「駱教授，別搞錯了，我是特地來營救你的，我先包圍這條船，纏著不讓他們走，再不久，援兵就要到了，有一條巡邏快艇來接應，沙哇奴爵士和他的爪牙一個也逃不了，我們要將他一網打盡引渡回檀島去！」

沙哇奴爵士聽說，真有點心驚肉跳，若是刁探長真召來巡邏快艇的話，他們確實就要束手就縛，至少船上私藏了大批的軍火，這罪名恁怎的也逃不了，那時候再向他的上級求援，遠水救不了近火，先吃了眼前虧，一定不划算。

駱駝立在船頭上，卻很平和地向刁探長他們招呼說：「丟那星，你猜想沙哇奴爵士為什麼綁架我？」

「問題很簡單，沙哇奴爵士的目的是在那份軍事機密文件之上！」刁探長說。

「我假如將文件交出來，自然就沒事了！」駱駝說。

「不！沙哇奴一定會殺你滅口的！」

「我假如不交出來的話，他們會將我沉屍海底餵王八！不交出來也是死，交出來也是死，我考慮再三，這東西留著，對我一點用處也沒有，不如將它貢獻出來……」

刁探長大驚，說：「駱駝，我是拚死來相救的！你不能站到他們的一方去！」

「我是被綁在這裡的！」

「再過不久，香港的巡邏艇就會來接援我們了，一定可以救你出險的，哼，他們一個也逃不了！」

「不！已經來不及了，沙哇奴爵士現在就要把我扔進海裡去餵王八，我只好從實招供！」

刁探長在艇頭上跺腳怪叫：「不！你不能把文件交到他們的手中……」

駱駝正色說：「我已經招供了，現在告訴你也許無益，但是事到臨頭，我不得不說，那份文件是收藏在我住的酒店房間裡的電風扇的座墊之下！」

「住嘴！」沙哇奴爵士知道駱駝在用計，故意一聲叱喝，用手去堵住他的嘴。

駱駝掙了開，故意大聲叫喊說：「沙哇奴爵士已經派人去取去了，快設法截阻……」

刁探長曾經上駱駝的當上多了，搔著頭皮，說：「駱駝，你不是唬我的吧？」

「你假如再不設法恐怕來不及了！」駱駝怪叫著。

但沙哇奴爵士已讓手下爪牙將他押下去了。

刁探長半信半疑，他原是有著兩條快艇同來的，可以互相照應，互相連絡，但在頭一回交戰之中，刁探長駕駛不慎就弄翻掉了一條，當他被救上另一條快艇之後，就成「孤掌難鳴」了，仍然連接應的也沒有。

他所說巡邏艇來接援原來是虛張聲勢，其實他和香港政府連什麼交涉也沒有辦好，現在，好容易能纏住了沙哇奴爵士的艇船，豈能又讓他脫身？但是那份軍事機密文件關係重要，既有了線索，又怎能放棄？

他不知道該如何是好？有左右做人難之感，沙哇奴爵士又吩咐開火。

刁探長忽地擰轉了船頭，開足了馬力，向相反的方向回去，他是經過了考慮：還是文件要緊！不管駱駝的話是真是假。至少要搶在沙哇奴爵士的爪牙到達駱駝居住酒店的房間之前，拆開那座電風扇的底盤，當可證明駱駝是否又在要噱頭？

刁探長心中想，駱駝時運不濟，一再敗北，他的性命已握在沙哇奴爵士的手中了，假如再玩狡獪的話，會連性命都玩掉，那就太不聰明了。

刁探長這麼一離去，避免了一場大戰。

駱駝哈哈大笑，向沙哇奴爵士說：「有時候退兵之計，並毋須要用武力，三言兩語，那個糊塗探長，不就乖乖的去了嗎？」

第六章　施巧計駱駝脫困

駱駝是個極端鬼計多端的人物，他斷然不會將一份關係重大，價值連城的軍事機密文件就收藏在一把電風扇的座盤上，駱駝他們幾個人在這間酒店之中總共開有好幾個房間，刁探長心中想，也許駱駝那份軍事機密文件分散開了，分別收藏在幾間房間的電風扇座盤底下。

於是，他乾脆實行一次總檢查，請酒店內的員工幫忙，把幾間房間內的電扇全調換出來，一一拆開。

刁探長頗有收穫，在其中的三把電風扇的座盤下都藏有東西，都是一式的薄得幾乎透明的皺紋紙，內有幾張是用原子筆繪成類似建築物又像是地圖一樣的東西。

拿那些圖畫互相比較，它又張張不同，七拚八湊也拚不出什麼名堂來。

這是什麼意思？莫非是駱駝玩的把戲？這傢伙死到臨頭，最後告訴刁探長這個機密，但是圖畫裡表達出來的，刁探長完全不明白。

沙哇奴爵士也出了重資購買了眼線佈置在該酒店之內，刁探長拆電扇獲得許多文件的消息，需得立刻向沙哇奴爵士報告。

在這同時，駱駝被沙哇奴爵士俘虜的期間，由檀市拍來了好幾封電報，內中有兩封電文是採用密碼的，只有一封是用明碼，明碼的電文上寫著：「該物應如何處理？是否即送香港？」下面署名是一個查字。

不消說，那個查字就是代表查大媽這「九隻手祖奶奶」了。查大媽雖然宣稱不再參加駱駝毫無意義的冒險行動，但是由這封電報的證明，她還是在替駱駝工作的。

電報上所指的「該物」究竟是什麼東西？是否就是那項軍事機密文件？另外的兩封電報因爲用的全是密碼，誰也看不出。

刁探長得到酒店裡的員工幫助，看到那三份電報，他讓手下人各抄了一份，留著加以研究。

當刁探長搜查駱駝住房拆看電風扇時，沙哇奴爵士的爪牙也到了酒店，他們裝扮著是過路的旅客，暗中窺探刁探長的所獲物，酒店內也有他們的「內線」，三封電報的內容同樣的抄了一份交到他們手中。

不久，沙哇奴爵士在遊艇上就得到消息，那艘遊船內有著完善的通信設備，消息傳遞得十分詳盡。

沙哇奴爵士又找駱駝談話，他很冷靜地說：「據我的了解，你不會簡單的就把那份文件假任何人的手或是交出來的，現在我接獲情報，刁探長已經在你住的酒店內拆開了好幾把電風扇，他得到的是幾張用原子筆繪成的圖畫，那究竟是什麼東西？」

駱駝裝瘋扮傻，說：「沙哇奴爵士沒有派人去強奪硬搶，倒顯得非常的沉著呢！」

沙哇奴爵士說：「有你這位貴賓在我的手中，遲早那份文件還是要交給我的，我又何須要著急呢？」

駱駝大笑，說：「爵士說得對，但是每一個人的智慧不同，有時候才華卓著的人千算萬慮也有一失，愚蠢的人傻人自有傻福，糊裡糊塗地就會搭上了線，這正如你、我，和刁探長！」

「那圖畫上繪的究竟是什麼東西？」

「當然，那是文件藏在處的指示路標！」

沙哇奴爵士冷嗤說：「別騙我，你的陰謀我很了解，你無非希望我和刁探長起正面的衝突，然後你又是坐山觀虎鬥！從中取利而已，這種當我不會再上了！」

駱駝又是格格的一陣大笑，說：「沙哇奴爵士不愧為一位久經訓練的大間諜，處理問題十分的冷靜呢！可是我得聲明，幹我這一行的，總得要放多頭的線索，譬如說到了某一個關頭，不稍留一點退步的話，就是自絕去路，正如刁探長來去匆匆，不給他些許收穫，他永遠會像冤魂似的在我們的身畔擾纏著不散！」

「那圖畫上繪著的到底是什麼東西呢？」沙哇奴爵士再問。

「那是指示文件收藏所在的路標！」駱駝再說：「爵士，你只管放心，憑刁探長的智慧，他不會看得懂的！」

沙哇奴爵士正色說：「當然我會放心，除了刁探長之外，任何人也不會看得懂的！」

「但是除了我之外，任何人還需得要有兩幅圖，才能取得那份文件！」

「有了你，比那些圖畫重要得多了！」

「這就是沙哇奴爵士比其他的人精明的地方！」駱駝翹起了大姆指讚揚說。

沙哇奴爵士又取出剛收到的電報，念著：「檀島給你來了三封電報，其中有兩封是用密碼拍的；另外的一封是用普通明碼，上面寫著：『該物是否即時送港？』那『該物』二字是指什麼東西？」

駱駝俏皮地說：「依沙哇奴爵士的研判呢？」

「是否就是那些機密文件？」

駱駝搖了搖頭，說：「你滿腦子裡都是軍事機密文件，不可能是有其他的生意買賣麼？」

沙哇奴爵士惱了火，正色說：「駱駝！由你落到我的手裡到今天，我一直對你十分禮待，不過一個人的忍耐是有限度的，我希望你能放明白一點！」

駱駝聳了聳肩，說：「你對我的兩個夥伴卻不太禮遇呢，在甲板上乾曬之後，又押到伸手不見五指的黑船艙裡去！」

沙哇奴爵士說：「你只會動腦筋，他們卻喜歡動手腳，我對他們兩個不得不採取防範，假如你心痛的話，和我切實合作，許多事情都可以迎刃而解！」

「你的目的還是那份軍事機密文件！」

「當然，你該知道它對我的重要性！」

駱駝攤著手說：「你將我囚在船上一輩子也拿它不到的，我已經說過，軍事機密文件仍留在檀島之上，同時，除了我之外，任何人拿它不著！」

「刁探長取到那幾幅圖也起不了作用麼？」

「刁探長不知道它在什麼地方，取了圖也是枉然，但是較爲有腦筋的人卻又另當別論！」

「你認定了刁探長沒有腦筋麼？」

「假如他有腦筋的話，就不會落至今天的這個地步了！」

沙哇奴爵士又問：「那麼那兩封密碼的電報，內容又是寫著些什麼？」

駱駝說：「我的密碼非常簡單，單日、單號碼加一，雙日雙號碼加二，很容易就可以譯出來的！」

沙哇奴爵士立刻吩咐船上的譯電員按照駱駝的方式將他的兩封電碼譯出來。

經過譯電員費了一番腦筋之後，第一封電文的內容是：「鄺警察局長的身體很好！」另一封是：「三缺一請常輸的到了！」

沙哇奴爵士如墜五里霧中，說：「這是什麼意思？」

駱駝解釋說：「這非常的簡單，檀市的警察局長身體很好沒有病，另外就是查大媽、何仁壽他們閒著沒事幹，經常打麻將，又經常的三缺一！」

「胡說，這分明是暗語！」沙哇奴爵士瞪目說。

「我說的是實話；你一定要當它是暗語，那又有什麼好說的？」

「這種屁大的事情還犯得上拍電報用密碼嗎？」

「見怪不怪，其怪自敗！這是至理名言！」駱駝露出笑臉，搔著頭皮說。

「這署名查字的該是查大媽了！」

「只此一家別無分號！」

沙哇奴爵士怒氣沖沖的讓杜雲生召集了對暗語有特別研究的幾個人，進行研究那幾封電報的含意所指。

杜雲生提出了意見說：「駱駝是個老奸巨猾的東西，我們只要拆他幾根骨頭，不怕他不從實招來；爵士爲什麼對他遲不肯用刑？」

沙哇奴爵士說：「不！組織要研究這個人，萬一將來真給他當什麼訓練官，他豈不會向我們搗蛋報復麼？」

杜雲生不以爲然，嗤笑說：「爵士還怕報復麼？」

「不！假如非要用刑的話，會讓組織看得我們太低能了，而且將來我們還可以有互相利用的地方！」沙哇奴爵士說。

他們需要研究駱駝的三封電報的內容，杜雲生搬出了駱駝過往的資料。

杜雲生經過一番研究後，說出他的見解，他說：「據我看，『此物』二字，還是指那份軍事機密文件，當時，夏落紅在澳門被擒，駱駝愛子心切，在無助的情形之下向外求援，他要把軍事機密文件先行送抵香港作最壞的打算！」

杜雲生說完，大家都異口同聲的，認爲他的見解頗有道理。至於那兩封用密碼拍出的電報，大家都感到困惑。

「鄺警局長的身體健康與否，關他們屁事，犯得上要拍電報麼？」杜雲生抓耳揉腮，想不出其中的奧妙，說：「這必定是暗語！」

「當然，誰都知道這是暗語，但是暗語的內容所指的是什麼？我們要研究出它的答案！」

「駱駝一定知道！」

「呸！那還用你去研究嗎？」

專門研究各種密碼的譯電員舉了第二封密碼電報，說：「這電報，我倒有值得推敲的見解，它的內容是：『我們經常『三缺一』請常輸的到了。」

「翻閱駱駝過往的紀錄，一個拜把的弟兄名常雲龍常老么，也是個著名的騙子，駱駝向查大媽求援，查大媽感人手不夠，請常老么到了！『三缺一』就是人手不夠的暗示，『常輸的』一定是指常老么！」

沙哇奴爵士忙搶起那份電報細看，頻頻頷首，認爲研判正確，邊又說：「那麼第一封呢？鄺警察局長的身體健康如常，又是何種解釋？」

「這個——搞不清楚！」

「我們的組織真需要能人了！」沙哇奴爵士發牢騷說。

「這件案子必和鄺警察局長有關係，他的『健康』是指他的行動或動態，策劃……」杜雲生自作聰明，發表他的見解。

「廢話，鄺局長是檀市治安首長之一，珍珠港海軍招待所軍事機密文件失竊，豈會與他沒有關係？你這些話是多說的！」沙哇奴爵士申責說。

「也許是指鄺局長有新的對策！」杜雲生說。

「不能用『也許』這字眼，我們要正確的答案！」沙哇奴爵士說。

杜雲生發了牢騷，說：「現在可以給我們正確解答的人掌握在我們的手中，我們放棄最簡易的路途，相反的去盲目猜測，豈不傷神費事？」

沙哇奴爵士了解，杜雲生一貫的作風主張用刑，但是他卻不能像杜雲生那樣的魯莽盲從，經過一番冷靜之後，他又說：「假如說，『此物』二字是代表文件的話，它是出現在用明碼拍出的電報，而鄺局長與常輸的兩封卻是用密碼拍出的，以重要性來講，當然是以軍事機密文件的一封為重，它相反的卻用明碼拍出，你又作何種的解釋呢？」

杜雲生瞪目惶困，張口結舌，吶吶說：「駱駝向來是鬼計多端的，他用的心機，常常都很特別，曾經上當的，也不只是我一個呀！」

沙哇奴爵士正色說：「我們要知己知彼，始能百戰百勝，據我的看法，駱駝無非是設法告訴我軍事機密文件仍留在檀島收藏起來；引誘我們回檀島去罷了！」

杜雲生說：「我們若回檀島去，等於自投羅網，必中駱駝的詭計！」

「但是假如文件確實在檀島的話，我們停留在香港永遠不會得到！」

「沙哇奴爵士可有萬全之策？」

「我還在考慮之中！」

孫阿七是他們一夥人之中的漏網之魚，很僥倖的，他沒鑽進沙哇奴爵士的圈套；但也是他一時的疏忽，將擒獲的兩個歹徒留給了刁探長，刁探長探得同樣的口供之後，追趕到了海濱，驀地自半腰殺出，使得整個的局面大亂，孫阿七因此反而免遭受擒之辱，不知道他該感謝刁探長是好？還是詛咒他好？

駱駝、夏落紅和彭虎同時落在沙哇奴爵士的手中，孫阿七更孤立無援了，光憑他一個人，如何對付沙哇奴爵士那龐大的組織？他需得向外求援，請查大媽、吳策老從速趕赴香港營救。

孫阿七又曾找于芄商量，他說：「沙哇奴爵士有計畫要把我們一網打盡，他下一個的行動目標可能就是你！」

于芄倒不在乎個人安危的問題，她惱怒的還是夏落紅在驟然之間變了心，竟迷戀著那個女飛賊古玲玉，致造成了全面的敗北，連駱駝他老人家也慘遭連累，夏落紅的荒唐罪不可恕。

孫阿七一個勁勸說：「夏落紅的一筆帳，以後再找他結算，當前的問題，還是救人要緊！」

于芄嘆息說：「我只是一個女流之輩，能有什麼作爲呢？」

孫阿七考慮了半晌說：「這件事的起因完全是因爲我打錯了算盤，我估低了沙哇奴爵士的智慧和他的力量！」

于芄不懂，孫阿七便作詳細的分析——

初時，爲營救駱駝，孫阿七安排了妙計，利用一疊廢紙充作機密文件用公事包裝載著，邀約夏落紅至半山酒店去與歹徒進行交易，這原是無中生有的做法。

孫阿七知道，不論是在他的身旁週圍或是夏落紅的身旁週圍，隨時隨地都可能會有沙哇奴爵士的爪牙或眼線監視著。這「無中生有」的行動消息，相信很快的就傳遞到沙哇奴爵士的跟前了。

企圖獲得這份軍事機密文件的，當然不只是沙哇奴爵士這一個組織而已。香港乃是國際間諜的重要戰場之一，派別紊雜，同時刁探長對這案子也釘得非常的緊，沙哇奴爵士絕不會袖手旁觀，他得嚴防會被他人捷足先登。

孫阿七解釋說：「當我給夏落紅打電話時，夏落紅的身旁只有古玲玉一人，消息傳得很快，足證明古玲玉和沙哇奴爵士是直通消息的，她仍然在替沙哇奴爵士工作，在這種情況之下，遠水難救近火，我們還得從古玲玉的身上下手吧！」

于芃仍然不甚了解說：「難道說，你的意思是要我和古玲玉作一番鬥爭？」

孫阿七說：「情場如戰場，戰場如情場，給她來個半真的，像在情場上的戰鬥，也像是戰場上的鬥智，最主要的是纏住她，以窺探真情，至少對我們會有幫助呢！」

于芃猶豫不決，爲夏落紅這個負心人，她任何事情也不願意做，但是爲了駱駝，她又不惜付出任何的代價，這也是緣分，于芃自從了解駱駝的爲人之後，她對這位未來的準家翁是崇敬備至的。

孫阿七又說：「我們在檀島最後一局被刁探長搞砸了之後，兵敗如山倒，一敗塗地而無可收拾，現是否能夠反敗爲勝？全憑你了！」

于芃皺著眉，她做夢也想不到她的地位在驟然之間變得如此重要！駱駝的黨羽，向來是人才出眾的，要用到她這位不入流的「女將」時，形勢就可想而知了。

古玲玉居住在那間豪華的大酒店內，純是以富婆的姿態出現，生活奢侈，揮霍無度，酒店裡的上下人等對她頗有好感，因為她出手大方，經常沒把錢當做一回事。

自從夏落紅失蹤之後，古玲玉也沒有閒著，她居住的那間房間內的電話是經常響個不停的。約會可真不少，樓下的那間夜總會餐廳，經常可見她的芳蹤，古玲玉好像是以名女人的姿態出現了。

這天，古玲玉剛和一位由馬來西亞來的富商共進午餐後回至酒店內，匆匆打了兩通電話。侍者扣門進來向她鞠躬，說：「有一位女士來拜訪你！」

古玲玉頗感詫異，從來沒有女人來拜訪她的呢。

她放下聽筒立起身來時，只見一位身材纖長，穿著淺藍旗袍，戴著太陽眼鏡的女郎已經跨進房門了。

古玲玉一看就已認出，那是夏落紅的未婚妻于芄。

她們曾經有過一面之緣，也曾針鋒相對過。

「喲，想不到是你來了！」

于芄裝出笑容，冷冷地說：「我到這裡來是有事相求，請你幫忙來的！」

古玲玉將侍役打發走，然後招待于芄在小客廳中坐下，表示困惑說：「你需要我幫忙什麼事情呢？」

「請告訴我夏落紅的下落！」

古玲玉立時沉下了臉色，說：「你要找尋這個薄倖郎麼？非常抱歉，我也正在打聽這個負心人的下落呢！」

「奇怪，他迷戀著你，不是每天都和你在一起麼？」于芃故意說：「你們一起到澳門去賭狗，簡直是難分難捨，爲什麼還要當他是負心人？」

「哼，由澳門回來之後，情形就變了，他經常藉故地離我而去，說什麼他的義父遭遇了困難！」古玲玉也是裝模作樣地說：「我還以爲，他已回心轉意，又去伴著你這位未婚妻重溫舊夢了呢！」

于芃嘖嘖稱奇，說：「你倒說得好，把責任又完全推到我的身上了，老實說，我是向你討人來的！」

「你向我討了，我又向誰討人？」古玲玉正色說：「不瞞你說，我有了身孕，我和夏落紅的關係，名不正言不順，他這樣離我而去，於良心與道德都是不合的！」

「你有了孕麼？」于芃瞪大了眼，向古玲玉渾身上下打量了一番。

「是的，我剛從醫生處檢查過了，我有意將它打掉，但是醫生不肯！」

「哪一位醫生？」

「你管得著嗎？」古玲玉不願多說話，板下了面孔拉開了房門，下逐客令說：「我請你出去！」

「假如我肯交出軍事機密文件呢？」于芃很平淡地說。

古玲玉卻楞住了，吶吶說：「你怎知道會有機密文件？」

于芃便啓開了手提包取出了一封電報，交給古玲玉過目，說：「爲了夏落紅的安全，我已經向檀島的查大媽求援，請她將軍事機密文件即送香港！」

古玲玉細看那封電報，只見上面是：「該物是否即時送港？」下面的署名是一個查字。

古玲玉說：「該物二字就是指那份軍事機密文件麼？」

「是的，是我向查大媽要求，請她送過來的！」

「查大媽什麼時候到呢？」

「那要看夏落紅什麼時候可以平安回來了！」

古玲玉兩眼瞬瞬的，經過了一番思索後，忽的說：「哼，你們一家人都是騙子，我不上你的當！我不需要你的軍事機密文件，你請回去吧！晚上我還有個華僑富商約我吃飯，我要化妝啦！」

于芄無可奈何，點了點頭，從容地退出了古玲玉的房間。

孫阿七駕了汽車在酒店的大門口等候著，見于芄由酒店出來，即駛車過去相接。「進行的情形如何？」孫阿七問。

「情形並不怎樣好，這個女人刁滑得很呢！」于芄回答。

「錄音情形如何？」

「大致不會差的，她好像並沒發覺！」

原來，于芄的那隻手提包內裝置有精緻小型的錄音機，麥克風是一朵金屬所製之飾花，裝在手提包的揭蓋之上，古玲玉雖然精明，但她沒料到于芄會有這麼的一著。

孫阿七駕車載于芄回返酒店之後，即將錄音帶播放出來。

于芄和古玲玉在該酒店的房間內所說的每一句話全錄得一清二楚，孫阿七凝神仔細傾聽，希望能在談話的內容裡找尋漏洞。

「古玲玉說是一位華僑富商邀約她晚餐，對嗎？」孫阿七問。

「沒有注意！」于芃回答。

孫阿七翻開了一本小冊子，上面全是古玲玉的約會紀錄，那是他所佈下的「眼線」，不論古玲玉走到哪兒去，都會有人向孫阿七報告，古玲玉幾時幾分和什麼人在什麼地方吃飯、飲茶或聊天、幾時、幾分、又改換了什麼人……

孫阿七綜合了所有的報告紀錄在小冊子之上。

古玲玉所交結的朋友身分甚爲複雜，什麼樣的人全有，真好像交際花似的。

有些人已經過了調查，確實是正當的商人或是過路的華僑；也有些是在香港頗有地位的；甚至於警政界的人士全有。

孫阿七跟駱駝在一起時日不少，也學會了他的多疑作風，及他的自信，認爲那是古玲玉的障眼法，不管怎樣，一定會有國際間諜在內，和古玲玉的接觸純是交換情報。

他查閱紀錄，和古玲玉特別接觸得密切，也許是有固定時間的，如隔天，或每日均見面而時間又特別短的，那便有嫌疑。

孫阿七又向于芃說：「不管今晚古玲玉到什麼地方去，和什麼人約會，你不妨去假裝意外撞見，看她如何？」

「那有什麼作用呢？」于芃實在不屑於再和古玲玉見面，說：「故意和她裝做爭風吃醋的形狀，我實在裝不來呢！」

孫阿七解釋說：「古玲玉以交際花的姿態出現，一定有著特別作用的，這是她的障眼法，週旋在一些宦商巨賈之中，其實在這些交遊的人物之內，一定有著負有任務和她連絡的國際間諜，我們若能查出這個間諜的身分，對案情會有莫大的幫助呢！」

于芄著實的不願意，她滿以為給古玲玉作了一次「錄音訪問」，事情就可以交差了，不料任務還完不了呢，她繃緊了臉，愁眉不展，這次的渡假，彷彿是活受罪而來。

「不看金臉看佛面，夏落紅對你不住，但是駱駝卻一直是替你說公道話的！」孫阿七極力勸慰著。

「我能起什麼作用呢？就算真正的國際間諜擺在我的跟前，我也認不出來的！」

「別小看自己，也許這一次你就能一鳴驚人了！」

傍晚時，孫阿七的眼線：酒店裡的侍者打電話來給孫阿七，說是有一位肥胖的絡腮鬍形狀像個華僑客的人進入古玲玉的房間去了。他們關照帳房在餐廳內訂了兩個座位，並且讓酒吧送了兩盞雞尾酒上房間去。

孫阿七連忙翻閱他的小冊子，他非常納悶，像這樣的客人，是頭一次出現的，在他的登記中從未有過。

「奇怪，又新上鉤了一個麼？」他自言自語說。

古玲玉和外來的朋友交遊多不脫離那間海濱大酒店，孫阿七的看法，她是有計畫的擾亂視聽，在表面上她是公開交際，而實際上，她那葫蘆裡賣的什麼藥卻很難了解呢！

估計古玲玉用晚膳的時間，每天差不多都是八點至九點。海濱酒店餐廳有夜總會的性質，每夜均有特別節目演出，大多數是重金禮聘世界各地的藝人表演歌舞、技術或是雜耍的節目。頭場的表演是九點三十分。若在那餐廳用晚餐的客人，很少會錯過那欣賞表演的時間的。

孫阿七又替于芄裝好錄音帶，關照于芄準在九時三十分到達。

孫阿七關照說：「你只要進餐廳去和古玲玉打招呼，假如古玲玉所交的是正當的朋友，也或者他是僞充上流社會人物，看見你的光臨，一定會起立讓座的，你就不必客氣，坐下就是了！」

于芄不樂，說：「你要我做得這樣的厚臉皮麼？」

孫阿七說：「這是不得已的做法，你不必爲安全擔憂，因爲刁探長也必定會在那兒，古玲玉也是刁探長剩下唯一的一條線索。當他發現我們的目標也集中在古玲玉身上時，刁探長會緊張的，你這樣做，可謂一舉兩得，連刁探長方面也給他吸引住，免得他礙我的手腳！」

于芄對孫阿七的說法頗表懷疑，說：「那麼你幹什麼去呢？」

孫阿七說：「我另圖發展，杜雲生的連絡站是設在華商酒店；他們尙有人留在陸地上，只要他們露面，我就會設計對付他們，我們雙管齊下，希望能尋出線索以救駱駝、夏落紅他們出險！」

于芄雖然不願意，但她同情阿七的孤掌難鳴，勉爲其難地打扮好，等候九點多鐘出發。

約九點鐘左右，孫阿七租來的一輛汽車等候在酒店大門前，于芄也如時乘上了汽車。

孫阿七原是司機出身，駕駛技術嫻熟，他駛上了快車道就踏足了油門，先行在市區裡打上好幾轉，這是提防有人駕車跟蹤，先行將跟蹤者擺脫，然後再駛往目的地。

海濱大酒店的餐廳部每晚都是門庭若市，這無非是它每天晚上的表演節目都能招徠賓客之故。

于芃在酒店的門前下車。孫阿七向她道過好運，又說：「你只管放心，我不會離你太遠的！」

于芃姍姍進入餐廳，在這時間內，是座無虛席的，侍者已經上來招呼。

于芃說：「我是來找古玲玉小姐的，她每天晚上都在這裡！」

侍者聽說古玲玉的名字即忙招手，說：「請這邊來！」

于芃一點頭，隨著侍者左穿右轉的，古玲玉的座位是訂在靠舞池旁邊的一張方桌，只見一位身材高大，肥團大耳滿臉鬍髭的紳士和古玲玉對面而坐。他們兩人正開始用餐。嚼著大蒜麵包、喝著羅宋湯。

于芃看那位紳士似乎有點面善，但又想不起來曾經在哪兒見過的。古玲玉打扮得花枝招展，真好像一名交際花一樣。

于芃便向古玲玉說：「古小姐，想不到我們又在這裡見面了！」

古玲玉似感到非常的意外，愕然說：「你找我有什麼事嗎？」

「我和你所談的還沒有談完呢！」于芃說。

「那些事情應該告一個段落了……」

那位華服革履滿臉鬍髭紳士倒真是個斯文人，他看見于芃立即起立，很禮貌地給于芃讓了座位，說：「請坐，慢慢的談也不妨！」

古玲玉很生氣，向她的那位朋友睨了一眼，但于芃已經老實不客氣地坐下了。

「吃點什麼？」那紳士問。

「我已經用過飯了，陪你們飲杯酒吧！」于芃說。

那位絡腮鬚的紳士，便招手招呼侍者，給于芃要了一杯檸檬琴酒。

「你好像是釘牢我不放呢！」古玲玉輕聲悻悻然地說。

「你是我唯一的一條路線了！」于芃說。

「你們二位是很要好的朋友吧？」那位紳士凝視著于芃說。很顯然的，他也爲于芃的美色所吸引。

「是的，我們的關係非常密切！」于芃禮貌地回答。

音樂台上急疾地起了一陣鼓聲，司儀小姐上台報告。表演節目開始，那是由菲律賓抵港的洛氏四姐妹的熱門歌舞表演。

一曲完後，掌聲如雷。她們的節目編排得十分緊湊，絕不會有冷場之感，這或許就是易於討好觀眾的地方。

這時候，古玲玉湊到于芃的耳畔，咬牙切齒地說：「你這樣盯著我，對你不會有什麼好處的，你也斷然不會有什麼收穫……」

于芃冷冷地回答：「我不過是想學習你的交際手腕罷了！」

「是誰教導你學會這樣厚臉皮，不請自到地坐下就吃？」古玲玉以謾罵凌辱的方式逐客。

假如是在另外的一種場合之下，于芃或會惱羞成怒給這個尖嘴的女人吃耳光，但在當前的情況下，她只有忍耐。

「假如夏落紅在這裡出現，我會捨你而去，要不然，你的命運是註定了，我不會放你逃走的！」于芃說。

「你們誰要逃走？」忽的，那位紳士向她們兩人問道。

「不！我們在聊自己的事情！」于芃回答說。

「唔，擺著這樣好的節目不欣賞麼？」他似乎感到有點奇怪，「你們聊吧！」洛氏姐妹的第二曲唱完，又是一陣如雷的掌聲。跟著她們四姐妹開始表演最瘋狂的搖擺舞，一忽兒兩人捉對，一忽各扭各的，怪狀百出，噱頭十足，全場的觀眾如癡如狂。

三十分鐘的表演很快的就過去了，在一陣熱烈歡送掌聲之下，洛氏四姐妹鞠躬退進了後台，全場的燈光回復正常。觀眾議論紛紜，討論著這四姐妹的技藝，滿臉鬚髭的紳士拍掌過後，含笑問于芃說：「小姐你貴姓？」

「我姓于！」于芃回答。

「哦，于小姐，讓我自我介紹，我叫哈洛克！」

「姓哈的倒是很少見，你府上是什麼地方？」

「我是蒙古人，學醫的，所以人家稱我爲蒙古大夫！」這傢伙表現了他自己的風趣。于芃需要了解這個人，趁機再問：「哈洛克先生是在香港執業的嗎？」

「不！我是渡假來的！」那位蒙古大夫答道。

「那麼哈大夫在哪兒執業？」

「我在倫敦的唐人街，還稍有點名氣！」

「哦，那是在英國了！」

「可不就是在英國嗎！」

「那麼你和古小姐一定認識很久了？」于芄又問。

「在前幾天承華稅務司介紹的！」哈洛克很坦白地說：「噢，待會兒華稅務司夫婦和他的朋友也要到這裡來，我們大家正好熱鬧一番！」

他倆一問一答地聊著，可把古玲玉一個人冷落在一旁，古玲玉大為忿懣，說：「你們兩位不妨多聊一會兒，我另外有事需得先離去了，再見！」她臉色鐵青地起立，拾起手提包擰身就走。

哈洛克先生見狀大為尷尬，慌忙追上去，說：「古小姐，何必走呢？我們的事情，還沒有聊完呢！」

古玲玉即咬牙切齒向他說：「笨蛋，你不知道這個女人是大騙子駱駝派來的嗎？」

哈洛克說：「就是因為她的身分特殊，所以要特別的敷衍……」

「你去敷衍吧，我不必和她打交道！」

「唉，你這樣一走，好像是爭風吃醋，引起在場的人注目！」

古玲玉說：「只有這樣才不引人疑竇，你有什麼沒說完的事情，等派對完後到我的房間裡來！」

「唉，那不是多此一舉嗎？」

于芄獨個兒在舞池旁邊呆坐著，這時，已經是客人起舞的時間，她很不習慣在公共場所內獨個兒坐冷板凳，實在也搞不清楚孫阿七為什麼要派她到這裡來？這種工作她有生以來還沒有做過，實在說起不了什麼作用的。

忽的，有紳士模樣打扮的人趨過來向她一鞠躬說：「小姐，我可以請你跳舞嗎？」

于芃抬頭一看，果然不出所料，就是那個陰魂不散的刁探長；她皺著眉說：「非常抱歉，我是不善跳舞的，不如你把我送出大門去！」

刁探長頗感意外，說：「你的事情到此就完事了麼？」

「可以告一個段落了。」

「這樣也好，我保護你出去！」

於是，于芃拾起了那裝有錄音機的手提包，匆匆行在前面，刁探長也真好像是個護花使者，緊隨在于芃背後，出了海濱酒店餐廳。等到哈洛克先生送古玲玉進入電梯回轉來的時候，他的那張訂座上，已空無人影，另外的一個美人兒也不知去向了。

孫阿七並沒有如約守候在酒店的附近，于芃唯有央託刁探長替她叫一部計程車。

「剛才的那位鬈鬚胖子是什麼人？你可刺探清楚了沒有？」刁探長問。

「是一位蒙古大夫！姓哈名洛克，在倫敦唐人街行醫的，和古玲玉相識僅幾天，是一位姓華的稅務司介紹的，我所得到的資料全部也只有這麼多！」于芃一口氣回答。

不久，汽車駛過來了，于芃鑽進汽車之後，指揮司機迅速離去。

刁探長呆在門口，他心中盤算，哈洛克的身分並不可能這樣簡單，否則孫阿七毋須派于芃參加古玲玉的交際，這也是極端冒險的行爲，古玲玉的行爲叵測，說不定她隨時會收拾于芃的。

孫阿七利用到于芃的頭上，也可謂是哀兵下策了。

刁探長又有另外的想法，他在駱駝居住的酒店內得到幾張古怪的圖畫，他有自知之明，憑他個人的智慧是很難將那幾幅圖畫的謎底揭開。古玲玉仍還留在香港這孤島上活動，不管她和一些什麼人交往，她以交際花的姿態出現，目的也無非想得到那份重要的軍事機密文件。

刁探長盤算，若能識破古玲玉週圍包圍著的那些古怪人物的身分，加以威脅利用，也許他們可以解釋圖畫的謎點，綜合他們方面所得到的資料，那軍事機密文件的藏在處不難水落石出，只要奪得軍事文件而歸，他的官職即會保住了，同時鄺局長還會給他記功呢！

這雖然是非常冒險的做法，但是刁探長好像別無選擇。他還得繼續在古玲玉的身上下功夫。

於是，他又返身趨進餐廳去了。

于芃離開了餐廳，坐在計程車上嚎啕痛哭——古玲玉給她的凌辱很難消受，搞這種狡騙欺詐的間諜工作她早已經厭倦了，這真是一趟傷心之旅，她有不如歸去之感，但是駱駝、夏落紅、彭虎的生死下落不明，她能忍心就此一走了之麼？

沙哇奴爵士的遊艇最後是駛到澳門的「華興輪船公司」去修理。不用說，這間公司是和大陸通商的，也是個間諜的外圍組織。所以沙哇奴爵士在這裡修船一點也不擔心事。

遊船是停靠在一所船塢的修理廠旁邊，由於遊艇的龍骨撞傷了，許多地方都需得焊接，那不是一天半天可以完工的。

沙哇奴爵士聽命於組織的遠東區長，有許多事情隨時都需要接洽。他們的重點是佈在香港，所以留在澳門十分的不方便，尤其是在死港的船塢之上。

所以沙哇奴爵士將所有的責任全交給了杜雲生。

他特別關照說：「駱駝這個老騙子要特別優待，就是千萬別讓他和岸上接觸就是了，彭虎和夏落紅兩人不好控制，仍要禁止他們的行動自由，切勿鬆綁，要派專人看守！」

杜雲生唯唯諾諾，沙哇奴爵士便離船上岸去了。

哪知，駱駝利用週末澳門著名的賽狗廣播，開了賭局，不僅沙哇奴爵士的手下興致勃勃，連修船的工人也全聞風而來。駱駝又藉口在艙內廣播收訊不良，將賭局自船艙內移至了甲板上，這下子連隔壁漁船也划攏來參加下注，遊艇剎時成了賭船。

「唉，情形不對勁了，我們最好停止！」一名打手向大家提出了警告說。

「沒關係，賭錢原是不分內外，有賭大家賭，來，來……」駱駝說。

「若被沙哇奴爵士知道，不是鬧著玩的！」那打手再說。

這場比賽已告開始，廣播員念念有詞，在報告著哪一條狗搶先，哪一條狗扒頭……。

「賭完這一場，我們最好就停止！」那打手向他的弟兄們關照說。

「你囉唆個什麼勁！」駱駝忽然反目說。

「我擔心沙哇奴爵士回來責罵……」他又說。

「呸！那乾脆就不賭了，那麼老子我這一局就不賠錢了！」駱駝竟然要撒賴，把桌面上的鈔票一把掃光進荷包裡去，「老子不賭了！」

頓時，場面十分尷尬，大家瞪目惶然。

「咦，你不賭了，怎可以把我們的鈔票統吃進去？」一個漁民提出抗議說。

「不賭了就不用賠錢，你們找這個人負責！」駱駝指著那名打手說。

「媽的，這分明是賭撒賴！」漁民咆哮說。

「揍他！」一個工人叫喊。

「說不賠就不賠！」駱駝抓了鈔票就跑。

「揍他……」

頓時，船上的秩序大亂。沙哇奴爵士手底下的打手們要攔阻那些鼓譟的工人和漁民，駱駝抓著鈔票，滿甲板上亂轉亂跳，趁亂與夏落紅、彭虎逃脫了。

杜雲生此刻是偷空上岸去和修船廠的管事人員飲咖啡去的，回來時發現船上的情形大變，頓時嚇得魂不附體。

「停止，停止，賊人們逃掉啦……」他由碼頭上飛奔下來，雙手亂揮，沒命的喊叫。

彭虎乾脆將手中的一隻木箱向他飛了過去，跟著也翻身落下船塢。

那隻木箱在杜雲生的跟前砸得粉碎，破木板四下裡飛濺，杜雲生被嚇止了步，他蹲下身來就要掏槍，夏落紅已衝了上前，迎面就是一拳，杜雲生被打得臥倒在地上，摸出來的一支手槍順著那油滑的鋼板竟滑到海中去了。

在船塢的進口間有著一道木製的閘門，守門的是一個臉孔黝黑的越南人，他發現情形不對，趕忙去關閉閘門，但是彭虎已經趕到，他騰身抬起腳連人一起蹬過去，只聽得轟然一聲巨響，整座的閘門塌了，將那個越南人壓倒在下，相信他起碼要折斷好幾根骨頭。

夏落紅拉著駱駝，越過了閘門，出碼頭就是沿海的大馬路了。

那條馬路位在一個冷僻海灣之處，原就是不怎樣熱鬧的，可是有行人駐足已在那兒看熱鬧了。有教會的布招橫懸在馬路上，上面寫著：「信主可以得救！」

駱駝格格大笑，說：「我們沒有信主也得救了！」

夏落紅指著身後說：「你別太興奮了，杜雲生帶著了大幫的爪牙，牢釘在我們的背後尾隨不捨！」

駱駝吃吃笑著說：「在光天化日之下，我們踏上了澳門的土地，他們就無可奈何了，況且，沙哇奴爵士離開了澳門，杜雲生作不了主，就算他們有更多的人，也等於是沒有爪子的螃蟹，橫行不得呢！」

「我們現在到哪兒去？」夏落紅不時回首，注意背後尾隨著的那一大夥人。

他們已漸走上了鬧區，行人與車輛熙來攘往，許多店鋪的收音機仍在報導著跑狗的情況。

駱駝忽的指著一間在澳門頗爲著名的茶樓說：「唉，吃了好幾天不中不西的飯菜，我們應該大快朵頤一番！」

「這地方人品蕪雜，會給歹徒們有機可乘！」夏落紅說。

「剛才在遊艇上損失了好幾文錢，我們正好去設法撈回來！」駱駝說。

那間茶樓的字號叫做「吉鳳祥」，通常一般的茶樓在這個時間之內是絕無生意的，尤其是在跑狗進行的時候，所有的顧客大多數被吸進跑狗場裡去了。但是吉鳳祥茶樓卻特別，它相反的是座無虛席呢！這原因，是「吉鳳祥」本身就有「賭外圍」的，每一層樓都裝置有電視，可以直接欣賞跑狗的進行。

駱駝帶著夏落紅和彭虎進了吉鳳祥茶樓，不停留在低級的樓下，也不選擇最高貴的廂房，卻到二三樓，那是「賭外圍」最踴躍的樓面。

駱駝首先趨至櫃台處，丟下了一張百元大鈔，聲明要下最後的三場「穿雲箭」。（註：「穿雲箭」即是連過三關！）

侍者領他們到了人叢當中最爲擁擠的坐位；「賭外圍」的朋友便過來了。

駱駝索了紙筆一連寫了好幾個電話號碼，然後交給那「賭外圍」的朋友，說：

「剛才的一百元是小費！紙上的電話請你每一個都替我打通！不用多說話，只找他們的當事人，告訴他們駱老頭兒在『吉鳳祥茶樓』等候就行了！」

那「賭外圍」的楞著，打幾個電話哪有這樣賞錢的？這幾個電話一定非常的重要，他爲鄭重計，再問：「就說駱老頭兒在這裡等候他的當家的就行了麼？」

「是的！快去，別耽擱了！」駱駝揮著手說。

這時候，只見杜雲生帶領著他的爪牙陸續走到茶樓上來了，但是這座樓面上擠滿了賭客，而且情緒都很緊張，牆壁上掛著的兩部電視正播映著賽狗的進行。

在這種場面和情況之下，杜雲生和他的爪牙不敢貿然行動，因爲這容易觸犯眾怒，他們會吃不完兜著走的。

杜雲生只有指揮他的爪牙分佈在駱駝他們的四週，先監視他們的行動再作道理；一方面趕緊通知沙哇奴爵士前來。

沒多久，沙哇奴爵士氣吁吁地趕到了「吉鳳祥茶樓」，這年逾半百的老妖怪爬上了樓梯，一看到現場情形就跺腳捶胸，喃喃向他的爪牙詛咒不已，他帶來的有許多是修船廠的工人。

駱駝看見了沙哇奴爵士的那副形狀，甚覺好笑，說：「假如下注沙哇奴爵士，說不定就跑了頭狗呢！」

最後一場壓軸戲狗賽即將開始！「有賭不爲輸」這是賭徒們的至理名言，賭足輸贏和撈本翻利，都靠這最後的一場比賽了。「賭外圍」的朋友又在忙碌著，不斷地在客人叢中穿梭。

夏落紅和彭虎都知道，這場比賽之後，所有的賭客就都會離去了。沙哇奴爵士和杜雲生分配了他們的爪牙密佈在「吉鳳祥茶樓」內內外外，也許等到賭客散去之後，就要動手了。

駱駝曾經請那位「賭外圍」的朋友替他打了幾個求援的電話，奇怪的是他的那些「老朋友」一個也沒有到，這是怎麼回事呢？萬一狗賽終了，駱駝的援兵不到，那時豈不糟糕？

此時，駱駝的座位上忽的穿進來一位客人，自動拉椅子在駱駝的身畔坐下。

駱駝抬頭一看，竟是沙哇奴爵士！

沙哇奴爵士全無敵意，和顏悅色地點了點頭，說：「我們要好來好往，我對你的鬼計多端仍然佩服，但你逃出了遊艇，卻仍然困在這間茶樓，等於還是在我的掌握之中。其實我待你並不壞，有十二萬分的誠意推薦你到莫斯科去做教官，包保你名利雙收，萬世留名！你又何必挖空心思，絞盡腦汁，搞得我的弟兄們一個個被打得頭破血流，『大水沖翻了龍王廟』，傷自己人的和氣而已！」

駱駝扮個鬼臉，笑嘻嘻地指著彭虎和夏落紅兩人說：「他們二位嫌在船上的待遇太壞，所以特地上岸來透透氣！」

沙哇奴爵士再說：「我若不是看在你是一個極其了不起的人才，我大可以在這裡將你們就地處決，省掉許多麻煩！」

「沙哇奴爵士！你搞間諜的工作，可謂江郎才盡矣！我們的生死問題於你的關係並不重大。但是我的護身符，卻關係著你的政治前程，包括你的烏紗和你的腦袋！你的這點小聰明仍是有的，我諒你不敢冒昧行事！」駱駝說。

「什麼護身符？」沙哇奴爵士問。

「就是那份軍事機密文件！」駱駝正色說：「你若無法將文件取到手，折衷辦法就是將我送至你們的組織總部向你的主子搖尾乞憐解說，或還能保存你的腦袋；若連這一點也辦不到的話，就唯有開始做流亡的人球了，那時候就算你逃至天涯海角，也有很多人會追殺你！那些兇手絕非是外人，而是你的主子！」

沙哇奴爵士惱羞成怒，說：「你好像看得很透徹，所以我得警告你，切勿逼虎跳牆！一個人的忍耐是有限度的，我到了無可奈何時也只有下這最後的一著棋了！」

「狗急跳牆，人急殺人！這是必然的道理，但是沙哇奴爵士你還未到這個地步，我們還有生意好談，言歸正傳，我們還是來談我們的老本行！」

「我極度忍耐著，願意聽你的高見！」

駱駝又露出了他的一張怪臉，眼睛笑得只剩下兩條細縫，露出兩枚大齙牙，說：「我念念不忘的還是那六十多萬美金，只怪夏落紅這小子不爭氣，讓古玲玉那小妞灌足迷湯，又把鈔票還給你們了，我實在有點不甘心呢！」

「唉，你真是死要錢！」

「在商言商，文件非屬於我所有，既有買主，我們做掮客的從中漁利一番而已！」

沙哇奴爵士有不得已的苦衷，雖然已經氣得打結了，仍只有和顏悅色地問：「文件現在放在什麼地方？」

駱駝說：「見錢方可交貨！」

沙哇奴爵士說：「是否會有第二次『最新化糞池』事件發生呢？」

「商業上的信用是建築在雙方面的，單靠一隻巴掌怎樣也拍不響的！」

正在這時，有茶房過來向駱駝招呼說：「駱老先生，你的客人到了！」

第七章　扭轉乾坤

果然的，茶樓上來了大批的客人，各形各色的人物全有，由他們的衣飾可以分別出他們的身分，有生意買賣人，有混江湖的好漢，也有吃公事飯的……

駱駝連忙起立，雙手抱拳，忙著向他的那些朋友打招呼，有稱朱大哥的，有稱黃大哥的，反正張三李四全是他的大哥。

夏落紅和彭虎鬆了口氣，他們知道駱駝的「援兵」到了，這樣，他們的局勢更加穩定了，來了這麼多的客人，沙哇奴爵士和他的爪牙們如想動手的話，便需得再加考慮了。

夏落紅很感到莫名其妙，他跟隨義父走遍許多地方，差不多的碼頭，駱駝都有他的「學生」，或是同輩的江湖上的朋友，但是在澳門這地頭上，駱駝卻從沒有提及過他有這樣多的朋友呢，那些臉孔都很陌生，夏落紅似乎從未見過。

彭虎卻認識其中的一個人是在澳門開戲院子的，據說也是駱駝的得意門生之一。

「駱大哥既到澳門來，爲什麼事前不通知一聲？好讓我們事前有個準備！」那開戲院子的說。

駱駝說：「我是被邀請來的，事前連自己也不知道會靠上這個碼頭，來來來，我給大家介紹，這位是沙哇奴爵士，俄羅斯沙皇的後裔，生意做得很大，他就是邀請我的主人！」

沙哇奴爵士倒沒想到駱駝會來這麼的一著，他的那些亂七八糟的客人紛紛上前來和他握手，倒弄得沙哇奴爵士手忙腳亂的，強裝笑臉加以敷衍。

杜雲生和他的打手們在旁邊乾著急，他們搞不清楚這場面將會怎樣演變下去。

駱駝又向櫃檯上招呼，說：「客到多了，一桌席絕不會夠的，不妨多準備幾桌，都是些多年不見的弟兄，我們要好好歡聚一番呢！」

「駱大哥說哪裡話？我們應該給駱大哥洗塵才對！怎可以由駱大哥請客呢？」一個類似黑社會的有力人士向櫃台說了話，他拍了胸脯，一切的花費要記在他的帳上。

駱駝和他起了爭執，說：「朱大哥，不行！是我邀請你們來的，這裡由我作東，寧可下一個節目聽你的安排！」

那姓朱的江湖朋友搖著雙手說：「沒有這個道理，先吃了我們的洗塵酒，以後再談別的！」櫃台上的帳房先生和跑堂的對這位朱大哥都頗有認識，自是唯唯諾諾的，連聲應承，其他友人也應和著，請駱駝讓出做主人的身分。

駱駝雙手叉腰說：「你們是仗著地頭上的勢力欺侮人了！」

「不管怎樣，你得先接受我們罰酒三杯！」

駱駝忽然擊掌瘋瘋癲癲地說：「我不在乎你們在地頭上有多大的勢力！我得告訴你們，在我的身旁有著十多個槍手，是負責保護我的，他們的手槍一律沒有牌照，所以打了人也不犯法！」他說時，指向杜雲生和他的身旁立著的幾個槍手，並說：「杜雲生，沒關係，只管露給他們看看，這絕非是吹牛皮的事情！」

杜雲生和那幾個槍手頓時嚇得膽裂魂飛，他們做夢也沒想到駱駝會突然之間來這麼的一著。

駱駝半真半假的，趨了過去，撩高了杜雲生的衣襟，果然一支黑傢伙就露了出來，杜雲生想遮掩也來不及了。

「啊！還是真傢伙呢！」駱駝的那些朋友，一時也搞不清楚駱駝究竟在做些什麼生意買賣？

沙哇奴爵士也漸看情形不對，因爲駱駝好像胸有成竹，似乎早已佈好了圈套，靜候他們自己鑽進來。假如說，筋斗栽在「吉鳳祥」這間茶樓上，著實有點不划算，但在當前的情況之下，暫時唯有忍耐。

駱駝的朋友愈來愈多了，是那個「賭外圍」的朋友幫的忙，他打的電話全生效了，什麼劉大哥、吳大哥，鄭大哥的，都好像是江湖上的朋友，見面時一律雙手抱拳打恭作揖的。

其中還有不認識駱駝的，跟隨著朋友一道來，上了茶樓之後便說：「哪一位是駱老頭子？久聞大名沒有見過，趁此樣會特地裡來拜會一番！」

駱駝趨上前和他們一一握手。

沙哇奴爵士向就近的一個槍手，叫他向杜雲生傳令，將所有的人暫時撤到樓下去。

「沙哇奴爵士你不必走！『在家靠父母，出外靠朋友。』我們是出來走碼頭的人，隨便走到哪兒都得靠朋友，你不妨參加我們的盛會，你我之間的生意可還沒有談完呢！」駱駝好像反過來要扣留沙哇奴爵士做人質，拉著他往擺好了筵席裡帶。有幾個稱呼駱駝爲爺叔的朋友也上前幫了腔，像拖活寶似的就把沙哇奴爵士送入了席。

香港的「海濱大酒店」的最高一層樓上，由電梯上昇來一位身材肥大西裝革履紳士打扮的中年人。

他就是自稱爲「蒙古大夫」的哈洛博士。

哈洛克原是旅遊途經香港，在海濱餐室邂逅古玲玉的，經過一位香港政府的中級官員介紹後，他倆之間過從甚密。

古玲玉以交際花的姿態出現，原是受到組織的指示，她得利用交際手段，不斷的和沙哇奴爵士的黨羽連絡，得以偵查珍珠港海軍招待所失竊的軍事機密文件的下落。

在古玲玉經常接觸交遊的那「狂蜂浪蝶」公子哥兒們之中，混跡著有專替沙哇奴爵士傳遞情報的人物，這一點善用心機的孫阿七早已經看出了，但是其中究竟是誰？孫阿七卻無從查出。

古玲玉自從和夏落紅動了「真感情」之後，有一個時期確實有「棄暗投明」的企圖，但在事後她發現駱駝所設的騙局，利用珍珠港海軍招待所失竊的那份機密文件竟向沙哇奴爵士詐取六十餘萬美鈔，她便開始懷疑夏落紅的愛情，跟著，沙哇奴爵士的間諜組織被官方破獲，循線索大舉逮捕人犯，幾乎把檀島潛伏著的赤色間諜一網打盡了。

古玲玉的乾娘毛引弟夫人，就是被官方圍捕不肯束手待縛而舉槍自戕的。毛引弟底下的那些爪牙如金煥聲、查禮周等人便都作鳥獸散了。

古玲玉自感在情場上受了欺騙，竊取了夏落紅收藏著的六十餘萬美鈔，原是打算向乾媽「負荊請罪」的，但毛引弟已自戕身死，古玲玉便好像是「無主孤魂」，茫茫無處投奔。

沙哇奴爵士的組織雖被破獲，但是國際間諜的「區組織」卻仍然繼續他們的顛覆活動，並掩護沙哇奴爵士的殘黨逃生。古玲玉孤身一人，無處投奔，不幸落在「區組織」的手裡，經過一番「洗腦」工作之後，被逼又和沙哇奴爵士搭上了線。又由於平日毛引弟夫人的確很寵愛她，毛引弟夫人之死使古玲玉的良心深感不安，因之決定要替她老人家報仇，而極為努力的為沙哇奴爵士工作。

沙哇奴爵士如「兵敗山倒」，只求保住性命和官職，對過去的挫敗因素不欲深究，他向古玲玉提出「將功贖罪」的要求，請古玲玉通力合作，將軍事機密文件奪回來，餘外的事就不再追究了。

古玲玉就是這樣得到沙哇奴爵士的幫助來至香港的。她查清楚了夏落紅的身世，又知道夏落紅的未婚妻已來港。古玲玉不擇手段施展狐媚技倆在夏落紅的身上下功夫，在「情場」方面，她似乎已扭轉了逆局，佔了上風，但是那份軍事機密文件仍然無法到手。

哈洛克和古玲玉接觸多次之後露了身分，他有足夠的證件說明他是直接由KGB派來的。

哈洛克說：「沙哇奴爵士在檀島的失敗，使整個的遠東區都受到影響，連薩喀克奴夫區長也該受嚴厲處分！但現在正是冷戰與熱戰蛻變的關頭，組織正是用人之際，所以我們特別寬大，只要求他們能將功贖罪，若能奪得該軍事機密文件回來，就不再追究！但是這時間是有限制的，假如不能如期成事，他們就得回總部去受處分，我是奉令負責監視而來的！」

古玲玉對這突而其來的神秘客也頗感懷疑，最主要的問題是為什麼會選中了她呢？

可是哈洛克有足夠的證件，譬如說，哈洛克的KGB身分證件；總部許多特務頭子給他的派令

——不過那些函件都是俄文，古玲玉一個字也看不懂，尤其是那些所謂特務頭子蟹文簽字，他們究竟是誰，古玲玉也完全不知道。

古玲玉之所以會在沙哇奴爵士的組織裡做一名「特技的行動員」，完全是由她的乾媽毛引弟的關係，相信毛引弟會比她知道得較爲多一點。

古玲玉對那些證件唯一認得就是「KGB特務組織」信函所用的一個特別的標幟，因爲她的乾媽毛引弟也曾有過一紙職務的派令，那標幟是她曾經看見過的。

哈洛克特別向她關照說：「你一點也不用慌張，不管沙哇奴爵士的工作成敗多於你有關，我們無非是做防範的工作，只要你和我通力合作，將來不管情形如何，你總歸是有功的，同時，我們還是希望沙哇奴爵士能夠成功將軍事機密文件奪回來，他的性命和官職都可以保存，我們也可以省事了！」

古玲玉惶恐地說：「我能替你做什麼樣的事情呢？」

哈洛克說：「非常簡單，第一、你不能洩漏我的身分；因爲若被沙哇奴爵士知道組織已派人監視他時，會影響他的工作情緒，說不定他就乾脆做逃亡的打算了！第二、你只須隨時將沙哇奴爵士和你連絡的情形，指派你做什麼樣的工作？他們的工作進展如何？隨時向我報告就行了！」

古玲玉說：「沙哇奴爵士只會有命令給我，他要做什麼事情是從來不告訴我的！」

哈洛克說：「盡你的所知告訴我就足夠了，我並不需要你特別爲我刺探什麼情報！」

古玲玉仍感到疑惑，說：「既然組織仍要用沙哇奴爵士的話，爲什麼會對他不加以信任？」

哈洛克說：「問題非常的簡單，我們在檀島建立的這個間諜站，總共花費不下數千萬美金，經成立之後，每年的開銷也不下百萬美金，沙哇奴爵士只為失策大意讓它被官方破獲，我們的損失不下數億元，沙哇奴爵士就死有餘辜了！不說別的，所有他在檀島的財產一定被政府查封充公了，光說在銀行裡被凍結的存款就有千餘萬之多，那些全是公款，組織對沙哇奴爵士非但沒有責罰，而且鼓勵他作最後的努力，奪取那份軍事機密文件，將功折罪，這已經是史無前例的寬大了！而且還繼續支援他的財源，假如沙哇奴爵士再存逃亡之心，就絕不可寬恕了，我們不得不防呀！」

「我交還給沙哇奴爵士的就有六十多萬美金！」古玲玉說。

「問題就在此，沙哇奴爵士假如鬥不過駱駝，覺得前途無望，可能就會產生異心，實行逃亡了，那時候，我們除了收拾他，無法向組織交代！」哈洛克說。

「你只是一個人到達香港，如何能對付沙哇奴爵士？」

哈洛克赫赫大笑起來，說：「我們的間諜組織遍佈天下，我隨便由哪兒都可以調動大批的職業兇手！」

古玲玉漸感到惶恐，便說：「我們之間應該維持什麼關係，每天怎樣連絡呢？」

「反正你已經是以交際花的姿態出現了，我是標準的遊客，每到一個地方少不得拈花惹草一番，像你這樣漂亮的美人，正適合我們中年人的胃口，就算我是狂蜂浪蝶之一，每天都在追求你又有何不可？」哈洛克說。

古玲玉和哈洛克的關係就是這樣維持著，在一般人的眼光之中，他倆的過從甚密，好像成了密友。

哈洛克也不做越軌的行為，他差不多和古玲玉約會都是在公共場所之中，尤其是海濱酒店的那間豪華的餐廳裡，大多數在那兒晚餐、消夜、跳舞、游泳，反正是吃喝玩樂。

古玲玉以交際花的姿態出現，原是沙哇奴爵士的主意，但是當沙哇奴爵士發現哈洛克其人和古玲玉特別熱絡時，又向古玲玉提出了警告，關照她除了要利用各式人等之外，千萬不要上任何人的當，古玲玉受哈洛克的關照過，沒敢洩漏哈洛克的身分。

最可恨的是孫阿七，他讓于芃不時自動參入古玲玉的交際圈實行搗亂。

這天晚上，古玲玉和哈洛克正坐在海濱大酒店的餐廳準備享用晚餐時——

哈洛克來了好幾個朋友，都是香港政府的中級官員，哈洛克的交遊廣闊是沒有話說的，但憑他來到香港沒有多久的日子，就已經結交了不少的朋友，而且都是政府機關的單位主管。

也許是哈洛克在古玲玉的面前故意炫耀他的地位。

和哈洛克所有的朋友交往，古玲玉都是敷衍性質，哈洛克的地位特殊，古玲玉也搞不清楚哈洛克的那位朋友和哈洛克的真正關係。

沙哇奴爵士特別派出來專門和古玲玉連絡的是一位開百貨公司的商人叫做麥榮，表面上是文質彬彬的，戴著一副深度的近視眼鏡，顯得頗有學問的模樣，不用說，他的那間百貨公司也是間諜組織，是沙哇奴爵士組織下的香港連絡站。哈洛克對這個人不大清楚，還是古玲玉向哈洛克說明的。

麥榮慌慌張張走進了餐廳，他在古玲玉對過的餐桌找了座位，燃香煙後將打火機企立在煙匣上，那便是有情報交換的暗號。古玲玉假裝上洗手間，「意外」地和麥榮相見。

「啊，麥總經理，好幾天沒看見你到這裡來了，近來忙嗎？」

麥榮立刻起立讓坐，說：「最近市面上不景氣，生意不大好做呢！」

古玲玉像遇見了知己朋友，立刻就拉座位坐下了，麥榮給她敬煙，煙匣裡多了一張字條。上面寫著：「駱駝等已經逃脫，等候十二時通電話！」

古玲玉暗叫糟糕，她搞不清楚沙哇奴爵士爲什麼會這樣大意，竟然讓駱駝他們逃脫了，能夠將駱駝、夏落紅、彭虎三個人扣住談何容易？被他們逃脫後，想再逼他們就範，可就難了。

「是怎麼逃脫的？」她問。

「這只是初步的消息，要知道詳情還得等候十二點鐘以後的電話。」麥榮回答。

「是澳門來的消息麼？」

「是杜雲生打來的，關照我們注意孫阿七的行動，因爲他們可能會合起來對付我們了！」

「文件可有下文？」

「詳細的情形，現在尚無法了解！」

「那麼今天我在十二時之前一定回到酒店的房間裡去等候最後的消息！」古玲玉說著，便進洗手間去了。

麥榮並不立刻離去，他在餐廳內用了咖啡，坐了好一會始才結帳離去，好像普通的客人一樣。

不久，古玲玉回至座位，她將實情向哈洛克據實報告。

哈洛克一聲長嘆，說：「我早就想到沙哇奴爵士不會是駱駝的對手，放虎歸山，沙哇奴爵士更難弄啦，相信他已注定要逃亡了！」

古玲玉皺眉說：「不過沙哇奴爵士是有著極高毅力的人，也許他還另有計謀可以扭轉逆局，據說，他極有意把駱駝弄到莫斯科去呢！」

「那是癡人說夢話，極不可能的事情！」

古玲玉說：「今晚上十二點鐘，是我們最後通消息的時間，到那時候才知道詳情！」

哈洛克點了頭，說：「晚上十二點以後我會和你連絡。」

在這同時，孫阿七也得到同樣的消息，是駱駝親自打長途電話回來，告訴孫阿七脫險的經過。

駱駝並向孫阿七關照說：「這是我們最後的一個機會，一定要好好的利用，否則，我們白忙一場了！」

孫阿七說：「只要你平安脫險，我就無所祈求了！」

駱駝說：「別婆婆媽媽的，快去收拾行李，準備動身吧！」

孫阿七即將情況告訴了于芄。

于芄半憂半喜，說：「這樣說，我的任務已了，在這裡已毋需我啦，我可以安心回波士頓去完成我的學業了！」

孫阿七忙說：「不！還有最後的壓軸戲，假如沒有你的話就唱不成了！」

于芄說：「你們搞的把戲，我既沒有興趣，又完全不懂；我不想再在這圈子裡胡混下去了！」

孫阿七哈哈大笑，說：「最後的一台戲，完全是爲你而唱的，沒有你，那怎麼行呢？」

「你的意思是說，要我也到夏威夷去一趟？」

孫阿七點頭，說：「檀島的風光甚好，反正你是爲渡假而來的，趁此機會到檀島去觀光一番，又有何不好呢？」

「我已經失去了所有的興趣了！」

「事不宜遲，我們要立刻辦理手續，有一場大熱鬧在等著我們呢！」

沙哇奴爵士忽的有急電給古玲玉，命她急速赴檀島去聽命。

古玲玉驚詫說：「我在檀島犯了案，可能已列在官方的黑名單通緝之中，此去豈不等於自投羅網麼？」

哈洛克給古玲玉解釋說：「沙哇奴爵士既然招你到檀島去一定是有作用的，可能有用得著你的地方！」

古玲玉說：「沙哇奴爵士的組織在檀島已經被一網打盡，縱然有少數漏網之魚，但是早在官方的控制之中，只要稍有動靜，立刻就會有被捕的可能，我們誰在檀島露面，誰就是兇多吉少的！」

哈洛克笑著說：「不入虎穴，焉得虎子？你弄錯了一點，間諜組織是多線發展的，沙哇奴爵士的這條主線雖被官方破獲，但是有支線的組織馬上會接上去，只要區長肯給沙哇奴爵士支持，沙哇奴爵士仍然可以有他的活動能力，據我的猜想，此去的目的，完全是爲那份軍事機密文件！」

「但是也可能是駱駝的詭計；讓沙哇奴爵士鑽進圈套去成爲甕中之鱉，我們只是陪斬的！」

「你不必擔憂，你和夏落紅的恩怨未了，這多情種子還是會衛護你的！」

「唉，經過這番改變之後，誰又能預料呢？」

「你大可以邀請我同行，以我的身分可以給你作掩護的！」

古玲玉猶豫著，說：「我們之間是什麼關係呢？能用什麼名分呢？」

哈洛克說：「非常簡單，我是旅行而來的，任何值得觀光的地方我都去，我們只是巧合，同機的旅客，但是在沙哇奴爵士的一方面，你卻要說是你邀請我同行作爲掩護的！」

古玲玉好像沒有選擇的餘地，沙哇奴爵士的命令無法違抗，同時，哈洛克也嚴密的控制了她的行動。

「我們該什麼時候動身呢？」她問。

「當然要聽沙哇奴爵士的指示，我相信他在檀島也有一番佈局的！同時，夏落紅既然脫險，他可能會來找你！」

「夏落紅的行動在他義父的控制之中，恐怕由不得他作主呢！」

一架子爵式豪華客機在檀島的國際機場降落，許多接機的客人已湧向了迎賓台，只有特殊的人物，才可以通過禁衛森嚴的機坪閘門直接走出機坪。

這時候，來了一輛黑亮的汽車，直接駛進了機坪，在停機的廣場上停下。

司機鑽出來啓開車門，挺起胸脯，碰響了皮鞋，立正行了個軍禮，可見得車中人的身分是如何的特殊了。

豪華客機停穩後，航空公司的昇降機梯已經推了過去，一批穿草裙的「呼啦舞」女郎已經在舖有紅毯的入口處立好，樂隊爲她們奏出「呼啦舞」樂曲，那十多個妙齡女郎便一搖一擺的如「迎風擺柳」，乳浪臀波，那是道地的夏威夷迎賓土風舞。由那輛汽車內走出來的一位全副武裝的矮胖子，派頭十分大，他雙手叉腰立在紅氈通道之旁，原來那就是檀市的治安父母官鄺局長。

和他同汽車而來的是一位體態娉婷的金髮女郎，她的綽號是駱駝替她起的，名叫「克麗斯汀．琪萊」，鄺局長居然將她帶來接機了。

機艙的大門已經打開，首先露面的還是機上的服務人員空中少爺和空中小姐。

呼啦舞的音樂轉變得更爲熱情，旅客們開始魚貫下機了，迎賓台上有接客歡呼，在檀市機場每一班機降落的情形大多數都是如此的。

不久，機艙走出了鄺局長要接的客人，矮個子、大禿頭、老鼠眼、朝天鼻子、大齙牙，好像是他的商標，這傢伙不論走到哪兒去都會動亂不安的。

他向鄺局長甚爲友好地招了招手，隨後落下了鋁製的機梯架子，鄺局長笑口盈盈地向他敬了一個軍禮。替駱駝提行李的人倒也奇怪，他竟是刁探長的得力助手黑齊齊威爾。

「有勞鄺局長大駕光臨接機實在不敢當！」駱駝和鄺局長握手時謙恭地說。

「大家老朋友了，何需客氣？」鄺局長也很客氣地說。

克麗斯汀．琪萊將預備好的一隻花圈套在駱駝的脖子上，然後又擁抱一番，在他那光亮的頭頂上「嘖」地一吻。

「刁探長爲什麼不和你同機回來？」鄺局長問。

「啊，刁探長是個大忙人，他分身乏術呢；在香港方面他還有許多瑣事不得不處理停當，始才能回檀島來呢！」駱駝笑嘻嘻地說。

鄺局長的司機又拉開了車門，雙腿一碰行了個軍禮，恭請他們上車。

「你的義子和你的從員為什麼不和你同來？」鄺局長又問。

「他們恐怕也不是檀島所歡迎的人物吧！」駱駝回答說：「鄺局長應該記得我們都曾經有過被驅逐出境的紀錄呀！」

「唉，時局是經常改觀的，過去的不用再談了！」鄺局長很客氣地恭請駱駝上車。

「還是小姐請先。」駱駝向克麗斯汀．琪萊說：「為什麼鄺局長把你也請來了？」

「這無非是連絡感情罷了！」琪萊說。

「我很懷念那位水仙花后譚金枝小姐！不知道她的近況如何？」駱駝說。

琪萊小姐呶著嘴說：「譚小姐已經和克勞福國會議員結婚了，現在她已經是國會議員夫人了！」

「啊，我該送一份厚禮，真是失禮得很呢！」駱駝搔著頭皮喃喃地說。

汽車駛離機場，沿途上所有的警察都一一敬禮，好像迎接什麼大人物似的。

「那份文件收藏在什麼地方，可否現在去取？」鄺局長等不及地開了口。

駱駝霎了霎眼睛，說：「請先送我到最好的酒店，沐浴更衣洗塵一番敘敘離情，然後再討論其他的！要知道我是坐了十幾個鐘點的疲倦老頭子呢！」

「唉，我們被上面逼得緊，已經焦頭爛額了……」鄺局長說。

「至少我們要等到刁探長回來才好談生意呀！」

「不！一切可以由我作主意，已毋需那位糊塗探長了！」

駱駝大笑，說：「刁探長已被革職了麼？不看辛勞看苦勞，刁探長風塵僕僕趕到香港，幾乎把性命丟了，好容易才請到我回檀島來，鄺局長就砸他的飯碗，豈不有過河拆橋之嫌麼？」

「我並沒有說要革刁探長的職呀！」

「但是這糊塗探長已經不能用，可是你說的！」

「用和不能用是指這件案子，並沒有革職的必要！」

駱駝卻笑吃吃地說：「但是我對這個探長的職位頗感興趣！」

「原來你打算要敲刁探長的飯碗！」鄺局長瞪大了眼說。

「不！鄺局長可以用兩個探長！」駱駝說。

鄺局長猶豫著，聘請一個江湖上著名的大騙子出任警局的探長，這成什麼名堂？這不是開玩笑的事情，讓一個騙子在警署裡大權在握，將會攪出什麼樣的後果很難想像呢！

駱駝說：「你不用焦急！沙哇奴爵士還聘請我到KGB總部去做教官呢！但是我興趣缺缺，向你討一個探長的職位，無非是臨時性的，好方便替你們結束這拖泥帶水的間諜案子罷了，按照你們過往的手法，實在是不敢領教呢！」

鄺局長說：「你只要幫忙把珍珠港失竊的軍事機密文件交出來，這件案子就可以結束了！」

駱駝一聲怪笑，說：「談何容易，我讓你們能夠一網打盡的間諜組織，你們尚且放虎歸山，主犯讓他從容跑掉不說，還有那些零星的爪牙、疑犯，也讓他們一一漏網，又形成一股新的勢力在東南亞各地興風作浪，這是非常失算的！由這樣看來，你們的治安工作，只能夠抓抓宵小、竊盜——

對付間諜，還是得由我來，給我一個探長的職位對你們只有幫助，不會有妨礙的，同時，我對這種芝麻綠豆官根本不感興趣，只要間諜案結束，我會原職奉還！」

鄺局長皺著眉說：「軍事機密文件不是在你的手中嗎？」

駱駝說：「嘿，應該說，軍事機密文件是在你的手中！」

「這是什麼話？」

「我把沙哇奴爵士及他的整個組織全交給你們了，當然包括了軍事機密文件！」

「那麼你交給刁探長的那幾幅圖畫又是什麼東西？」

駱駝搔著頭皮，說：「非常簡單，我是怎樣得來的，怎樣交給他！」

「簡直胡鬧，你也不知道內容麼？」

「我沒時間去研究！」駱駝正色說：「難道說，刁探長沒研究是什麼玩意麼？噢，我也猜想刁探長是不會在這方面用頭腦的！」

「那我們豈不白忙一場，千里迢迢的把你由香港接回來，有什麼作用呢？」

「放心，你的飛機票不會白出的，當然，給我一個探長的職務，聽我的指揮佈局，我不會再失算在沙哇奴爵士的手裡，一定可以讓你們圓滿結案！」

鄺局長猶豫不決，不敢貿然下決定，吶吶說：「我們是官方機關，人事制度有一定的編制，怎麼可以隨便聘請一個探長？……」

「唯才是用，這是民主國家最高明的用人制度！」駱駝怪模怪樣地說：「你且看我一表人材，難道說，我連做一個探長的資格還不夠嗎？」

「做探長是需要資歷的！」

「嗨！我的資歷已經吵翻了全世界，假如不識駱駝其人，不聞駱駝其名，這個人吶，必是窩囊廢！」

鄺局長拭著汗，他已感到頭昏腦脹，大概是血壓高的毛病又犯了：「叫我如何聘你呢？」

「一點也不用傷腦筋，對沙哇奴爵士間諜案，你們已成立了專案小組，現在案子未結，你大可以聘我做專案小組的探長，等到案子結束之後我會自動請辭，我已經跟你說過了，我對這芝麻綠豆官還不大感興趣呢！」駱駝摸出了煙斗燃上，慢慢地吸著。

「你的意思是說，除了聘你做探長以外，你無法將軍事機密文件取回來？」

「除了將軍事機密文件取回來之外，還要將檀島的國際間諜徹底消滅！」

「需要多少時間？」

「由現在開始直到全案結束！」

「我是問需要多少時間可以結案！」

「快則一個星期，遲則需三個月！」

鄺局長跺腳說：「唉，這簡直是敲詐呢！」

駱駝說：「事情是你們搞砸的，若以病情譬喻，此病已經是病入膏肓了，除了找到我這個名醫，可以起死回生之外，相信任何人都束手無策的，與其眼睜睜等候著料理後事，倒不如接受我的條件！」

鄺局長忽的一拍座墊，下了決心說：「好的，我就給你一個半月的時間，聘你為專案小組的探長，不過這是臨時性質的，職權範圍也只在間諜案的範圍之內，我得嚴重警告你，假如說你超越職權，在外面搞什麼鬼的話，我就不饒你！」

駱駝哈哈大笑說：「搞鬼又何需用芝麻綠豆官的職權？我們現在是合作，假如在開始時就互相猜疑，對工作的進展頗有妨礙！你什麼時候下聘書呢？」

「我們毋需要聘書，就此一言爲定！」

「怪不得你們會一敗塗地，原來做任何事情都是形同兒戲，我活到這把年紀，還沒有玩過這種假警官的把戲，既然談不攏，不如買一張飛機票，立刻送我回香港去！」駱駝故意露出不樂的形色。

「你既然來了，就走不了啦，我不會批准你出境的！」鄺局長說。

「你打算扣我做人質？哈，那你打錯算盤了，這樣你一輩子也不會再得到那份軍事機密文件，同時案子也結不了！萬一耽誤時日，文件落在沙哇奴爵士的手中，你更會吃不完兜著走呢！」駱駝慢條斯理地說：「再者，我重新來到檀島，已通知了ＦＢＩ，請他們從旁協助！」

「你通知了ＦＢＩ……？」鄺局長幾乎自座椅上跳了起來。

「是的，假如你無意聘我爲探長之時，他們會給我重金禮聘的！」

鄺局長被逼得無可奈何地說：「好吧，我現在就給你聘書！」

「你還要分配人員聽我的調配！」

「那是自然的，你需要多少人員？」

「別說外行話，至少你要給我幹探五六名，餘外的線民由我自行選用，一切經費的開支，以實報實銷為主！」駱駝得寸進尺地說。

「好吧，預備金需要多少開支須有單據。」鄺局長即吩咐他的秘書通知人事室給駱駝下聘書，在聘書上的職位寫明是專案小組的探長，而在人事的檔案上登記的卻是臨時雇員。

駱駝忽地又吃吃地笑問：「鄺局長給我的待遇是如何的呢？」

「和刁探長一樣！」

「可是車馬費卻要鄺局長特別增付，因為我是臨時性的！」

鄺局長咬緊了牙關，不論駱駝提出任何要求都一律答應，但是他的肚子裡卻另有盤算，他計畫著，只要駱駝一旦將軍事機密文件交出來，就「收拾」他！

鄺局長交代了黑齊齊哈爾給駱駝做從員，援助駱駝了解警局公事上的程序，並分配幹員供駱駝的調配。

駱駝首先佔領了刁探長的辦公桌，以「鵲巢鳩佔」的方式，讓黑齊齊哈爾替他領了一張碩大無比的辦公桌斜置在室隅，儼如一級主管，刁探長原有的那張桌子，卻給他移在一旁，假如以洋機關的習慣，那是女秘書的座位。

黑齊齊哈爾是奉鄺局長之命，一切都依照駱駝的要求，務使他滿意。

駱駝很覺得意，坐在那張寬大的辦公桌後，翹起二郎腿，一面拿起電話，首先撥給何仁壽。

駱駝重返檀島，使何仁壽大為驚詫，他高聲怪叫說：「鄺局長和刁探長正張好羅網等候你，你貿然的回來，豈不等於自投羅網？……」

駱駝說：「我現在正在警局裡！」

「你被捕了麼？」

「不！我榮任新職，在警局裡做了探長，所以老朋友們都應該爲我慶賀一番！」

「你做了探長麼？」何仁壽有點不大相信，繼而嘿嘿地笑了起來，說：「魔術人人會變，各有巧妙不同，駱駝老哥的手法畢竟不凡呢！」

「以後還要老兄多支持！」

何仁壽說：「自己兄弟不必說客套話，有一樁事情你可知道，查大媽被警方扣押了？」

駱駝一楞，說：「查大媽被扣押，不知爲的是什麼事？」

「有人指證查大媽是扒竊黨的首領，當然這是一種栽贓的手法，隨便由監牢裡提出一兩個假扒手，就可以一口咬牢查大媽，但是據我的判斷，警方扣押查大媽純是爲了對付你！」

「這事情什麼時候發生的？」

「就在昨天晚上，查大媽曾要求交保，但是警方的條件很苛，拒絕普通人保釋……」

「那麼我身爲探長，總該可以將查大媽保釋出來了吧？」

「你不妨試試看！」何仁壽說。

檀島的國際機場，又降下了一架國際航線的班機。

機艙的大門已經打開，旅客們魚貫下機，刁探長神色緊張，自機艙裡探出頭來，就東張西望的——他滿以爲在機場上會是軍警林立，便衣密佈的，因爲他自以爲押了兩名重要人犯返回檀島了。在事前，刁探長已經有消息傳遞給鄺局長了，鄺局長應該會佈置一切，這個國際機場上應該佈置得像天羅地網似的，叫他的犯人插翅難逃。

刁探長東張西望地打量了一番之後，甚感失望，機場上除了歡樂的迎賓氣氛之外，恁什麼也沒有。

爲什麼警局的同事連一個也沒有看見？刁探長暗自發楞，莫非是電報誤傳，鄺局長根本沒有接到他的消息？

這時，走下飛機的是夏落紅和彭虎兩人。

夏落紅拍著刁探長的肩膊說：「探長，怎麼還不走，還要等什麼人嗎？」

「誰也不等，我只看我的汽車來了沒有！」刁探長遮羞地說。

「汽車總歸是停在機場外面的。」夏落紅說。

「不！我的汽車可以長驅直入，進入機坪的！」

「哦！我忘記了刁探長是特權階級！」夏落紅譏諷說。

正在這時，機坪的進口處突然駛進一輛黑色大轎車。

刁探長大喜，因爲那正是他的官車呢，總算消息沒有誤傳，鄺局長派他的汽車來接了。

只見那輛汽車直駛機坪舖著紅地氈的通道旁，司機先下了車，給後車廂拉開車門，挺起胸脯一個立正，皮鞋碰出「拍」的響聲，然後敬了個大軍禮。

很意外的，鑽出車廂來的竟是一個小個子大禿頭，三分像人，七分像猴子，老鼠眼，朝天鼻子大齙牙……唉，那不是駱駝麼？

他怎麼坐著探長的官車了？還真像個探長的樣子，他一揮手，還了一記軍禮，衣袖比他的手還要長，真不像樣。

跟在駱駝身旁的是刁探長的得力助手黑齊齊哈爾，這時候他卻好像做了駱駝的跟班。怎麼回事？

「刁探長，駱探長來接你了！」黑齊齊哈爾趕上前，向刁探長敬禮說。

「什麼駱探長？」刁探長甚感詫異地問。

「鄺局長新聘了一位探長，就是這位名聞天下的駱駝！」黑齊齊哈爾傻呵呵地說：「並且鄺局長還交代我給這位新探長做副手！」

刁探長楞楞地說：「黑齊齊哈爾，究竟是怎麼回事？我派你押送這老傢伙回檀島，你走下飛機就應該將他逮捕，怎麼鄺局長竟是聘他爲探長呢？這是怎麼回事？將我搞糊塗了！」

「你關照我好好照拂他呢！」

「照拂就是看牢的意思！」

「我是看牢了他，但是他做了探長，是我的頂頭上司！」

刁探長氣惱得兩眼發直，頓時覺得血壓上衝，腦海裡有點昏昏沉沉的。

夏落紅和彭虎兩個人卻聽得甚爲新鮮，駱駝爲什麼重返檀島之後，忽然間竟做了探長？

駱駝原是和沙哇奴爵士談妥了買賣，雙方相約好返回檀島之後一手交錢一手交貨的，沒想他回到檀島之後做起官來了。

刁探長本來派黑齊齊哈爾監視駱駝返回檀香山，他自己卻盯牢了夏落紅和彭虎兩人。誰知他們卻分做了兩批，夏落紅和彭虎先訂了機票，所以刁探長也訂了機位和他們同飛。駱駝卻是臨時上機的，比他們早了一班飛機，反而先到了檀香山。不料駱駝到達檀島之後，就做了探長，和他的地位相同，這成什麼名堂？

刁探長百思不解，他搞不清楚鄺局長爲什麼會傻到這個程度。

夏落紅和彭虎兩人已經向駱駝道賀了。「義父，你在一夜之間做了官！可要給我們提拔提拔才對！」

駱駝拍著胸脯，甚爲得意，說：「我會給你們每人一個不大不小的官職！」

彭虎也高興起來，說：「我這一輩子，什麼把戲全玩過了，就是從來沒有做過官。」

「請上吧！我們的官邸暫設在警署附近的『檀香山大酒店』，所有費用完全出公帳！」駱駝揮著手，請大家登車。

刁探長雖然氣惱，但他也只好坐上這輛汽車，不久汽車便駛離機場了。

警署的局長室起了一陣喧嘩，刁探長向來對他的頂頭上司鄺局長是畢恭畢敬的，但他今天一反常態，竟和鄺局長起了爭執，大吵大鬧的。

「這算是什麼名堂？一個騙子大模大樣的坐在我的辦公室裡，他的辦公桌比市長的還要大，翹起二郎腿，什麼事情也不幹，就是看報紙、喝咖啡、咬煙斗和聽收音機……而我的辦事桌，卻擺在他的旁邊，好像是他的秘書一樣……」刁探長氣極敗壞，捶胸跺足地叫嚷著。

鄺局長卻語氣平和地向刁探長勸說：「在目前的情形之下，我們要極力忍耐！」

「沒什麼了不起的，我們把駱駝和他的黨羽悉數弄回檀島，目的也只是在那份軍事機密文件之上，駱駝已經被我搜出了一份路標的圖畫，我們只要逼他說出路標的所在地，就可以達到目的了，何需要再和他拉拉扯扯的？」刁探長說。

「你已經試驗過很多次，要駱駝說話可不簡單！」

刁探長說：「他們回到檀島，就是在我們的掌握之中，給他修理一番，看他說不說！」

「哼！」鄺局長用鼻子重重的哼了一聲，說：「你的意思是用刑訊麼？駱駝這傢伙黨羽甚多，交遊又廣，萬一張揚出去，你這個探長，我這個局長還想混麼？」

「局長可曾考慮到讓一個騙子在警局裡做探長，會鬧出怎樣的後果？」

鄺局長說：「我已經考慮過了，除了『沙哇奴爵士間諜案』以外，我們不給他任何的權限！」

「駱駝這傢伙是狡詐百出的，他有了權在手，雞毛也可以變做令箭，再加上他的那幾個助手，全是一些妖魔鬼怪，將來搞得天下大亂，你就後悔莫及了！」刁探長氣呼呼地說。

駱駝所有的第三批關係人物又抵達檀島了——那是孫阿七和于芄。

他們好像是計畫的分批先後來到檀島，有意使刁探長他們不閒著，至少誰在機場裡出現？什麼人在接機？鄺局長都得派人監視著，注意他們的行蹤，和什麼樣的人接觸？又做了些什麼事情？

這天到機場上去接機的，只有夏落紅一個人，他曾邀彭虎同去，但爲彭虎所拒絕。于芄是夏落紅的未婚妻，于芄來到檀島，夏落紅沒有不去接機的理由。

夏落紅的精神疲萎不堪，其原因是他在沙哇奴爵士的魔掌中脫險之後，始終沒有機會能和古玲玉見著面。

他聽說古玲玉在香港已經是以交際花的姿態出現，所交遊的朋友甚爲蕪雜。

古玲玉曾經向夏落紅聲明過的，她不管夏落紅對她的愛情究竟是真是假；她得要爲腹中的那一塊肉打算，至少要在孩子誕生時，爲孩子找個爸爸。

夏落紅甚爲懊喪，他自慚作孽，這也是用情不專之累，于芄的問題未解決之前，他和古玲玉的好事難諧。

在他們的那個圈子之內，卻是沒有一個人同情夏落紅的，誰都不主張他和古玲玉的關係延續下去。

但是古玲玉腹中的那塊肉該怎麼辦？

夏落紅抵達機場時，自香港飛來的班機已經降落，「呼拉舞」女郎在機坪上正跳得起勁，下機的旅客接受花環之後，紛紛步入機場海關的檢疫處。

夏落紅已經看到于芄和孫阿七了，他揚起手來向他倆招呼。

孫阿七的個子矮小，他的一舉一動都是摹仿著駱駝的，皺著朝天鼻子，露出大齙牙，一面還蹦跳跳的，看見夏落紅時，不斷的揮手，好像看見親人一樣。

于芃卻繃著了臉，她偏著頭，假裝沒有看見夏落紅。

當他們通過了海關和檢疫站時，剛被駱駝救出獄的查大媽也出現了，她是趕著來迎接于芃的。

「查大媽，你可好，想不到在這裡和你見面！」于芃看見查大媽也好像看見親人一樣。

「于芃，我的心肝寶貝，你好像消瘦許多了呀！」查大媽挽著于芃的胳膊，狀至親熱。

孫阿七向夏落紅扮了鬼臉，悄悄說：「別站在這裡發楞，且看看背後什麼人到了！」夏落紅朝鐵閘的進口處一看，頓時楞了一楞，原來是古玲玉和哈洛克兩人，他們是同乘一架飛機到的。爲什麼會這樣的巧呢？于芃和古玲玉竟同飛機來檀島，夏落紅接機，變成要接兩個人了。

只見古玲玉和那肥大的大塊頭狀至親熱，挽著他的胳膊，有說有笑的，一邊走進了海關的檢疫站。

古玲玉分明是已經看見夏落紅佇立在海關的門首了，但她只假裝沒有看見他，相反的，和哈洛克更聊得起勁，難道說坐了十幾個鐘點的飛機，還有什麼事情還沒有聊夠麼？

夏落紅見狀大妒，礙在于芃的面前不便發作，在這兩女之間他很爲難呢！

「于小姐，你們準備住到哪裡？」相反的，哈洛克先生和于芃打招呼，他們在香港海濱酒店的餐廳裡就相識了。

于芃說：「還搞不清楚，因爲我是有人接待的！」

「我打算住在『格蘭酒店』，假如有空可以給我來電話，夏威夷各地的風光很好，出遊時若沒有伴就太單調了！」

于芃當著夏落紅的面前，故意說：「我會給你打電話的！」

「我們應當住到什麼地方去？」孫阿七問夏落紅。

「檀香山大酒店，一切的招待全由警署開支！」夏落紅回答時，兩隻眼睛直盯在古玲玉的身上，情深款款，妒火沖天。

「駱駝真做了官啦？」

「可不是麼，我們都有官差分配，不大不小的！」

「這樣倒也新鮮，生活環境是要經常改變的好！上次被押解出境，這番可以揚眉吐氣一番了！」孫阿七笑著說。

查大媽替于芄提著行李，已經通過檢疫站。

孫阿七向夏落紅招手說：「我們就走吧！」

夏落紅說：「不！我還要等一會！」

「對這個女人你還不死心麼？」

「這個肥頭大耳的糟老頭是什麼人，你可知道？」

孫阿七回過頭去看了哈洛克一眼，說：「這個人你應該認識的。」

「有點面熟，但是想不起來。」夏落紅說。

「慢慢的想，反正日子長著，遲早你會想得起來的！」孫阿七嬉笑著說。

「告訴我，是什麼人？」

「是你的情敵呀！」

「唉，你這貧嘴賊！」夏落紅詛咒說。

孫阿七提著行李，追隨著查大媽和于芃，出機場大廈去了，他停在大廈的門前回首等候夏落紅，但是夏落紅仍沒肯離開檢疫站，他仍凝視著古玲玉。

不久，哈洛克和古玲玉也辦妥了檢疫手續，要離開檢疫站了，夏落紅伺機挨至古玲玉的身旁，輕聲說：「你爲什麼不理睬我了，難道說變了心麼？」

古玲玉瞟了夏落紅一眼，冷嗤說：「哼，虧你還想得起我，你不是來接你的未婚妻的麼？她已經在前面走啦！」

「玲玉，你總該給我一點時間解釋！」

「我想解釋是多餘的，我們的緣分已盡，就此結束也好！」

哈洛克發現古玲玉和一位陌生人說話，便趨了過來，說：「這位先生是誰？」

古玲玉說：「這位是你認識的于芃小姐的未婚夫——夏落紅先生。」

哈洛克聽說夏落紅三個字，心中有了數，忙伸出手來和夏落紅自我介紹，邊說：「我的名字是哈洛克，人家稱我爲蒙古大夫，以後請多多指教！」

夏落紅心中不樂，但對這位新朋友又不得不加以敷衍，說：「我姓夏，和古小姐是老朋友了，不知道哈先生由何處而來？」

哈洛克說：「我正在環遊世界，走過的地方不少了，我掛牌行醫的地方是在倫敦！」

古玲玉卻好像挺願和夏落紅交朋友，說：「我們住格蘭酒店，以後請多連繫！」

「你們倆都住格蘭酒店麼？」夏落紅心中不免起了疙瘩。

「是的，假如有時間，歡迎過來，反正我們是渡假來的，在檀島人地生疏，若在遊玩時能多一個伴也是好的！」哈洛克說。

「好的，一定抽時間拜訪！」夏落紅很不是滋味地應付說。

哈洛克挽著古玲玉，出了機場大廈，早有攬生意的計程車駛了過來，爲他倆推開了車門。

他倆坐上汽車時，夏落紅呆在路旁，古玲玉竟然連頭也不回，汽車揚長去了。

夏落紅一聲長嘆，再看孫阿七和查大媽他們時，早已經不知去向矣。

他感到十分失意，只有怏怏地返回警署去。

駱駝自從做了探長之後，每天均是大模大樣的進出警署，在辦公時間，老是翹著二郎腿架在他那張寬大的辦公桌之上，有時候看看警署裡的老檔案，但仍以讀閱報紙的時候較多。

黑齊齊哈爾是他的副手，在辦公室內什麼事情也不想幹，光只是替他燒咖啡和跑腿買這買那的。

鄺局長派刁探長和黑齊齊哈爾盯牢了駱駝，監視著他的行動。

但是駱駝這老狐狸好像胸有成竹，他對鄺局長給他的時限一點也不擔心，究竟他的葫蘆裡賣什麼藥？刁探長和黑齊齊哈爾均莫測高深。

「駱探長！一個半月的時間，瞬眼就過去了，你每天若無其事地坐在辦公室裡過探長的癮，到了時限怎樣交差呢？」黑齊齊哈爾忍耐不住，終於催駱駝辦案。

駱駝笑了一笑，說：「皇帝不急，急死太監！事情在我的身上，我自有分寸！」

「我只是擔心，到時候交不了案，鄺局長向來是翻臉無情的！」

駱駝說：「你還是擔心你自己吧！我吃這一行飯，是玩票性質，扭轉臉就可以不幹。你卻不同，鄺局長命令你盯牢我，監視我的行動，在我的身上多搞情報，假如出了差錯，吃不完兜著走的是你，於我毫不發生關係呢！」

黑齊齊哈爾起了一陣咳嗽，以掩飾他的窘態，忙解釋說：「鄺局長只讓我做你的副手，並沒有讓我監視你！」

「大家肚子裡都有數，何必在我面前耍這種小噱頭，將來只有自討苦吃！」

「難道說，你還打算作弄我一番麼？」

「我本來就是誠心誠意和你合作的！」

駱駝哈哈大笑，笑聲中含著諷刺的意味。黑齊齊哈爾大窘，也尷尬地笑了起來，藉以掩飾他的窘態。

駱駝和檀香山大酒店通電話，他辦公桌上的那隻電話，雖然是專線，但是鄺局長讓技術人員裝了分機，線路直傳進局長的辦公室內。只要駱駝用電話時，局長室內特裝的一盞紅燈就會亮，有靈巧的傳播器可以直接收聽駱駝和外面的對話。這時候，紅燈又亮了，鄺局長擰開了傳播器。原來，駱駝和他未來的準媳婦通話呢！

「歡迎你光臨檀島，此地的風光不壞，你大可以放懷暢遊一番咧！遊玩時切勿慳惜鈔票，盡量的花費好了，要知道，我們此番到此的費用全是出公費的，不花也是白不花呵！」駱駝好像閒話家常似地說。

「我的假期快要結束了，在這裡的時日無多，假如沒有必要，我想提早回學校去了！」于芃誠懇地說。

「唔，不！你一定要痛快玩一陣子才好回去，要不然，這個假期就白費了。假如我能抽得出時間，一定會陪你去觀光的！」駱駝說。

「義父新官上任，一定忙得不可開交，哪抽得出時間呢？」

駱駝吃吃地笑：「新官上任三把火，只要三把火燒掉之後就比較輕鬆了！」

「但是到時候，恐怕我已經走了！」

他們一言來一語往，談的都是些無關痛癢的事情，但是鄺局長仍是仔細地偷聽，他知道駱駝是夠狡猾的，也許會在言語之中帶著暗語。

忽然，只聽于芃說：「孫阿七有話和你說！」

剎那間，那傳播器上便轉移了孫阿七的嗓音，說：「大哥嗎？假如你現在有時間，金二哥在『那卡諾酒吧』等候你！」

駱駝急說：「喂，『那卡諾酒吧』在什麼地方？」

「你可以雇一輛計程車去，那間酒吧是很出名的！」

「好的！我現在立刻就去！」

電話便掛斷，鄺局長對那間「那卡諾酒吧」倒是挺熟悉的，那是國際水兵聚匯之地，經常會肇事端的。那金二哥是什麼人？爲什麼和駱駝相約在那地方見面？而且駱駝得到這消息就匆匆要趕去赴約，好像他們是有約在先似的。鄺局長立刻通知刁探長和黑齊齊哈爾兩人，務必跟蹤駱駝，並確實查出那稱爲金二哥的人究竟是什麼身分？

這是駱駝到檀島之後的第一樁行動，恁怎的也不能放鬆！

駱駝咬著煙斗，戴上了他那頂寬大的草帽，正推門離開他的辦公室之際，黑齊齊哈爾攔在他的門前。

「駱探長，哪兒去？」他問。

「我到對面檀香山大酒店，去看我的未來媳婦，喝杯咖啡，聊聊天！」駱駝順口答。

「我隨行給你做保鑣！」

「就在對面，不需要你隨行！」

「不！你做探長，沒有跟班的怎麼行，顯得不夠氣派了！」

「哈，我不是講究氣派的人，也不需要跟班的，你留在辦公室內替我聽電話好了！」駱駝吩咐說。

「若有事情，到哪兒去尋你，是到檀香山大酒店麼？」黑齊齊哈爾請示。

「有電話給我記下來，我只需一杯咖啡的時間立刻就會回來的！」駱駝說著，匆匆的走出警局大門去了。這個老騙子愈是不要黑齊齊哈爾隨行，黑齊齊哈爾愈是生疑，尤其是明明知道他是要到那卡諾酒吧去，又偏說是到對門的檀香山大酒店，很明顯的他是有著特別的圖謀。

刁探長早守候在走廊之上，黑齊齊哈爾向他遞了暗號，刁探長立即實行跟蹤。

「那卡諾酒吧」是設在沿海鬧區處，駱駝走至大馬路上，攔了一部路過的計程車，即指揮司機，從速趕往目的地。

刁探長跟蹤的汽車早準備好了，立刻跟隨在後，他在心中暗自盤算，那個稱爲金二哥的人，也許就是國際間諜那方面派來的，要不然，駱駝的行蹤不必那樣鬼祟！不久，駱駝雇用的那輛出租汽車已經在「那卡諾酒吧」的門前停下了，駱駝付過車資，將汽車打發走後，向門前左右探看了一番，始才溜進大門去，這時間，酒吧內並沒什麼顧客，所有的吧女郎也沒有上班。刁探長停下汽車，他不便由正門進去打草驚蛇，給駱駝發現反而不妙。他趨至酒吧的後門，出示探長的警徽，便得到協助，可以由廚房傳遞食物的小窗戶，向酒吧內窺望。只見駱駝和一身材矮小戴著太陽眼鏡的華人共座。

他們兩人的神色甚爲詭秘，交頭接耳的，絮絮說個不休，好像在磋商什麼事情，也好像是在討價還價似的。

刁探長只恨自己沒有「千里眼，順風耳」，聽不出他們在說些什麼事情。

不一會，黑齊齊哈爾也到達了，他和刁探長同一方式，由後門進入廚房。

「這個戴黑眼鏡的是什麼人？你可有他的印象？」刁探長指著廚窗外和駱駝交頭接耳那個古怪的客人，向黑齊齊哈爾問。

「沒有一點印象，但是一看便知，絕非善類。」黑齊齊哈爾回答說。

「技術人員都到了沒有？」刁探長問。

「全到齊了，在前後門都有佈置，恁怎的他也逃不了！」黑齊齊哈爾說。

駱駝和那戴太陽眼鏡的傢伙密談了好一陣子，有說有笑的，好像雙方都很滿意，他們碰乾了一杯啤酒，由駱駝付鈔，便雙雙離開了酒吧。

駱駝返回警署後，仍然是那副老樣子，兩腿高翹在辦公桌上，很安逸地閱讀著警署過往的老檔案。

鄺局長等候著刁探長和黑齊齊哈爾的報告，但是他兩個人帶了大批的技術人員外出之後，就好像石沉大海似的，一直沒有消息回來，究竟他們搞了些啥名堂，不得而知。

鄺局長偷偷地推開探長室的大門，只見駱駝還是吊兒郎噹的一副神態，翹著了大腿，在翻閱公文檔案，真好像做探長在辦公事似的。不一會，駱駝桌上的電話鈴響了，鄺局長趕忙跑回他的辦公室裡去，擰開傳播器偷聽駱駝的通話。原來，那是孫阿七由檀香山大酒店打來的。

他說：「你和金二哥談得怎樣，可談成了麼？」

駱駝說：「差不多了，他還需要一些時間考慮一番！」

孫阿七又說：「你現在有時間沒有，胡二哥想找你談談？」

「在什麼地方？」

「還是在那卡諾酒吧裡！」

駱駝想了一想，說：「這件事情讓夏落紅去談就行了！」

「唉，夏落紅那小子仍迷戀著古玲玉，他追蹤到格蘭酒店去了！」

「唉！小子真不爭氣，那麼這事情可要麻煩你跑一趟了，反正我們的原則不變，胡二哥能接受我們的條件就成交！」

孫阿七吁了口氣，說：「好吧，我就跑一趟！」

電話掛斷之後，鄺局長起了一陣無形的緊張，孫阿七和那個胡二哥接洽些什麼事情不得而知？他需得再派人跟蹤，但是刁探長和黑齊齊哈爾到這時間尚沒有消息回來，他頗有人手不夠分配之感，派其他的幹探去的話，和這案子一點也不發生關係的人，是很難插手的。

鄺局長考慮了很久，始才挑選了一名曾經參加過圍捕沙哇奴爵士，承辦部分嫌疑犯問口供的幹員，命他迅速趕赴「那卡諾酒吧」去查看，和孫阿七接洽談買賣的那個叫胡二哥的究竟是什麼人？他們談的是些什麼買賣？鄺局長將那幹員招進了局長室授計一番。

正在這時，駱駝的電話座機接過來的傳播器上的紅燈又亮了，鄺局長忙撑開樞鈕。

原來又是于芄由檀香山大酒店打過來的。

她說：「義父嗎？有一位洋二哥要找你談話，現在在酒店樓下的餐廳裡！」

駱駝說：「孫阿七呢？」

「他已經到那卡諾酒吧去了！」

「那麼我立刻過來！」

電話又告掛斷，鄺局長頓感到頭大，駱駝不知打哪裡冒出這麼多的「二哥」？金二哥、胡二哥、洋二哥的。究竟他在玩些什麼樣的把戲？他好像是有意要鄺局長八面不著天，無從跟蹤起似的呢。

第八章　撲朔迷離

鄺局長把那幹探打發走，然後趕出門去，也正好駱駝剛由他的探長室出來，戴上那頂寬大的草帽，咬著煙斗，一付大搖大擺的派頭。

「駱探長，哪裡去？」鄺局長招呼說。

「做了探長之後，交際應酬都多了起來，有一位洋朋友在對面的酒吧，要請我小飲一番！」駱駝回答說。

「呵，你說的洋二哥就是洋朋友麼？」鄺局長問。

「呵？」駱駝嘻笑起來，說：「你怎麼知道有一個洋二哥，莫非你偷聽我的電話不成？」鄺局長自知失言，不免大窘，忙說：「我從不偷聽任何人的電話的！」

「鄺局長哪裡去？」

「我想到對面檀香山大酒店去飲杯咖啡！」

「局長室裡的咖啡還不夠好麼？」

「在對面的酒吧裡比較清靜一點，可以使頭腦稍為安靜一會兒呢！」

駱駝肚子裡有數，知道鄺局長的目的無非是爲了要跟蹤他，便說：「這樣我們正好同行！」

鄺局長自是不再客氣了，他和駱駝同行，走出警局的大門，站崗的警察都立正敬禮。鄺局長倒是司空見慣的，以手指頭碰著帽子就算還禮了，駱駝卻不同，他高舉了草帽，裂大了嘴巴，露出大齙牙，好像八輩子沒有這樣榮幸過。

檀香山大酒店正斜對著警察總局的大門，一般外來的旅客住在該處，倒也有安全感，但是它樓底下的酒吧，卻什麼生意都嚇跑了。

有什麼邪門買賣的，誰願意在警察局的對門去談呢？所以，那間酒吧除了酒店本身的旅客之外，可以說絕少外來的生意。

駱駝和鄺局長進入酒吧，他一眼就看見那位稱爲「洋二哥」的洋朋友，坐落在酒吧的一隅，駱駝便和鄺局長分手，說：「我去談我的買賣！」

鄺局長打量了那洋朋友一瞥，心中有點納悶，說：「你們談些什麼買賣？」

駱駝說：「暫時無可奉告！」

鄺局長無可奈何，找了一個座位，向侍者要了一杯咖啡，仍不斷地向駱駝的那位洋朋友注視，打量他的身分。

這時候，只見駱駝和那位洋朋友有說有笑的，形狀至爲輕鬆。

鄺局長忽的靈機一動，莫非那位「洋二哥」是FBI的朋友？駱駝早說過和他們有了交道，乖乖，駱駝究竟在搞些什麼名堂？他已經接受了探長的職位，鄺局長所有的條件都是依他的，幹嗎他還要和ＦＢＩ的人明來暗往的？這……這實在是太可惡了！

鄺局長想著，額上也現出了汗跡。

駱駝和那「洋二哥」商談了沒多一會，只聽得雙方都叫「ＯＫ」！駱駝掏鈔票付了茶資，他很大方連鄺局長的咖啡錢也一併付了。

「洋二哥」擺了擺手，先行離去！

駱駝大叫愉快，趨過來向鄺局長說：「大老美做事情就是這點長處，甚爲爽快，一點不拖泥滯水的！」

鄺局長說：「你們究竟在談什麼買賣？」

駱駝說：「你遲早會明白的，這買賣和你的案子無關！」

「既然無關，又何必那樣的神秘，公開說，或許我還可以給你些許的幫助？」

駱駝笑了起來，說：「我受聘探長的職位，至今鄺局長還未有和我談及待遇問題，因之我不得不撈些許外快彌補一下，要不然，幹公事賠老本，那就不划算了！」他們走出了酒店大門，那兒有著一輛空著的敞篷車。

駱駝又說：「瞧，洋二哥做事就是這樣痛快，交易未成，就先借給我一輛車！」他說著，坐上了汽車，引擎的鑰匙就插在匙眼裡。

他發動了馬達，推上排檔，輕踏油門，汽車就駛動了。

鄺局長忙問：「上哪兒去？」

「試車！」駱駝輕鬆地回答著。

那輛汽車駛出了街道，鄺局長忙記下了它的車號，那是AD一一九六。

鄺局長從來進出警署，都是邁著官步的，從未有這樣匆匆過，這一次他連竄帶蹦的穿進了大門，匆匆忙忙走進他的局長室，扭開了辦公桌上的通話機，先接交通隊，通令所有的交通要道的交通警察注意AD一一九六號汽車的行蹤，隨時報告。

他再命令交通警察隊長迅速調查AD一一九六號的汽車是屬於什麼人的？

「這汽車是屬於機關的或是私人的？我在等候這份報告。」他說。

駱駝駕著敞篷車，狀至輕鬆愉快，邊吹著口哨，由大馬路駛出郊外，在駛上公路時便踏滿了油門，汽車風掣電馳。

檀島公路上的交通要道，多有騎摩托車的交通警察，他們自無線電中早得到命令，注意AD一一九六號汽車的蹤跡。

所以不時有摩托車流動，巡遊在公路之上，似跟蹤又不似跟蹤的。

駱駝沒去理會他們，他保持了應有的速度，不一會來到沙哇奴爵士古堡大廈的農場之前。

自從沙哇奴爵士間諜案破獲之後，這古堡大廈和廣大的農場便在警局控制之中。農場的大門口間，有著武裝的崗警把守，由農場通進古堡大廈去，沿途上也有許多警衛，氣氛甚為森嚴。

駱駝的汽車在「禁止通行」的木牌前停下，他出示了探長的證件，使得那位在大門口間把守的崗警傻了眼，他從來沒看見過這樣的一位探長。

「駱探長幹什麼來的？」崗警問。

「我是調查案子來的！」駱駝回答說。

「警察總局有命令，此地已劃為禁區，凡是閒雜人等一律禁止進內！」

「探長也在此限制之內麼？」

崗警有點為難，吶吶說：「可否容我向上級請示一番？」

「當然，你可以請示，但是我的時間寶貴，切莫耽擱！」駱駝吩咐說。

「請你在這裡待一下，我立刻去打電話！」那崗警說著，即慌慌張張地向屋子裡跑。

駱駝咬著煙斗，進入了木閘，趁在這時，他正好測量了佈置在那廣大的農場裡所有的崗警的位置。

他心中暗覺好笑，鄺局長佔領了這樣廣大的一幅土地，連一點作用也沒有，佈下了這麼多的崗警，反而浪費許多人力！

不一會，那崗警揮著汗，匆匆地又由屋子裡跑出來，向駱駝敬了個禮，說：「鄺局長有吩咐，請駱探長自由行動！」

駱駝笑口盈盈地說：「吃公事飯的人真是一板一眼，實在說，這只是浪費時間罷了！」

他大搖大擺地向古堡大廈走了進去，一位高級的洋警官已迎在門前了。

這位洋警官可能就是負責駐守在此間的最高長官，他向駱駝敬禮說：「駱探長要在這裡調查什麼？」

駱駝說：「到處看看，覓尋新的線索！」

「整間大廈的每一個角落，我們全經過縝密的搜查，已經沒有什麼值得再發現的東西了！」洋警官說。

駱駝撇著嘴起了一陣傻笑，說：「中國人有一句俗話：『一種米養出數百種人』，各人的看法不同呢！」

「我不懂你的意思？」

「慢慢的你就明白了！」

由那所大廳進內，只見牆壁上彈痕纍纍，滿目瘡痍，和昔日沙哇奴爵士八面威風雍榮華貴時的情況完全兩樣。

駱駝趨進那間餐廳，那兩尊中古時代的盔甲銅人仍屹立在那兒，靠左邊的銅人身後的一道隧道卻是敞著的，它已經沒有什麼秘密可言了。

警署裡的辦案人員誰都在那兒進出過，駱駝站在那銅人之前端詳了很久的時間，他叼著煙斗，噴出陣陣的煙霧，似在欣賞那具古董，一忽兒，他又扣開了甲冑內的機關，細細的端詳了一番，他將那座隧道的大門，關了又開，開了又關，似在玩樂，又似在研究。

過了片刻，駱駝竟走進隧道裡去了，落下了石階，那地窖內已裝滿了電燈，大放光明，因此不再有神秘氣氛。

他按著石階，一步一步地細細找尋，誰也不知道他在找尋些什麼東西。

一列像爐灶似的石墩原是地下電台設置機器所用的，現在所有的機械全搬運一空了，它就好像是一條長凳，牆壁上還有許多機器的痕跡影子。

駱駝在地窖內待了好一會，忽的竟躺到那石墩上去了，他以雙手作枕，仰起脖子對著天花板，腦筋裡不知道在想些什麼東西？

忽而，由地窖進口處的石階跑下來一個滿額大汗的人，他指著駱駝結結巴巴地說：「駱探長，你怎麼跑到這地方來了？」

駱駝抬眼一看，那正是黑齊齊哈爾，相信他是跟蹤那位由「那卡諾酒吧」離開的金二哥，回到警署後，又被鄺局長派來的。

「黑齊齊哈爾，你辛苦了，這樣疲於奔命，你會減輕些重量了！」他冷冷地回答說。

「你躺在這裡幹嗎？」黑齊齊哈爾問。

「我在想你們所幹的傻事！」

「我們做了什麼傻事嗎？」

「你們跟蹤那位金二哥，可有什麼收穫嗎？」

「奇怪，你怎麼會知道的？」黑齊齊哈爾搔著頭，感到莫名其妙。

「我是這樣猜想而已，希望你們並沒有破壞我的工作！」駱駝坐了起來，聳著肩說。

「我很奇怪，你和一個垃圾船的船老大在談些什麼買賣？」

「我要買他的垃圾船！」駱駝說。

「你要販賣垃圾不成？」

「嗨，這並不是你們所能了解的！」

這時候，石階上又跑下來一個人，那是刁探長，他同樣是滿額大汗，指著駱駝說：「你躲在這裡有著什麼事情嗎?鄺局長找你談話呢!」

駱駝冷冷地說:「瞧你慌慌張張的,鄺局長有什麼事情嗎?」

刁探長向地窖內東張西望一番,然後煞有介事地說:「你怎麼和FBI又打上交道了?難道說在警署裡做了一位探長還不夠麼?」

「呵!」駱駝吃吃笑了起來,說:「想必又是鄺局長調查我的那位洋朋友『洋二哥』及我乘坐的那輛汽車了,在警署裡做一名探長有什麼了不得呢?這是在政府機構裡最起碼的芝麻綠豆官,賺幾個錢還不夠我的義子在舞廳裡一晚上的花費,我是有言在先,順便和他們做一點小買賣而已!」

「做什麼買賣呢?」

「時機未至,無可奉告!」

「唉,你真是不夠朋友!……」

駱駝由石墩上跳了下來,拍了拍屁股,彈去塵垢,說:「你們真夠朋友,給我一個半月的時間來給你們了結這椿案子,人不爲己天誅地滅,我也得爲自己作一番打算吧?」

地窖進口處走進來一名武裝警察,敬禮說:「農場鐵閘門間來了一位姓孫的先生,他要見駱探長!」

駱駝說:「那必然是孫阿七到啦,不知道他和胡二哥接洽得如何了?」

「胡二哥又是誰?」刁探長問道。

「二哥是一種尊稱,叫人家大爺也不好,稱呼二爺也不好,所以一律稱爲二哥比較親切!」駱駝大步走上了石階,即出地窖而去。

「我想知道那位胡二哥是誰?」刁探長追著問。

「你何必著急呢,你怕鄺局長不會派人跟蹤著孫阿七嗎?他會給你情報的!」駱駝說。

「駱探長,你太不合作了,叫我們疲於奔命了!」黑齊齊哈爾也幫著說話。

「假如你們肯合作,最好暫時別過問我的事倩,等到大局佈置妥當之後,自然會和你們分工合作的!」

不久,駱駝已走出了古堡大廈來至農場的大閘門前,果然的,孫阿七是等候在那兒。

「你和胡二哥談得如何了?」駱駝問。

「非常的投契,好像一拍即合!」孫阿七答。

「費用方面呢?」

「索價不高!」

「很好,希望事情由此一舉而成!」駱駝招呼孫阿七,坐上了他的那輛敞篷車,又以誇耀的口吻說:「你瞧這輛車子如何?」

「哪兒弄來的?」孫阿七問。

「洋二哥送的!」

刁探長和黑齊齊哈爾已追至閘門口間,黑齊齊哈爾招手說:「駱探長,我搭你的便車回去!」

「不必了,你乘原車來,原車回去!」駱駝說著,推上了排檔,踏著了油門,汽車如箭似地駛離,留下了一陣塵埃。

當汽車駛上了公路時,駱駝將古堡大廈裡繪下的崗警位置圖樣交給了孫阿七,並叮囑孫阿七如何行事。

駱駝返回警署，推開他探長室的玻璃門，只見鄺局長正坐在他的那張辦公桌上，在檢查他所看過的所有檔案。

駱駝即加以取笑道：「怎麼樣？鄺局長還打算和我共同研究麼？」

鄺局長有點不大自在，扔下了檔案，指著駱駝說：「駱駝！我並沒有虧待你，究竟你在搞些什麼名堂？爲什麼又和FBI勾搭上了？你有什麼企圖？」

駱駝說：「你可是調查那輛AD一一九六號敞篷車得來的資料，我是吃八方飯的人，交天下的朋友，和FBI的朋友往來有什麼不對嗎？」

「你想一腳踏兩船，豈不等於想出賣我麼？」

駱駝很平和地說：「我並沒有這個意思，而且這件事已經向刁探長解釋過了！」

鄺局長再說：「我得先警告你，假如你想在我的頭上擺什麼噱頭的話，那等於是自討苦吃，我不會讓你走出檀島……」

「哈，這是做長官的向部下說話的語氣麼？這完全是恫嚇呢！」駱駝說。

「還有，你讓孫阿七和那個稱爲什麼胡二哥的接洽什麼事情？」

「唉！鄺局長是公事也管，私事也管，你一定又派有人跟蹤著孫阿七了。」駱駝吃吃地笑說：「你可搞清楚了那位胡二哥是幹什麼職業的？」

「他是婦產科醫院的助理醫師！」

「這就對了，鄺局長什麼事情都可以管，總不致於管到產婦的頭上吧？婦產科醫院的助理醫師，有什麼好調查的呢？」

鄺局長感到氣惱，說：「你有什麼事情不可以告訴我呢？你和胡二哥秘密往來，總有什麼事情接洽的，你何不坦白向我說？」

「這是我的私事！」

「喂，你和那個駕垃圾船的金二哥又在談些什麼買賣？據刁探長調查，你有意要購下他的垃圾船，這又是什麼詭計？」

駱駝正色說：「垃圾對破案有很大的幫助，需要出公帳的，遲早要呈請鄺局長批示——你一點也不用焦急！」

「嘿！警察局要一條垃圾船做什麼？」

「等到事後運輸垃圾倒到大海裡去，對於整頓市容，會大有幫助的。」

「你跑到沙哇奴爵士的古堡大廈去有什麼陰謀？」鄺局長再問。

「嗨，我簡直在警網十面包圍下了！隨便到哪兒去，你們都有眼線監視著我！」駱駝嘆息說。

「你和ＦＢＩ打交道，又跑到沙哇奴爵士的廢堡去，該不是打算把那份軍事機密文件轉售給他們吧？」

「我還和婦產科醫生接洽呢，又有誰要養兒子不成？」

鄺局長有焦頭爛額的感覺，一聲長嘆，說：「駱駝，我勸你不必再弄什麼狡獪了，假如你肯把那份軍事機密文件交出來，我可以答應你任何的條件！」

駱駝格格而笑，說：「談何容易，我在用盡心思，也是找尋文件的下落呢！」

「那麼你交給刁探長的那幾幅圖畫又是什麼東西呢？」酈局長氣呼呼地又攤開了公文夾上的幾張紙。

「遠在天邊近在眼前，假如我能夠指出這幾幅圖畫所指示的地方，就不難尋出文件了！」

「你的意思是說，這些圖畫可能是指沙哇奴爵士古堡大廈的某一部分？」

「有此可能！」駱駝吃吃地笑著說。

「那麼我們應該共同研究才對呀！」

「嘿！研究這類的東西，是屬於個人的智慧，而不是集體的共同智慧，否則人多嘴雜，會攪得一團糟呢！」

這天清晨，駱駝由宿舍裡爬起床，赤裸了上身，只穿著一條花花綠綠的游泳褲，儼如一隻剝了皮的活蛤蟆，他在洗澡間打了一轉之後，披上一件大紅花朵的夏威夷襯衫，便蹦蹦跳跳地出了警署，他的那輛敞蓬車正置在停車場的進口處，駱駝坐上汽車，駕著車便跑了。

刁探長和黑齊齊哈爾都是睡在警署宿舍裡的，立刻就有人將他們喚醒了。

「駱探長在大清晨間就行動！」

這是刁探長吩咐下的，不管駱駝在何時何地有任何的動靜，都得立刻報告。

鄺局長公館中的電話鈴聲大震，同樣的人將他喚起床請示。

鄺局長聽得報告之後，覺得有點納悶，駱駝在大清早之間這副打扮外出，又有什麼圖謀嗎？好在警署的內外，佈置有足夠的眼線，不怕駱駝會跑到哪兒去的。

以駱駝的那身打扮，大概總歸到海濱去的，鄺局長匆匆穿好衣裳趕赴警署，會合了刁探長和黑齊齊哈爾，等候著各處交通警察對AD一一九六號敞篷車的行蹤報告。

駱駝究竟到哪裡去了？——「威基基海灘」。那是全世界各地觀光客來到檀島，必然光顧的勝地。

由於旅客紊多，身分也無法詳細調查，國際間諜也經常會利用旅客的身分掩飾，所以它也成了變相的「情報交易站」了。

駱駝到那地方幹嗎？一定是有作用的，鄺局長又起了一陣無形的緊張。

「你們兩位趕快追蹤到那兒去！要了解他和一些什麼樣的人接觸？但切莫被這老傢伙發覺了，要隨時向我報告！」鄺局長向刁探長及黑齊齊哈爾兩人吩咐說。

刁探長領命，帶黑齊齊哈爾匆忙而行。

隨後，鄺局長又和佈置在檀香山大酒店負責監視夏落紅及孫阿七等人的幹探聯絡，他深怕駱駝是採用了「調虎離山」之計——好讓夏落紅他們有特別的活動。

但是經過那幾個駐守在酒店負責監視的幹探回報，夏落紅、孫阿七他們幾個人根本都還沒起床呢。

鄺局長不免納悶，駱駝的行跡向來是很難捉摸的，但唯一的一點是，他認定駱駝必有陰謀。

駱駝到了威基基海灘，純是以遊客的姿態出現，他攜帶的零星「道具」特別的多，有晶體收音機，有大毛毯、野餐籃子、冷熱水瓶、望遠鏡、照相機……他的個子矮小，一身的排骨，戴著一頂寬邊的大草帽，帽緣上還結了一隻顏色鮮艷的蝴蝶結，架著寬型的太陽眼鏡，朝天鼻子，大齙牙，那一副形狀確實是夠古怪的。

他在沙灘的椰樹下面，鋪開了大毛巾，仰臥其間，擰開了收音機，以草帽蓋臉，翹高了二郎腿，一面在野餐籃子裡摘下了葡萄，一粒一粒地往嘴巴裡送，那副悠閒的形狀，好像是專程爲渡假而來似的。

太陽漸向正空上昇，海灘上先是多了一些頑童，他們做時下最流行的滑板遊戲，吵吵鬧鬧的，給這大自然的美景增添了許多生氣。

漸漸地，紅男綠女，穿著各式各樣的游泳衣，有爲海水浴而來，有爲展露玉腿而來，飛女們有穿作風大膽的比基尼三點式泳裝的，三三五成群，招搖而過，好像在作求偶的活動廣告。

駱駝用大草帽蓋著了頭，任天仙降凡的少女路過好像也不屑一顧。

不久，沙灘上有特別的客人出現了，向著駱駝指手劃腳的，那是刁探長和黑齊齊哈爾，他倆跟蹤而至。

駱駝的那頂大草帽，洞編得稀稀疏疏的，露出了許多的洞眼，任何人路過逃不過他的眼睛，他欣賞女士們的玉腿，也是如此這般的。

刁探長和黑齊齊哈爾追蹤而至，駱駝豈會沒有發現？只見他們兩人指手劃腳一陣，鬼鬼祟祟地就跑開了，可能是要躲到什麼地方去，繼續監視駱駝的動靜。

駱駝露出了笑意，他乾脆先睡上一覺再說，於是他掩上了野餐籃子，兩腿一伸，像享受海風日光浴似的，呼呼大睡了。

刁探長和黑齊齊哈爾乾著急，他們分開爲兩個角度，同時對駱駝注視著，這樣的乾等甚不是味道，簡直連眼睛也不敢輕易離開呢！

鄺局長有電話和威基基海灘的警察分局聯絡，希望能知道刁探長他們進行的情形，讓分局派出幹員和刁探長保持連繫。

但是刁探長和黑齊齊哈爾只監視著一個在沙灘上睡熟了的老頭兒。

過了約有一兩個鐘點，駱駝揭開草帽，打了個呵欠，伸伸懶腰，像是睡醒了，他一骨碌坐起，打開冷熱水瓶，斟了大杯的水實行漱口，仰起了脖子咕嚕嚕的鼓腮而漱，然後又一口把漱口水嚥下去了，看那有多髒。

不一會駱駝執起了望遠鏡，仆臥沙灘上，不住地向海灘外面窺望。

刁探長是躲在一家觀光酒店的露台上，以一柄龐大的太陽傘掩飾，他同樣的是以一架望遠鏡向駱駝注視著。

這時候，駱駝在看什麼東西，刁探長急切需要知道，他順著駱駝注視著的方向，將望遠鏡移過去，仔細一看，只見有三個穿比基尼泳裝，身材苗條的女郎在那兒玩水球。

「他媽的，駱駝不是色狼，不可能有這種嗜好，他好像有意要轉移我們的目標，用心何在？一定有鬼祟在內。」刁探長自言自語地說。

他盡量運用他的智慧，向著海外面看出去，就在那一泓碧綠的波濤之中，刁探長發現有好幾艘船艇和輪船，而且其中有一艘是垃圾船。

想到了垃圾船，刁探長靈機一動，莫非駱駝所注意的就是這條船，也就是所謂「金二哥」的那條垃圾船麼？

由於觀光酒店和海面上的距離過遠，縱然用望遠鏡也無法看清楚那艘垃圾船的船號。黑齊齊哈爾躲在海灣救生設備的瞭望台之上，刁探長立刻和他通電話。

「黑齊齊哈爾，你可有發現海面上有一條垃圾船麼？」刁探長說。

「是的，駱駝正用望遠鏡窺看著那條垃圾船——我已經注意著！」黑齊齊哈爾回答。

「你能看得清楚垃圾船的船號麼？」

「那是『老黑奴』號！」

「是否就是金二哥的那一條？」

「不！金二哥的那一條是『金星號』！」

「奇怪了，駱駝為什麼老對垃圾船發生興趣？」

「也許是物以類聚，他應該是屬於垃圾堆裡的人物！」黑齊齊哈爾笑著回答。

「現在已經不是開玩笑的時候了，駱駝是個善用詭計的人物，可能又有什麼鬼祟，我們要趕快研究出個中的道理！」

他們正在通話間，只見駱駝已收拾好他的「道具」，大搖大擺地向海灘行去。

原來，他早雇好了一條夏威夷式的小木船，準備划船出海呢。

「嗨，探長，你看見沒有？那老騙子打算出海呢！」黑齊齊哈爾忙在電話中向刁探長請示：「我們該怎麼辦，是否也要追出海面去？」

「你立刻向海灘管理處借一條救生巡邏艇，我們非得追出海面不可，要看他究竟攪些什麼名堂？很可能他又和那條垃圾船接洽什麼事情了！」刁探長回答。

駱駝是悠哉悠哉的，雙手划著槳，收音機置在他的座位之旁，聲響擰得很大，正播唱著英國披頭合唱團怪腔怪調的熱門歌曲，他合著節拍，跟著亂哼一通。有玩衝浪板的青年人滑水而過，他還停下槳擺著手和他們招呼，活到這把年紀，簡直有點返老還童了。

海面上較之在沙灘上是寧靜得多了，有些闊客豪門的遊艇飄盪在海的中央，其中只有一艘是形狀古怪而又骯髒的垃圾船。

垃圾船是觀光都市的一項特色，為了保持都市的環境衛生，所有的垃圾經衛生所集中之後，焚燒後再用垃圾船運至遠洋中傾倒，讓它沉沒海底的。

垃圾船的構造也甚為特別，它的前半截和普通的小貨輪無異，後半截卻有著一座龐大無比的垃圾箱，是用起重機械可以整個翻起來傾倒的，它的馬力不大，外貌卻甚能「吃苦耐勞」，有點像一艘「老牛破車」。

駱駝划著夏威夷的小木船，慢慢地向海面上划去，他的目的好像是專程去欣賞那艘垃圾船似的，那艘稱爲「老黑奴號」的垃圾船，是用黑紅麻三種顏色漆成的，甚爲特別奪目，它好像是用報廢了的小貨輪改造而成，機械是夠陳舊的，那隻漆著了半截黃黑的煙囪，噗，噗，噗地噴著帶聲響的黑煙，好像甚爲吃力，拖著了那經過焚燬的垃圾，徐徐地向海面遠處駛去。

「老黑奴號」的船長是個白髮的黑人，他雖爲衛生局工作，但是那條船卻是他的私產，運輸垃圾是低級而又偏門的生意，所以待遇也頗爲優厚的。

駱駝的小木船漸漸的和「老黑奴號」接近了，他揮手和那白髮的黑人打招呼，一次又一次的。

不一會，「老黑奴號」漸漸的慢下，還拋了一根繩索給駱駝將小船繫上，然後迎駱駝上了垃圾船。

黑齊齊哈爾運用警探的身分，向海濱管理處借了一條救生用的摩托艇，接了刁探長，如飛也似的追蹤出海。

刁探長的望遠鏡不離手，一直注視著垃圾船上的情形，大概是那位白髮的黑人煮咖啡款待那位古怪奇特的客人，他倆有說有笑的聊得甚爲起勁。

「別太接近了，否則被那騙子發覺，他又會改變主意啦！」刁探長向黑齊齊哈爾說。

「這樣疲於奔命的跟蹤，我們可能一無所獲！」黑齊齊哈爾喟嘆說。

「不要緊，我們已經知道『老黑奴號』是屬於一位年老的黑人所有，不難查出駱駝和他打交道的用心，暫時還要忍耐！」刁探長向他安慰說。

「唉，老騙子真不知道在搞些什麼名堂，他竟對垃圾船發生了興趣，先是『金二哥』的『金星號』，現在又是『老黑奴』，完全像是在耍魔術呢！」

「不用急，他的奸計很快就會自敗的！」刁探長很有把握地說：「據我猜想，他是在放煙幕彈而已！」

駱駝在垃圾船上，和那位老黑人好像很談得攏，只見他怪狀百出，時而指手畫腳的，時而捧腹大笑，那位老黑人替他添了好幾次咖啡。

駱駝停留了約有半個小時，始才由垃圾船回到小木船上，徐徐地向海岸划回去。

「老黑奴號」垃圾船仍繼續執行它的任務，拖著那笨重的垃圾，發出噗，噗，噗吃力的聲響，向著外海出去，它要在指定的距離海域上始才能傾倒垃圾。

不久，刁探長和黑齊齊哈爾駕著摩托救生船，追上了「老黑奴」號，探長登船，出示他的探長證，即開始向那位老黑人詢問。

「剛才和你在船上聊天的那個小老頭兒，和你有什麼關係？」

「我們在海面上打招呼就交談起來！」

「以往認識麼？」

「以前曾見過面！」老黑人回答。

「你們有說有笑的，談些什麼事情？」

「那位先生要購買我的這條垃圾船，你說可笑嗎？」老黑人又格格大笑不已。

刁探長皺眉，心中甚感納悶，駱駝爲什麼會動腦筋要購買垃圾船，他需要利用一條垃圾船有著什麼圖謀呢？這個老妖怪的行徑可真怪誕！

「除此以外，你們還談了一些什麼？」刁探長再問。

「那個小老頭最後告訴我說……」老黑人欲言又止，「他說……我實在不方便說呢，說出來或者你們兩位會生氣的！」

「你只管說！」刁探長一本正經地吩咐。

「他說待會兒有兩個傻瓜上船，別招待他們喝咖啡！」

刁探長氣得臉色發青，原來駱駝早知道他和黑齊齊哈爾會追蹤至此。

夏落紅追蹤著古玲玉不肯放鬆，他每天均會到「格蘭酒店」去報到。曾有多次，夏落紅鼓足勇氣至古玲玉的房門前敲門，但是古玲玉不在酒店的時間多，到什麼地方去了不得而知？

夏落紅守候至深夜始才返回檀香山大酒店，他頗擔心古玲玉會失足受人的欺騙。

夏落紅也曾經打電話給古玲玉，要求古玲玉給他時間，讓他解釋一切。

但古玲玉給他回答的是：「我拒絕和你說話！」很生氣的就把電話掛斷了。

夏落紅還不肯死心，他照例的還是朝夕在格蘭酒店等候機會，至於駱駝交代他辦的大事卻完全置諸腦後了。

駱駝對他的義子夏落紅的所作所爲是很少惱火的，但是這一回卻動了肝火。

他向夏落紅跺腳斥罵，說：「一個女人對你如此，你還不肯死心麼？簡直不成名堂！放著未婚妻置之不顧，自己送上門受人家的奚落，簡直把風流、才華、威風喪盡了！」

夏落紅一聲長嘆，說：「我是人道主義，古玲玉身懷六甲，是我作的孽，我是孤兒出身，我不想我的骨肉也落在孤兒院裡！」

駱駝高聲怪叫，說：「人道主義麼？未婚妻不遠千里而來相會，竟把她冷落得像陌生人一樣，自己卻去追求毫不相干的野女人！」

夏落紅正色說：「古玲玉這女孩子是義父曾經見過的，我和她有一段時間的感情，爲什麼說她是野女人呢？」

駱駝氣急敗壞，說：「不正當的女人，全是野女人！我敢斷言，古玲玉不會有什麼好收場的！」

「義父打算對她使用什麼陰謀不成？」

「我若能證實古玲玉是國際女間諜時，就讓你去對付她！」

「我早說過，古玲玉和那間諜組織早就脫離關係了！」

「我可以證實他們的關係仍在繼續！」

夏落紅嘆息說：「這世界是殘酷的；一個人誤入歧途之後，永遠沒有人給她自新的機會！」

駱駝以最大的忍耐，正色說：「現在我有兩個問題，希望你能給我正確的回答：第一、于芄的假期將滿了，她得回東部繼續讀書，你是否打算將她冷落到底？第二、我們面對國際間諜的最後一戰，你是否參加？」

夏落紅猶豫著，忽起了一聲嗤笑，說：「于芃的問題我自會解決；關於最後的一戰，我想向義父勸告，自從你從新出山之後，所獲得的財富不在少數，照說什麼也夠了，但是義父人心不足蛇吞象，不惜種種冒險，一定要硬幹到底，以義父的才華和智慧而言，是足可橫掃群魔的，但是人有失手，馬有失蹄！萬一這次失敗，豈不是將一世英名付之流水，你的問題比我更爲嚴重！」

駱駝臉色尷尬，苦笑說：「唉，我正在勸你呢，你反過來勸我，這算什麼名堂？」

「偌大的年紀，著實應該休息休息了，何必在金錢上斤斤計較呢？」

「啐！反正我給你的兩個問題，你自己去多多考慮吧！」駱駝說完，怒氣沖沖地返回警署去了。

孫阿七也來相勸，說：「于芃她不遠千里而來，在香港已備受冷落，檀島是世外桃源，何不帶她四處觀光一番，這樣也可以彌補她心靈上的創傷啊！」

夏落紅譏諷說：「孫阿七，你什麼時候開始懂得戀愛了？什麼地方風光好，什麼地方不怎麼樣，你最清楚，你爲什麼不陪她去觀光呢？」

「我只是提供意見而已，要知道，沒有任何人能代替你的！」孫阿七說。

夏落紅甚覺無聊，神色沮喪地落到樓下的酒吧去了，要了一瓶酒，自斟自酌，喝得迷迷糊糊的。

那座酒吧根本沒有外來的生意，冷清清的，因此夏落紅更感寂寞。

忽的，酒吧櫃台上的侍者向他招呼，說：「你是夏落紅先生嗎？有人打電話找你！」

夏落紅擺擺手，說：「你問問看，對方是什麼人，假如是姓駱或是姓孫的，我就不要聽！」

「是個女的，她說姓古！」侍者回答說。

夏落紅聽說，幾乎由椅子上跳躍起來，喃喃說：「奇怪，她竟然會打電話給我……」於是，他匆匆忙忙地向酒吧趨過去，侍者早把電話聽筒伸到他的跟前了。

夏落紅接過聽筒，湊到耳畔，果然對方是古玲玉，他奇怪她竟會打電話找到酒吧裡來。

「找我有什麼事情嗎？」夏落紅悻然地問。

「你爲什麼對我纏擾不完？」古玲玉似乎餘恨未息，語氣仍是十分衝動的。

「我們之間仍有著未了結的事情，所以非得找你不可！」夏落紅說。

「你的意思是對我實行破壞？」

夏落紅憤然地說：「你認爲是破壞麼？你最近的行爲放蕩失常，究竟是什麼原因？實在令人費解！同時，你盡量避免和我接觸，不聽我的解釋，用心何在？難道說，真的就此恩情兩斷麼？」

「你要解釋什麼事情？」

「我要和你將所有的事情作徹底的解決！」

古玲玉猷了半晌，說：「我現在空著，假如你願意的話，可以現在到這裡來，我等候著你的解釋！」

夏落紅喜出望外，說：「你一個人在酒店麼？」

「唔，哈先生外出有應酬！」

「你和哈先生什麼關係？」

「你管不著！」她將電話掛了。

夏落紅搞不清古玲玉是怎麼回事，但是有這個機會，他怎肯放過。

他將剩下的幾杯酒飲盡，付過酒資，搖搖晃晃的走出了檀香山大酒店，雇了出租汽車，風掣電馳地趕往格蘭酒店。

古玲玉是住在頂樓靠單邊的一間雙開的套房，夏落紅曾到這裡多次，都吃了閉門羹，這一次是古玲玉邀請他來的，該不會再被冷落門外了吧？

他由自動電梯裡出來，望著那舖著厚絨地毯的長廊過去，只見古玲玉所住的房間，房門敞開著，室內燈光通明，就只是沒有看見人影在內。

夏落紅有點納悶，古玲玉既然是特別邀請他來的，總不致於不在房內吧？

他抬手在門板上輕敲了幾下，只聽古玲玉的聲音說：「進來！」

聽得古玲玉的聲音，夏落紅的心情稍爲舒慰一些，當他跨進房門時，那扇門卻自動掩上，門後閃出一個虎背狼腰面目兇惡的大漢，手中持著槍械，槍口正好逼在夏落紅的背脊上。

「不要動，一支手槍在你的背後，假如你要胡來的話，一槍兩個洞，連你談戀愛的本錢都沒有了！」那大漢一邊說著，一面搜索夏落紅的身上。

夏落紅第二次來到檀島，就一直沒有攜帶兇器，因爲他猜想，沙哇奴爵士的殘黨不可能再明目張膽的活躍。

「哼，古玲玉，原來是你佈置的圈套這樣招待我！」夏落紅冷冷地說。

這時候，古玲玉才由寢室內走出來，她的神色沮喪，在她的身後，同樣的有一個人，三十來歲年紀，西裝革履，油頭粉臉的，手中同樣的持著一支短槍，他笑口盈盈地說：「別冤枉了古玲玉，她同樣的在我們的槍口之下！」

「古玲玉，電話是他們二位逼著你打的麼？」夏落紅問。

古玲玉面帶愧色，點了點頭。

「夏落紅先生，我們只因為提防著你一時衝動，所以不得不如此，我們是帶著善意來的！」那西裝革履的傢伙說。

「這稱為是槍口下的善意麼？」夏落紅譏諷說。

對方嗤笑了起來，說：「實在是怪不得我們呢，只因為你們一夥人的名氣太大，而且又能文能武，不出手則已，一出手既快又容易傷人，我們只是作事前的防範罷了！」

「你們兩個人駕馭著古玲玉，不就是佈置好了圈套，等候我入彀麼？」夏落紅說。

那人瞟了古玲玉一眼說：「古同志反叛組織本來是要處死的；只因為她歸還了六十餘萬公款，功過抵消，經過沙哇奴爵士向上級陳情請求寬大處理，所以能免除一死，但是她並沒有獲得組織的同意就擅自來到檀島，她的圖謀何在？該當何罪？又得再接受組織的審判了！」

古玲玉沒有說話，只垂著頭，她好像對組織的苦苦相逼感到憤懣，同時又愧對夏落紅。

夏落紅瞪了古玲玉一眼，心中是既憐又愛，他向那人說：「你是代表沙哇奴爵士來的吧？」

「是的！」那人一鞠躬，說：「小姓何，名必正，沙哇奴爵士自在檀島撤退之後，所有的事務全交給我了，以後還請您多多指教！」

夏落紅冷冷地說：「把我弄到這裡來有何企圖？」

何必正便說：「令尊和沙哇奴爵士相約好，要在檀島一手交錢一手交貨，我是來接洽如何交貨、時間地點和方式。」

「既然如此，應該採取友誼的方式進行才對！」夏落紅正色說：「爲什麼還要以兇器相向呢？」

「我們防範的是古同志，她是我們的犯人！」

「但是古玲玉是我們之間的橋樑，沒有她，我們是接洽不上的！」

何必正聳了聳肩膊，說：「這是你給古玲玉脫罪的最好藉口，不過，將來在公審時，還要看組織是否接納！」

「這是我的條件之一，否則一切交易都不必談了，同時請你把兇器收起來，因爲我不習慣在槍口之下談問題！」

何必正獃了半晌，兩眼一瞬，說：「好的，我們和平相處，好解決問題！」他一面向那面目醜惡的大漢打招呼。

於是，他們兩人同時將手槍收藏起來了，那面貌醜惡的傢伙退至門首，雙手叉腰，仍準備著隨時都要拔槍。

夏落紅再說：「現在我們可以來討論問題了，沙哇奴爵士派你出來是否作全權的代表？」

何必正說：「我可以把你們的意思轉達！」

「這樣說，你還是不能代表沙哇奴爵士作決策性的決定？」

「那要看情形而論！」

「我的義父所做的一切買賣，多是以現金爲第一，請問你們的現款是否準備妥當了？」

「錢是絕對沒有問題的，最主要的是我們不要再上第二次的當，譬如說，花數十萬美金，只購買到一疊新型化糞池的文件和藍圖，成爲天大的笑話！」

夏落紅格格笑了起來：「這只怪沙哇奴爵士存心不良，打算『白撈』，利用金錢爲餌，取得文件之後，實行殺人奪財，天底下哪有這種如意算盤？我義父無非將他懲罰一番罷了！」

「所以，這一次我們要開誠佈公的，彼此諒解，以和平共存方式作正式的交易，一定要使雙方都能滿意，互相都不吃虧，世界上也因此獲得和平，永遠沒有戰爭了！」

「這樣看來，何必正先生還是極具頭腦的人物，怪不得沙哇奴爵士由檀島撤退之後，會將全權交給你了！」

「過獎！」何必正又一鞠躬說：「我們可以合得來的，我以最冷靜的頭腦分析了現狀，駱駝回到檀島之後，便被那些低級無能的警探包圍住了，他的一舉一動全有人監視跟蹤，只有你在鬧戀愛糾紛，行無定向，居無定所，警探們認爲你是窩囊廢，對你不加以注意，所以我們利用古玲玉和你接洽是最適當不過的，將來事成，古玲玉的性命可能也全仗你解救，對你而言，真是一舉兩得呢！」

「事情的成敗，還得雙方的誠意，義父做事情向來有個毛病，他是既防君子又防小人，現在我們不妨來研究一手交錢一手交貨的時間和地點，務必要雙方都方便、滿意，而且都能提防被欺騙上當……」

何必正說：「駱駝和沙哇奴爵士相約好是在檀島海域外的公海某地點，一定要擺脫檀島治安人員的困擾！」

「公海是很理想的地點，只是萬一沙哇奴爵士存心不良，實行豪奪硬搶時，在人力上我們稍為吃虧一點就是了！」夏落紅說。

「唉，為什麼老不相信朋友？」何必正說。

「相信國際間諜豈不等於自討苦吃？」

何必正便展開了一幅海上地圖，和夏落紅繼續磋商。

當夏落紅去赴古玲玉的約會時，佈在酒店負責監視他的幹探就有消息傳遞給鄺局長。

「確實是古玲玉找他去的麼？」鄺局長問。

「一點不錯，檀香山大酒店的電話接線生可以證明，古玲玉親自打電話找他去的！」幹員回答。

「格蘭酒店方面有什麼消息？」

「古玲玉原是在夜總會餐廳內設宴的，之後她和一個客人鬧得很不愉快，所以宴會不歡而散，古玲玉曾在她的房間內吃了很多的酒，之後就打電話找夏落紅了！」

鄺局長搖首嘆息說：「鬧戀愛糾紛的人是最麻煩不過的，夏落紅對我們的重要性並不大，這小子在兩女之間，根本是昏頭脹腦的，我們假如把時間浪費在他的身上可就冤枉了！」

「局長的意思，是放棄跟蹤麼？」

鄺局長沒有肯定的答覆，又問：「和古玲玉同到檀島那個姓哈的醫生到哪裡去了？」

「他和幾個客人在酒店的房間內賭撲克，那些客人多半是由宴會上去的！」

「我要他們的名單！」

「內中有政府的公務員，也有兩個是商人！」

鄺局長爲了監視駱駝手底下幾個人的動靜，頗費心思，其中最使鄺局長關注的是孫阿七，這個飛賊頭腦靈活，本領又高強，是最難捉摸的一個。

「孫阿七到什麼地方去了？」鄺局長又問。

「孫阿七和于芄兩人駕了駱駝的ＡＤ一一九六號敞篷車外出，黑齊齊哈爾正在跟蹤！」

「這兩個人事關重要，不要脫梢了！」鄺局長吩咐著，又問：「彭虎在哪裡？」

「彭虎由下午開始就到老扒手何仁壽的公館裡去了，何仁壽、查大媽，還有兩人在搓牌，彭虎作壁上觀……」

「要注意何宅進出的客人，因爲有查大媽在那裡，他們很可能利用那地方爲連絡地點！」

「刁探長已經到何公館去了，他要調查和何仁壽、查大媽搓牌的兩個客人！」

鄺局長點頭，完全贊同刁探長的做法，他很自豪，對當前的佈局，好像做到了天衣無縫，不怕駱駝的任何一個人脫離掌握。

忽的，駱駝辦公室內的電話鈴聲震響，連帶了鄺局長辦公室內特別裝置的一盞紅燈也閃亮不已。

鄺局長忙擰開傳播器。

原來是一位洋朋友給駱駝打電話，駱駝稱他爲「洋二哥」，鄺局長立刻就聯想到可能是贈送汽車給駱駝使用的那位FBI的朋友。

他們經常接觸，使鄺局長頗爲擔心駱駝會將軍事機密文件出賣給他，那麼他的全盤大局就會傾覆了。

那位「洋二哥」能說得一口流利中文，他說：「我在檀香山大酒店樓下的咖啡座裡，你可以抽空過來一下嗎？」

駱駝掛上電話時，鄺局長也趕忙擰閉傳播器，他對手下人吩咐說：「對付駱駝非得我親自出馬不可，若刁探長或黑齊齊哈爾有消息回來，我在檀香山大酒店咖啡室裡！」待窺著駱駝已經出了警局大門，即慢步跟蹤而往，鄺局長裝作要飲咖啡，又很意外地和駱駝他們遇上。但是駱駝卻裝作對他全沒有注意，只和那位洋朋友有說有笑的把盞對飲著。

只聽得那位洋朋友和駱駝說說笑笑的，你一言我一語，甚爲開懷。

「你對任何事情，都好像很有把握，你能贏得了麼？」

「笑話，十拿九穩的！」

「什麼時候走？」

「喝完這杯酒就去，那盛大的場面是十分值得欣賞的！」

「好的，我們預先祝捷！」

於是，那位「洋二哥」舉起了酒杯，和駱駝碰杯互祝勝利。

鄺局長心中暗感納悶，他搞不清楚駱駝和這位「洋二哥」究竟有著什麼樣的勾結？他們互相祝捷，好像馬上要展開什麼行動似的。——這該怎麼辦？鄺局長身旁邊的幾個心腹人全調開了，應該派人盯牢著他們才對。

「你瞧！我們的局長也在這裡呢！」駱駝回轉身忽的發現了鄺局長，借酒裝瘋，招呼櫃台上的侍者說：「把鄺局長的咖啡錢一併掛到我的帳上！」

鄺局長說：「你的朋友就等於是我的朋友，爲什麼不替我介紹一番？」

駱駝說：「我的朋友多不善交際，也許他看見武裝整齊的警官，身體會發抖！」

「別胡說八道！」鄺局長斥責說。

那位「洋二哥」已來到鄺局長的跟前，自動和鄺局長握手。

「安狄生是我的名字！」

「久仰大名，我姓鄺……」鄺局長鞠躬回答。

「安狄生先生是藉藉無名的，還希望鄺局長多多提拔！」駱駝說。

「安狄生先生在哪裡公幹？」鄺局長問。

「唉，凡是我的朋友多是無正當職業，有不良嗜好的！」

駱駝即招呼那位「洋二哥」說：「我們走吧，否則會錯過盛會了！」

「你們的盛會，我可否參加一個？」鄺局長問。

「不！你穿了『老虎皮』，再大的盛會，所有的客人全會被你唬走了！」駱駝說。

「你們要參加的是什麼盛會？」

「非官方式的，再見！」

駱駝和那位稱爲安狄生的「洋二哥」，出了酒店，即坐上自備汽車，由那位「洋二哥」駕駛。

鄺局長站在門首，首先看清楚了汽車的牌號，他匆匆忙忙地跑回警署的辦公室去，通令各線的交通隊，注意那輛汽車的牌號，隨時報告它的行蹤。

鄺局長如熱鍋上的螞蟻，在辦公室內不斷團團打轉，不久有交通警察的報告回來了，駱駝和一位洋朋友的汽車正駛向沙哇奴爵士的農場。

鄺局長跺腳詛咒說：「王八蛋，我早知道他們有陰謀的！」

又過了片刻，交通警察又報告說，駱駝他們的汽車並沒有駛進農場，只繞著農場的外圍走。

「嗯，這行爲很鬼祟，這一次駱駝要圖窮匕現了，假如情形不對，我正好收拾他呢！」鄺局長自言自語地說。

「報告，在農場山背後的農工宿舍，有許多土著在集會……」交通警察繼續報告駱駝和那位洋朋友的行蹤：「駱探長和一位洋朋友駕車進內，好像要參加他們的集會……噢，他們好像是要實行『鬥雞』呢，那兒搬出來許多鬥雞，籠子裡裝著的都是鬥雞！」

「鬥雞？」鄺局長呆住了，緊張了老半天，駱駝和那位安狄生竟然是去參加土人的鬥雞集會。

鬥雞是一種非常殘酷的賭博，在檀島是違禁的，但是它卻是土著們的一種特別的嗜好。許多雞主，飼養兇猛品種的公雞，自小就訓練牠們打鬥，練習殘酷的虐殺。看鬥雞賭博，確實是夠刺激的，兩隻「名雞」，殺得難分難解，全身血肉模糊，一定要鬥死一隻或被追得窮跑，由主人宣佈投降纔休。

在「人道主義」的國家裡，認爲這是一種殘酷的虐待動物行爲，所以有明令禁止。但是天底下的事情，愈是違禁的事情，愈是教人特別地有興趣，而且還充滿了神秘感，所以「鬥雞大會」在檀島上是土著們的一種盛會，賭注也下得很大。

沙哇奴爵士的農場自被警方查封之後，一般雇農們沒有工作好做，他們終日聚集賭博，這天竟異想天開，由各處運來了著名的「鬥雞」，實行大賭一番。

駱駝和那位「洋二哥」匆匆忙忙的趕到那農場的宿舍去，他們的目的是爲賭雞嗎？這是絕不可能的事情！鄺局長判斷，內中一定有蹊蹺，他不能呆等事情發生後再去處理，他得採取主動防範。

鄺局長便撥了電話，吩咐駐守在沙哇奴爵士農場上的警衛人員，儘量的把便衣幹探調到宿舍的方面去，他還特別吩咐說：「在沒有命令時，禁止任何人抓賭！」

然後，鄺局長自己駕了一輛警車，風掣電馳趕往沙哇奴爵士農場去。

鄺局長很意外地在農場前看到了刁探長，他是跟蹤監視著彭虎的活動的，剛才還有報告，說是他在退休老扒手何仁壽的公館附近活動著，爲什麼也跑到沙哇奴爵士的農場上來了？

「你到這裡來幹嗎？」鄺局長問他。

「彭虎在何仁壽家中沒待多少時間，他偷偷的溜出後門，以爲不會被任何人發現的，但是我早在各處佈好了眼線，便追蹤到這裡來了！」刁探長志在表功，很自得地回答，說：「在山的那邊農工宿舍裡，有人佈好了鬥雞賭局，彭虎到那地方湊熱鬧去了！」

「見鬼！彭虎向來不沾煙酒、不賭博的；駱駝帶了一個洋朋友也向那裡跑，足以證明他們是約好在那兒集合，一定有什麼鬼祟！」

刁探長很覺費解，那座像小村落似的農工宿舍，和沙哇奴爵士古堡大廈，相隔有一座山之遙，若說他們對這古堡有什麼鬼祟，幹嗎要跑得那麼遠？

「我們是否應過去參觀一番？」刁探長問。

「當然，但是切要注意，我們並非是抓賭去的！」鄺局長說。

駱駝和那位安狄生先生，抵達農場宿舍之後，備受該地土人熱烈的歡迎。

他們首先參觀那些關在籠子裡的鬥雞，鬥雞各都有牠的名字，如「蓋世霸王」、「常勝將軍」、「虎力士」、「黑武士」、「花衫神將」……籠子的上面還掛有一塊紙板，註明牠的作戰紀錄，總共出鬥場數；多少次勝？多少次負？多少次和局？殺死鬥雞多少隻？另外牆壁上掛有大幅的布招，寫著當天比賽的次序，是讓賭客們比對著下注的。

不久，鬥雞就開始了，仍在那所大穀倉裡，他們用木板圍起了一塊約十尺見方的場地，賭客們圍繞在場地的四週。

兩隻頭一場比賽的鬥雞用籠子裝著，放在場地正中，賭客們先給他倆品頭論足一番，好準備下賭注。只見那兩隻雞，俱是雄糾糾氣昂昂的，雙方都好像看對方不順眼，恨不得立即啓開籠子就拚個你死我活。

頭一場出鬥的是「黑霸王」和「紅毛勇士」，都是新訓練出來的「新雞」，所以賭注下得不大，看那兩隻雞的體型都相差不多，神氣也頗夠，相信必有一番熱烈的搏鬥。

駱駝和安狄生對此都是外行，他們是貴賓，被招待在貴賓席上，那是一疊高堆的破木箱，可以居高臨下看得清清楚楚。

賭徒在開始招攬下注，駱駝摸出五元買了「黑霸王」的全勝。

安狄生卻賭「紅毛勇士」。

「黑霸王」和「紅毛勇士」實力不相上下，一展一撲的互咬互啄，由於打鬥經驗不夠豐富，雙方都頭破血流，脫落的雞毛到處亂飛。

一隻是黑雞，一隻花雞，糾纏成一團，看得使人眼花撩亂。

駱駝頻呼大開眼界。

過了不久，「紅毛勇士」露出了疲態，已開始逃遁了，再仔細看，牠已被啄瞎了一隻眼睛，這隻雞便報廢了，頭一次出師就被啄瞎了眼睛，不再有第二次出賽，牠離開鬥場就會被紅燒或煮雞湯去了。

賭徒宣佈「黑霸王」勝利，立刻分配彩金，那是按照雙方下注的多寡分配的，賭徒從中抽佣，絕對公正，不拖泥帶水。

駱駝贏進，安狄生輸出。

第二場比賽是「虎力士」與「參天神」。

這是一場最熱門的鬥雞，這兩隻雞都是「身經百戰」的，而且有著輝煌的戰績！所以賭客們下注的情況極爲踴躍——連雙方的雞主也下了重注。

「你賭哪一隻雞？」安狄生向駱駝請教。

「『虎力士』和『參天神』勢均力敵，若論戰績，是和局居多，要不然，就是鬥死一隻爲止，所以，不論下注哪一方，都是只有百分之五十的把握！」駱駝回答。

「不！我是打算把我輸掉的贏回來！」

駱駝格格笑了起來，說：「你的意思是和我敵對下注麼？」

安狄生點頭說：「在工作買賣上我們通力合作，在賭博上，我們採取敵對，我要和你賭到底，因爲我不相信你是全能的，連各種賭博也完全精通！」

駱駝說：「我早說過，這一場的鬥雞，是百分之五十的把握，保本最好，下注之後，不是贏就是輸！」

「我就是要賭你的輸贏！」

「這樣說，我們私下互賭輸贏，連賭場的抽頭也省掉了！」

「我就是這個意思？要輸，輸個整數；要贏，也贏個整數，不須要從中剝削！」

駱駝搖首說：「這樣賭場會不高興的，要知道我們是被邀請來的貴賓，他們不吃佣金，難道吃西北風不成？」

這時候，賭徒已過來向他們招攬賭注了。

駱駝說：「我下十元，賭『參天神』！」

安狄生說：「那麼我賭『虎力士』！」

鬥雞又告開始，「虎力士」和「參天神」不愧爲名雞，出場的情況就與前一場完全不同。他們不需要雞主去逗惹，火氣就是十足的，兩隻雞一照面，就像仇人相見分外眼紅，已等不及地衝在一起，四目瞪視，雞嘴對雞嘴，都不含糊，也不疏忽，全身的雞毛全鬆開豎起，互相一次一次的縱高，分不出上下。

賭客們幫著叫囂助陣，情況熱烈非凡，一忽兒，「虎力士」一記虛招如閃電似地啄牢了「參天神」的雞冠，那兩片鐵甲鉗牢了就死命不放。「參天神」沒命的掙扎，但怎樣也甩不開，便處在劣勢了。

安狄生便向駱駝說：「這一場，你好像是輸定了呢！」

駱駝說：「別著急，現在勝負還在未定之天，好戲還在後面！」

這時候，彭虎已進了場，他在那木板圍著的鬥雞欄旁和駱駝打了一個照面，便擠在賭客叢中，坐到對面一高高疊起的木箱之上。

駱駝的眼光銳利，他已經看到了刁探長，黑齊齊哈爾，還有鄺局長，他們全穿了便裝混進了賭場，自然，和他們同來的還有一些便衣的幹探，但是誰能分辨得出呢？他們擠在賭客之中，同樣的跟著大家吶喊叫囂，爲那兩隻鬥雞加油打氣。

駱駝向安狄生打招呼說：「你可注意到？我們來了不少的朋友？」

安狄生笑著說：「希望他們多來幾個人，熱鬧才湊得起來呢！」

不一會，那簡陋的賭場內又來了一位使警方觸目的客人，那就是駕駛垃圾船「金星號」的「金二哥」。

「金二哥」原名金德福，是華人後裔，駱駝稱呼他為「金二哥」用意何在？是放什麼煙幕彈？不得而知。

只見金德福走進了賭場之後，東張西望的，好像要找尋什麼人。

他向一位賭徒詢問，交頭接耳一陣，只見那位賭徒搖首不已，聳著肩膊表示不知道。

金德福在場子打了一轉，他真是有眼不識泰山，竟拉著了刁探長詢問，把刁探長當做是賭場內的管事了。

「請問你可有看見一位姓駱的客人，個子矮瘦，頭頂半禿，鼻子朝天，露出大齙牙，走路和說話的樣子都很怪……」

刁探長盯了那「二哥」一眼，隨後揚手向高疊起的木箱一指。

「呀，對了，我就是要找他！謝謝！」金德福向刁探長道了謝之後，即擠過人叢，向駱駝所在的方向過去。

他爬上了高疊起的木箱，和駱駝坐在一起了。

刁探長大感困惑，為什麼「金二哥」誰也不問，而偏要找到他了？這是故意的還是無意的？是否內中有著什麼陰謀？刁探長感到莫名其妙。

這時候，只見金二哥和駱駝坐在一起，有說有笑並給那位洋朋友介紹。

當警方的人力全面注意到鬥雞場這方面時，沙哇奴爵士的農場卻有人溜了進內。

那是孫阿七，在夕陽西墜時，他早就鵠候在農場外的山頭上了。

他靜等候著鬥雞場吸誘了警方的注意力，然後再採取行動。

他在山頭上睡了一大覺，精神飽滿，動作也敏捷利落，駱駝有一張警探崗位佈置的現場圖交付給他，所以孫阿七無需摸索，他很快的越過了鐵絲網，進入農場內。自從沙哇奴爵士間諜案被破獲後，這所農場便落入警探手中控制著，朝夕都有人把守。

孫阿七的行動詭秘得像一隻黑貓，他輕溜過了大門的防衛崗，借著山影掩蔽身形，如一縷煙般的，奔向古堡大廈。

第九章　神偷夜探古堡

約十多分鐘的時間，農場的左側昇起了一條火箭，在高空上爆出七彩的火花，五顏六色，煞是好看，那火花散開後，徐徐向地面上降下去。

奇怪？是什麼人在這個時間放煙火呢？不！它一定是信號！是誰給什麼人發的信號？

農場上負責巡邏的警察發現，立刻出動，找尋放射火箭的人，及火箭昇起的地點。立刻消息就傳給古堡大廈內的探目了，他們得向鄺局長報告，並請示處理。

古堡大廈忽然有人搗鬼破壞了電門的總樞鈕，又有人在農場上發射信號火箭，這並非等閒事情。

但是鄺局長並不在警察局裡，他率領大隊人馬到了農場宿舍方面的鬥雞場去了。

大廈內的駐警只有用無線電話和鄺局長的警車連絡。

是時，「鬥雞賭局」已進入最高潮，這是最後的第二場鬥雞，兩隻著名的「冠軍鬥雞」正在場子內殺得難分難解。

駱駝是坐在倉庫內木箱堆疊起最高的地方，在他的右側牆上，正好面對著沙哇奴爵士古堡大廈的方向，那兒有著一列極其長的窗戶，天空間突然昇起了一枚七彩的火箭又爆出了五顏七色的火花，駱駝不會看不見的，那是孫阿七給他的暗號，表示已經大功告成，那麼這個賭局就可以結束了。

在這同時，鄺局長的司機也來向鄺局長報告，由古堡大廈內駐守的警官報告大廈內所發生的怪誕事件。

鄺局長立時呆住了，他開始想通了這是駱駝聲東擊西的做法，將他們的注意力吸引到這方面來，然後在古堡大廈內下手！

究竟駱駝在古堡大廈的方面有著什麼樣的企圖？鄺局長一點也不知道；爲什麼這老妖怪要這樣做？實在是令人莫測高深的事情！

一忽兒，古堡大廈方面又有第二次報告過來，在地窖內發現有一個巡邏警被縛，身上的警服被剝得光光的，同時，天空又發現了一道五顏六色的煙花。

鄺局長惱了火，他認爲駱駝這樣做，實在是有欠道義的行爲。

兩隻兇猛的公雞還在場子內廝殺得難分難捨，牠們是無知的，爲了人們的賭注在拚血肉之軀，兩隻雞頭頂上的雞冠俱已咬得稀爛，血跡淋漓的，身上的雞毛也落得整個場子內皆是。

由於兩隻雞的體力和鬥志相等，這一場可能是個和局結束，賭徒們已經開始招攬最後一局的賭注了。

駱駝和彭虎遞了手勢，是該採取行動的時間到了。

有一名收授賭注的賭徒「有眼不識泰山」，招攬生意竟來至鄺局長的跟前。

「有賭不爲輸，這是最後一場精彩的表演，兩隻雞從來都是所向無敵，有贏的紀錄未有過敗的紀錄，大家只管下注！」

鄺局長一肚子惱火，連向那賭徒擺了兩次手，但是那賭徒仍喃喃有詞地鼓勵著他下注。

忽地，彭虎拉大了破鑼似的嗓子，高聲怪叫起來：「抓賭！你們一個也跑不了！」抓賭？是誰下令抓賭的？鄺局長大愕。

經彭虎的這一叫嚷，全場的秩序頓告大亂，賭客們紛紛奪門而逃。

把守在倉庫門外的武裝警察以爲時機已至，趕忙的吹警哨，實行圍堵。

警哨一響，更證明是抓賭了，那些擁有鬥雞的雞主連雞也不要了，有爬窗戶的，有爬牆洞的，但是大批的警探早已在倉庫的外面佈好了天羅地網，他們一個也逃不了。

兩隻鬥雞還在場子內拚命，倉庫內的動亂，牠們尙以爲是人們給牠們加油，打得更是起勁了。

「你們全都被包圍了，不必再逃啦！乖乖的認罰算了！」彭虎跳到一座木箱上高聲說。

「是誰吩咐抓賭的？」鄺局長問刁探長說。

「不知道！」刁探長惶然地回答。

武裝警察的警哨此起彼落，堵在倉庫門外吩咐賭徒和賭客排隊進入囚車。

「大塊頭，你別在這裡裝模作樣的，上車吧！」一個便衣幹探揪著彭虎的胳膊吩咐說。

彭虎唾了他一口，說：「大水沖翻了龍王廟，你連我也不認識麼？」

「你是誰？」

彭虎便出示他的警探證件。

「哼，冒充警探，罪加一等！」警探以極強硬的手段執著彭虎向外就推。

「小子，你要挨揍了！」彭虎說著，當胸一拳頭，就給那傢伙打了個「狗吃屎」。

「嗨！收拾他！」

刹時間，七八名警探蜂湧而上，要將彭虎制服，假如說，彭虎真要動蠻的話，再多來十幾個人也不是他的對手。

但是彭虎卻說：「好的！大家不傷和氣，回警察局去我們再理論！」

沒過多久，整個的鬥雞賭局是掃蕩了結，警官們在清理現場，逮捕的賭徒一一押上囚車。

駱駝和安狄生自木箱頂上下來和鄺局長打招呼。

他故意打趣說：「奇怪，區區的一個鬥雞賭局，竟勞煩局長親自出馬掃蕩，檀市的警察局真的沒事可幹麼？」

鄺局長大爲憤懣，說：「你身爲探長，竟也跑到這裡來賭博麼？」

駱駝說：「我只是爲了解民情而來！」

鄺局長眼睛一瞪，說：「你在古堡大廈的方面搗了什麼鬼？」

駱駝故裝做不解的神色，說：「古堡大廈方面出了什麼意外麼？」

「哼，不必裝佯了，剛才有人在那邊放煙花……」

「那必是開什麼慶祝大會！」

「不！我指的是放火箭……」

「研究登陸月球的秘密麼？」

「呸！」鄺局長直翻白眼，正下神色說：「我們有一名警察被綁，制服又被人剝得光光的，然後發現有人在廣場上放射火箭信號！」

駱駝便說：「唉！那麼這名警察非得重新調回去訓練不可了，顯得太低能啦！」

鄺局長氣急敗壞，跺腳說：「我們先回返警署去再磋商！」

在掃蕩鬥雞賭局的機會裡，警方正好將那位駕駛「金星號」垃圾船的金德福拘捕了。

刁探長透過了鄺局長的意思，正好拿這個傢伙盤盤底子，要搞清楚駱駝和他之間的關係，他們勾搭的目的何在？

本來，非法聚賭是沒什麼大不了的事情的，拘留也不能超過廿四小時，這是屬於違警法規，罰款就得釋放。

但是金德福被請進了黑黝黝的訊問室，一盞炙熱的探射燈迎面照著，連坐在對面問訊上的面貌也看不清楚，蠻嚇人的。

假如說，一個犯案累累，經常在警察局出進的慣竊，不會在乎這些，普通的人會被嚇得膽裂魂飛。金德福走進了訊問室，被探照燈迎面一照，三魂已去掉了七魄，汗下如雨。在這種情形之下，刁探長是最拿手不過的，先來一頓虎吼，然後逐點盤問。

金德福將他和駱駝交結的經過情形，和盤托出，是駱駝自動找上門的，駱駝聲稱，欲出高價購買他的垃圾船，目前尙在討價還價之中，除此之外，他們之間恁什麼關係也沒有。

刁探長當然不肯相信，軟硬兼施，但是也問不出其他所以然。

鄺局長甚爲關心金德福的問訊，不時派人到訊問室向刁探長打聽消息。

刁探長從實報告，並提出意見說：「我看那姓金的傢伙，故意裝出一副老實人的形狀，連說話也是結結巴巴的，但是他可以由老遠趕到古堡農場農工宿舍去和駱駝會面，內中一定有鬼祟，不如修理他一頓！好讓他說實話！」

鄺局長連忙搖手說：「千萬修理不得！駱駝一直計畫著要買垃圾船，究竟他的目的和用意何在，我們尙搞不清楚；這些人的目的只爲圖利，也許將來可供我們有利用的地方，所以不妨先留個交情，不必交惡，例行問訊完畢，讓他們罰款釋放了事！」

刁探長不以爲然，說：「他口口聲聲說駱駝要買垃圾船，餘外的事情一概不知道！」

「不管怎樣，按照我的吩咐，讓他交保了事！」

刁探長認爲鄺局長的做法太過「窩囊」，但是頂頭上司的命令他又不敢不從，也就讓金德福罰款交了保。

其餘在鬥雞賭場所逮捕的賭徒，那爲首者綽號「鬥雞大王」的，是個累犯，他自己就養了十多隻兇猛的鬥雞，差不多每次有「鬥雞」違警的賭局出現，差不多都有他的份兒。

這傢伙倒是挺漂亮的，走進了訊問室就什麼話都照直說，一點也不用訊問人員費腦筋和多麻煩。他立刻就承認是有人示意他在古堡農場倉庫中設賭局的，爲的是招待幾位賭博的大亨，他所指的大亨，自然就是駱駝和安狄生等的幾個人了。

至於是誰給他的示意？「鬥雞大王」卻沒有說出來，他堅稱那個人並沒有到場。鄺局長和刁探長的研判，示意在那兒開賭局的，除了駱駝之外，不會有第二個人的！

「鬥雞大王」所有的雞充公，同樣的罰款釋放。

這時候，駱駝卻在鄺局長的辦公室內大發雷霆，因爲彭虎被逮捕之後，並沒有像其他的賭徒一樣立時罰款釋放。駱駝指責鄺局長說：「彭虎是我透過你同意雇用的臨時幹員，爲什麼別的人全釋放了，而獨留彭虎不放？」

鄺局長說：「知法犯法，罪加一等，彭虎身爲警局的臨時幹員，居然參加鬥雞賭博，罪不可恕！」

駱駝說：「凡在場的人都可以證明，彭虎是爲抓賭去的！」

「赫，這能騙誰？彭虎是發現我們到場了之後，知道脫不了身，所以才進行抓賭的！」

「鄺局長，你無非是故意跟我爲難罷了，別忘記了是你請我回到檀島，我們是需要密切合作的呢！」

鄺局長也很不客氣，指著了駱駝的鼻尖，狠聲說：「駱教授，我原是對你很尊敬的，冀圖我們之間能夠合作愉快，但是你一直偷偷摸摸的在攞你的各種噱頭，把我們玩弄在股掌之中！一個人的忍耐是有限度的，我得警告你，我給你的兩個星期的期限已經去掉一半了，還有一個星期的時間，假如到時候你仍繳白卷的話，很對不起，哼，你現在的生活好像是在天堂，但是我一反手就可以把你打進八十八層阿鼻地獄，你且記著！」

駱駝一聲長嘆，說：「唉，我不入地獄誰入地獄？常言說得好：疑人不用，用人不疑！鄺局長，你既然要和我合作，幹嘛還要疑神疑鬼的？這對你我都不利！假如到時候，我走上黃泉路入鬼門關，發覺太寂寞時，我會找鄺局長你作伴的！」

鄺局長臉色鐵青，顫著嗓子說：「我再問你，在沙哇奴爵士古堡大廈裡搗亂的究竟是什麼人？」

駱駝說：「古堡大廈內軍警林立，警衛森嚴，連我這個名正言順專案的特別探長進內，也要經過一再檢查向上峰請示，還有誰能進內去搗蛋？這豈非是出現了活妖怪了麼？」

「當然，除了你駱教授的黨羽之外，還會有什麼人？」

駱駝說：「鄺局長在這方面都是特別抬舉我的！」

「不管怎樣，還有一個星期的時間，假如你還想繼續擺唬頭的話呢，那你會終生後悔的！」

「彭虎到底釋放不釋放？」駱駝正式提出抗議，大有翻臉的形狀。

鄺局長考慮了半晌，覺得留著彭虎也沒有多大的用處，乾脆連罰款也免掉，直接釋放了事。

彭虎臨離開牢房時，向辦事的警員說：「是誰想修理我，到了某一天，我必定會報答他的！」

彭虎的外型是夠嚇唬人的，沒有誰敢搭腔。

駱駝做了一名掛名的探長，不論一舉一動，一言一行，都有警方的人員嚴密監視著。駱駝縱然有滿腹的詭計，狡智百出的，但是每進行一件事情時，老感到有人礙手礙腳的，始終不能順利，內心之中，也頗爲苦惱呢。

駱駝和鄺局長經過一番吵鬧之後，回到他的探長辦公室裡去，悶悶不樂，咬著煙斗，又開始在那兒閱那些老檔案。

爲了窺探駱駝的動靜，鄺局長特別在駱駝的辦公桌對面裝置了一隻電眼。那僅是一隻像照相機鏡頭大小似的東西，掩藏在牆壁上的槍櫥內。

電眼打開，駱駝在辦公室內的一舉一動，便好像電視似的，可以傳播到鄺局長的眼簾裡去。

當駱駝正在翻閱那些老檔案時，鄺局長忽地靈機一動，他猛拍了桌子，自語說：「我明白了！」

鄺局長即招從員找刁探長過去，指著那座螢幕機，讓刁探長細看。

刁探長看不出有什麼特別，搔著頭皮，吶吶說：「駱駝回返辦公室，老是裝模作樣的這副怪樣子，我看得老是噁心！」

「他手裡在看什麼東西？」鄺局長問。

「他看的是警署裡的老檔案……」

「這就對了，駱駝在找尋可供他利用的人物，譬如說，『鬥雞大王』啦，什麼金二哥啦，胡二哥等的全都是犯有前科的人物，駱駝利用探長的身分，找出他們的弱點加以利用……」

刁探長被一語提醒，跺腳說：「為什麼在事前，我們沒考慮到這些？」

「現在發覺也不晚，凡犯有前科的人都容易被利用，我們也正好將計就計，按此線索發展，還怕那老騙子會逃出我們的掌握之中麼？」

刁探長矜持說：「按此情形看，我們該把檔案櫃移出來了，否則，駱駝搞出來的名堂會愈來愈多，案子就會愈來愈複雜了！」

酈長局說：「不行，我們要知己知彼，百戰百勝，反正我們有多餘的人力，哪怕駱駝會利用更多的人，我們循此線索可以控制他的全局！」

「局長不嫌太冒險了一點麼？」

「現在，我對破獲全案，已具特別的信心，不在乎駱駝的狡詐了，能擊敗這老騙子，也是畢生之中的光榮呢！」

正在這時，忽的駱駝的義子夏落紅竟來至駱探長的門前敲門。

駱駝大感意外，他啓開室門時瞪圓了眼，說：「小子，你也找到這地方來了？」

在鄰室的酈局長和刁探長忙擰開了電眼和傳播器，駱駝父子在他的辦公室內，一舉一動和說每一句話，酈長局和刁探長的都可以目睹耳聞。

「義父，我是專程為你送請帖來的！」夏落紅說著，自衣袋之中摸出一份請帖，雙手呈遞到駱駝的跟前。

「誰請我的客？」駱駝一面拆閱請帖，用老花眼鏡一看，臉上就是不樂，叱斥說：「古玲玉請客，用意何在？」

夏落紅擠眼說：「古玲玉不過是例行請客，她是經常請客的，這次特別要請義父賞光光臨！」

駱駝見夏落紅的神色有異，他的眼睛一瞬，也猜想得到在這所辦公室內可能裝置有竊聽器等的東西，當然說話就得稍爲含蓄，便說：「古玲玉還請了一些什麼樣的客人？」

夏落紅聳了聳肩膊，說：「和古玲玉同道而來的有一位哈洛克先生，是個蒙古大夫，豬朋狗友甚多，其他的客人恐怕都是他請的！」

駱駝說：「既然古玲玉有男朋友同道而來，你也應該死了這條心，何必癡纏不捨呢？」

「也許義父此去可以解決我的終生大事！」

「終生大事個屁！你的未婚妻假期完畢馬上要回東部去了，你還在糊裡糊塗呢！」

「人生如朝露，聚散無常，命運是如此的安排，非人力所能抗拒，我只能有走一步算一步了！」跟著，夏落紅又摸出另一份請帖，又說：「這是請國會議員克勞福先生的，請你代爲轉交！」

駱駝一看，更是不樂，說：「克勞福國會議員正値新婚燕爾，古玲玉請他何事？還想打他的主意？」

夏落紅便說：「那麼把議員夫人也加上去好了，這不過是充場面的人物！」

「待我考慮考慮吧！我沒有興趣爲這個女人跑腿呢！」

夏落紅說：「不過義父是一定要賞光的，相信不論對你我都會有好處的，傍晚七時左右，請準備好，我來接你！」

「你認爲我會去嗎？」

「我相信義父一定會去的！」夏落紅再次擠眼，便告退，離開了駱駝的辦公室。鄺局長和刁探長的情緒甚爲緊張，他猜想這，很可能是駱駝的另一次重要的行動。要不然，不會教夏落紅親自出馬的。

「馬上調查哈洛克其人！」鄺局長吩咐說。

刁探長感到困惑，說：「過路觀光客是很難調查的！」

「據說，這個姓哈的傢伙是在倫敦掛牌的醫生，我們可以拍電報到英國去調查！」刁探長連忙點首答應。

下午七時左右，夏落紅果然駕了一輛小汽車等候在警察局的門前。

駱駝剛好外出爲克勞福國會議員送請帖過去之後，回來換了一身黑色的燕尾晚禮服，煞有介事地像要參加什麼重大的宴會似的。

夏落紅也是小禮服的打扮，他們父子兩人一高一矮甚不相稱，走在一起顯得怪形怪狀的。

鄺局長和刁探長兩人也準備好了，他們由窗戶外望，發現駱駝父子已登上汽車，好在跟蹤佈置早已備妥了，不在乎他們會跑到哪兒去。

駱駝和夏落紅抵達「希爾頓酒店」時，剛好是晚宴的時間，天早已昏黑，星星已在閃耀，酒店內的燈火輝煌，帶著亞熱帶風情的音樂，悠揚遠播，那是別有一番風味的。

駱駝和夏落紅昂然向著餐廳，過去啓門的小廝是日本作風，向他們打恭作揖不已。

駱駝一眼就發現候客室內坐著一個穿夏威夷大花衫的彪形大漢在讀報，他以報紙遮頭，報紙和他的眼睛幾乎碰在一起。

駱駝便趨前去向他說：「黑齊齊哈爾，你可要小心別把油墨黏到額頭上了，這太難看啦！」

黑齊齊哈爾大窘，放下報，手足無措地說：「駱探長，我是爲保護你來的！」

駱駝吃吃一笑，說：「鄺局長顧慮得真週全，他們訂了座位沒有？今晚上可能客滿呢！」

黑齊齊哈爾支吾以對，說：「不知道……不過局長光臨是一定會有坐位的！」

「這樣就好了！」

駱駝和夏落紅進入了餐廳，那一對主人——哈洛克和古玲玉忙起座迎客。

是夜裡，只見古玲玉打扮得花枝招展，雀巢式的髮型，堆得有尺餘高，經過濃度的化裝，一雙魔鬼式的眼眉畫得高高的，眼眶的邊緣上有加大的線條，那是調整角度，並加上了藍彩，相反的那點朱唇，卻抹著極淡的玫瑰色，一副四五隻鑽環相接的耳墜，長可及肩，她的夜禮服是銀白色加上白閃片的，袒胸露背，頸項間圍有一根碎鑽的項鍊，披著銀花朵朵的尼龍披肩，她的腰間還有著一朵銀色帶藍葉的玫瑰花，完全是一派暴發戶的打扮。

夏落紅一看，心中就起了雞皮疙瘩，他心中想，古玲玉是變了！

哈洛克很親切地招待他們入座。

很多的客人早到了場，正在喝雞尾酒，在那些客人之中，夏落紅認識其中的一人，也就是對古玲玉的生命有威脅的何必正。

他以最友善的態度，舉杯和夏落紅打了招呼。

「今天究竟是什麼事情宴客？」駱駝問。

「到檀島來花錢的大爺，宴客還問根由的麼？」夏落紅回答說。

不久克勞福國會議員和他的新婚夫人也到了，哈洛克和古玲玉上前奉承一番，引他們雙雙坐到駱駝的跟前，彼此是老朋友，交談起來比較方便。

哈洛克計算到會的客人，已經是差不多了，便吩咐侍者開餐。

「你說我到這裡來可以解決你的終生大事，該什麼時候著手？」駱駝忽的向夏落紅附耳問。

「現在爲時尙早，等到場面稍爲凌亂時，自然會有人和你接洽的！」夏落紅回答說。

「接洽什麼事情？」

「沙哇奴爵士的代表已經抵達了！」

駱駝一楞，兩眼灼灼地趕忙向全場所有的客人打量了一番，心中暗想，國際間諜的組織真個是膽大包天，沙哇奴爵士的組織被破獲不久，主犯逃之夭夭，但是他的爪牙仍在繼續活動，真可謂了不起呢！

西諺說：「敵人是永不睡覺的」。相信就是這個道理，隨時隨地都得提高警覺啦。

「你可否事前給我指點一番？好教我有準備！」駱駝又說。

夏落紅搖首說：「不！鄺局長和刁探長全在場，他們是屬於糊塗衝動派，萬一事情搞砸了豈不糟糕？」

「到時候該如何應付？我倒要向你請教呢！」

「義父比我強得多，應付有餘的！」夏落紅笑著說。

當夏威夷女郎表演完呼啦舞之後，那是餐廳舞開始。

一些零星坐位的客人姍姍起舞，增加了茶舞的情調，正在這時，卻又發生了極端意外的事情。

在餐廳的大門口間，忽地進來幾個單身的女客，爲首的竟是查大媽，和她並肩而行的是于芃，另外還有四五個全是年逾花甲的老太婆，她們一個個打扮得甚爲時髦，也好像是赴宴似的。

夏落紅正打算請女主人古玲玉一舞，可是駱駝已向他提出了警告。

夏落紅回首一看，立時膽裂魂飛，他害怕的並非是于芃，于芃是個愛面子的人，相信她是不會鬧事的，但是查大媽那老太婆是天不怕地不怕的，不論在任何地方，她在「喳唬」起來時，誰都攔阻不了，洋相就出了。

「在查大媽背後的幾個是什麼人？」夏落紅吶吶問：「她帶來幾個老太婆幹嗎？有什麼作用呢？」

駱駝搖首說：「不知道，看情形，來者不善，善者不來，我看你得好好敷衍！」

夏落紅翻白眼說：「查大媽用意何在呢？把于芃帶到此，有意要出我的洋相麼？」

駱駝說：「你自己去考慮考慮吧！查大媽這老太婆是連我的帳也不買的，我認爲你最好過去敷衍一番，否則在此出洋相有礙國際觀瞻！」

夏落紅忽的拍桌子指著駱駝說：「義父，一定是你把她們招來的，否則她們怎會知道我們在此……」

「別把任何事情都向我頭上推，實在說，你這碼子事我根本不願意管呢！」

只見那幾個老太太交頭接耳的，不知道在討論著些什麼事情。

查大媽向于芄牢牢關照，說：「你要趁在最亂的機會，立刻就要行動，切莫遲疑！」

于芄原是鼓足了最大的勇氣來的，但看到這間酒店的場面，她又頗感到爲難，皺著眉宇說：「唉，我不想這樣做，我想走了！」

查大媽大驚小怪，指責說：「于芄，你怎可以三心兩意的，也許就此可以救了你，也救了夏落紅！」

「我怎麼能學人家像村婦罵街似的鬧事？這是沒有教養的人才會這樣做，在眾目睽睽之下，我不幹！」她吶吶說。

「我的天，大隊人馬開到此，你又畏縮了！」查大媽跺著腳，臉色發青。

與她們同道而來的幾個老太婆分散開了，好像實行有計畫的行動。

在哈洛克宴會的那方面，賓客之間仍在互相敬酒，不過，其中有些嗜愛跳舞的，早和他的舞伴下舞池去了。

國會議員克勞福先生新婚燕爾，和他的夫人譚金枝女士如膠如漆，打得火熱，使人看得十分眼紅，尤其是他們跳舞的時候，擁抱成一團，有時候還要親親臉孔的，肉麻當有趣，教一些光棍人士好不難受。

「夏落紅先生，你爲什麼不請古小姐跳一支舞呢？好讓我和你的義父談談生意經啦！」何必正是經過古玲玉的授意特別這樣說的。

夏落紅很感意外，因爲古玲玉一直在忙著，在這麼多的客人之間，她簡直應接不暇，假如是每一位客人請她跳一曲舞的話，整夜裡她就不會停著。

剛才就有一位客人「碰了釘子」，古玲玉婉拒他的請舞，古玲玉聲稱疲倦，需要休息。

夏落紅對古玲玉的處境同情，她身懷六甲，不能過分疲勞，因之，夏落紅根本沒有請古玲玉跳舞的打算。

這時候，經何必正這麼的一說，夏落紅的眼睛便和古玲玉接觸，古玲玉暗暗點首示意，似乎是她有必要的話要和夏落紅說呢。

夏落紅正待移座起身時，駱駝卻立刻拉著他，加以警告說：「小心！這是火山爆發的前奏，不要冒昧行事！」

夏落紅一楞，但是古玲玉又好像吸鐵石似的將他吸過去了，他一鞠躬，古玲玉即欣然起立。

在這同時，何必正也好像普通一般人所有的交際手腕，離座來至駱駝的跟前，佔了夏落紅的座位，拍著駱駝的肩膊說：「難得有這個機會，我們正好談談交易！」他說時，遞上一張名片，那是屬於沙哇奴爵士所有的，何必正是表明他是沙哇奴爵士的代表。

駱駝一看名片，肚子裡就明白了，即說：「爲什麼他閣下不自己親自到此？」

「你想，他能到得了嗎？」

「沙哇奴自稱是膽大包天的，天底下沒有值得他害怕的事情！」

「好漢不吃眼前虧，我們的老板懂得這個道理！」何必正正色說。

「你真能代表得了嗎？」駱駝板起臉孔問。

「全權代表！」何必正答。

「何時交錢？」

「何時交貨？」

「哈，哈，倒好像是蠻扎手的！好像要和我對上呢！錢到立刻就貨到，正等於說，一手交錢一手交貨！」駱駝說。

「不過這一次，我們的老板要請專家先實行當面驗貨，吃一次虧學一次乖，要請你原諒！」何必正說。

「那麼在技術上就需得研究研究了！」

「是的，需得研究研究了！」

他們以談笑風生的方式進行，外人不知道，還以爲他倆在談什麼有趣的事情呢。夏落紅和古玲玉至舞池，夏落紅因爲心中有愧，沒敢順著舞池起舞，他得迴避于芄和查大媽所在的地方，所以他帶著古玲玉一直在音樂台旁的三角直打轉。

「你可曾發現你的未婚妻到此了？還有那個只有一隻獨臂的查大媽，她們到此何事？會故意來找麻煩嗎？」古玲玉問。

「我正在迴避著她們，實在說，我也搞不清楚她們的目的何在呢！」夏落紅回答說。

「何必正和你義父的談判不要被她們搞砸了才好！」

「查大媽是個老江湖，大致上不會這樣的盲從吧！」

「我心驚肉跳呢，假如你的義父和何必正談好，就可以救我脫出樊籠！」

「沒關係，我們的運氣會好轉的！」夏落紅安慰著她說。

正在這時，忽地在舞池的旁邊起了一個婦人尖著嗓子怪叫的聲響：「好哇，老娘每天在家裡爲你洗衣燒飯，你卻躲到這裡來風流快活……」

大家偏過頭去一看，原來是查大媽帶來的其中一個老婦人，正對著舞池中正在跳舞的一位禿頭漢在大發雌威呢！

那個老傢伙竟被嚇得渾身發顫，抖嗦不已，和他共舞的那位女郎看苗頭不對，早溜之大吉了。

餐廳裡的管事發現舞池裡有人鬧事，趕快追了過去，向那婦人攔阻，說：「太太別在這裡鬧事，不好看，不好看……大家面子要緊……」

「不好看麼？對這種人，還有什麼面子可說的？」她舉起了手皮包就打，把舞池內臉色鐵青的那個男人打得四下裡亂躲逃避。

所有在場的客人有以看熱鬧的心情哄堂大笑的，也有搖頭嘆息不止的。在這最上流的社交場所，竟變成製造色情糾紛的下級舞場了。

餐廳的管事要攔阻那個婦人胡鬧下去。

「有話好說，別在這裡鬧下去！」他連連地勸息著。

那個潑辣的婦人不管三七二十一，拈手皮包反過來朝著那個管事先生就亂打一通，完全是一派的鬧劇作風。

「我們叫警察，叫警察！」管事先生叫嚷著說。

鄺局長和刁探長目睹那齣鬧劇，不清楚究竟是怎麼回事？查大媽和于芃帶來大批的「娘子軍」只爲這個在外風流快活的男人嗎？她們是爲那位糟糠妻而打抱不平嗎？

在這種情況之下，餐廳的管事者只有喚警察來排解，否則場面秩序維持不了。

鄺局長和刁探長身爲高級的治安官員，但他們不敢出面，否則就容易被纏住脫不了身。

倏然間，一波未平，一波又起，另外的一個角落又起了吵鬧。

夏落紅和古玲玉在舞池之中顧看熱鬧，事情卻發生到他們的頭上來了。查大媽忽然出現在他倆的跟前，指著夏落紅高聲咒罵。

「赫！夏落紅你這個小王八蛋兔崽子，把未婚妻冷落在旅館裡，而自己跑出來風流大快活，今天可被我抓到了，有你好瞧的！」

剎時間，所有看熱鬧的客人全轉過了頭了，開始欣賞這一方面的鬧劇了。

夏落紅臉色發白，查大媽這樣的突如其來，好像是有著特別的計畫，他張惶失措，連忙揮手，吶吶說：「查大媽怎麼回事？……」

查大媽怒目圓睜，指手劃腳地說：「虧你說得出口呢，我是替于芃打抱不平來的！」

「查大媽，何必在公共場所製造鬧劇呢？」

「這是鬧劇麼？要問你自己了？」

古玲玉看苗頭不對，打算要開溜——但是查大媽來的那批「娘子軍」卻趨了上前，將他們團團圍住，七嘴八舌的嚷著。

「不行，今天無論如何要把事情搞搞清楚！」

「我要揍她一頓……」

夏落紅擔心古玲玉受了凌辱，忙說：「你們不許胡鬧，我們自己家裡的事情自己解決，不用你們擔心！」

「怎樣解決，你自己說吧！」

「我們不管，先揍了再說！」

夏落紅怒火沖天，爲了保護古玲玉，伸張雙臂激動地說：「你們誰要胡鬧的話，大家不好看！」

查大媽也來勢洶洶，說：「我們本來就沒打算好看來的！」

本來，在查大媽的計畫之中，是打算教于芃鬧事來的，但是于芃臨陣退縮，到底她是個有學識而又喝過洋墨水的人，在這上流社交場所鬧事，臉孔拉不下來，所以拒絕參加鬧事還自行撤退了呢。

查大媽著了急，只得親自出馬。

她是經過駱駝授意的，一面是爲解決夏落紅的戀愛糾紛，另一方面是借此爲煙幕和沙哇奴爵士的黨羽進行談判。

夏落紅被蒙在鼓內，對這突發的意外事件感到焦頭爛額。

鄺局長刁探長冷眼旁觀，他們絕不敢露面，恐怕被纏上了。

刁探長說：「他們大批人馬浩蕩而來，原來只是爲夏落紅的戀愛糾紛呢！」

鄺局長說：「駱駝那老妖怪鬼計多端，我們別上了他的當才好！」

那個闖進舞廳抓丈夫的老太婆原是查大媽雇來演戲的，展開了雙重的鬧劇，場面顯得更亂。

「拜託拜託，無論如何請你們幫忙，要鬧事別在這裡鬧，影響大家的安寧……」管事先生猛在打恭作揖不已，說：「沒有事情不能解決的，請到會客室去如何？」酒店裡派出去找警察來的店員還沒回來，打電話向警局催請，警察人員又遲遲不到，可是卻有侍者發現鄺局長在座。

餐廳經理已經趕來了，向鄺局長鞠躬說：「局長在此，無論如何請幫幫忙，把鬧事的人攆出去！」

鄺局長回答說：「警察局的制度是分層負責，這不在我的職權範圍之內！」

「但是警局的辦事效率太慢，局長可不能不管，客人們鬧事這樣久了，打了好幾次電話，還沒有警察抵達現場，鄺局長出來說幾句話，應該是理所當然的吧！」

鄺局長臉有難色，在無可奈何的情況之下，便向刁探長說：「還是你去處理一番吧！」

「這並非是刑事案，我們是穿著便衣的刑警，怎好處理呢？」刁探長反問。

「你就當他是刑事案吧！」鄺局長說。

其實，刁探長就是喜歡處理這類的案子，既不費腦筋，又可以出風頭，何樂而不爲呢？

他趨上前，首先讓侍者們打發那對吵鬧的夫妻到外面去，然後又向查大媽說：「你們在這裡擾亂了公共秩序，既然要解決問題何不到會客室去了？在那兒大家可以平心靜氣地和談……」

「大家聽見了沒有？刁探長叫我們到會客室去！」查大媽高聲向她帶來的一批「娘子軍」說。

「好的，我們就到會客室去！」

於是，她們一夥人就推推擁擁的，把古玲玉和夏落紅包圍著推出舞廳去。

夏落紅心中想到外面去解決也好，不必在大眾之前丟醜。

哈洛克也幫著過來替古玲玉說好話，但是那些老太婆一個個兇神惡煞的，比母老虎還要兇，絕對禁止哈洛克和古玲玉接觸，場面尷尬不已。

在這時間，何必正和駱駝卻好像做了初步的協議，他們的生意好像是談攏了，兩個人都很感愉快，還互相敬酒一番。

當他們大批的人走出了舞廳，形勢又告變卦，查大媽領在前面並沒有向著會客廳走，大門口間忽然駛過來一輛醫院的救護車，車門打開，大家把古玲玉一推而上，擠進了車廂。

夏落紅高聲怪叫說：「喂！你們在搞什麼名堂，這是怎麼回事？」

但是那輛救護車沒理睬他，排氣管冒出一陣黑煙便遠颺去了。

夏落紅被棄落在酒店的門前，急得滿額大汗，他忽的發現刁探長站在身後，即抓刁探長的膊胳大聲說：「這不等於就是綁票麼？」

刁探長冷笑回答：「你是否要控告？綁票的主犯就是查大媽！」

夏落紅大爲氣哽，他沒有控告查大媽的理由，不管怎麼說，查大媽總歸是他的長輩，她領來了大隊人馬，浩浩蕩蕩的把古玲玉架走，用心何在？有著什麼陰謀嗎？夏落紅心中暗想，也許查大媽是想替于芃出一口氣，這樣說，古玲玉便要受凌辱了。

「你是打算用綁票，或是妨礙自由控告查大媽？我可以下令將她們一干人一併逮捕！」刁探長再說。

「這不關你的事了！」夏落紅憤然說，他即匆匆忙忙的再向餐廳內走。

餐廳內仍還是鬧烘烘的，秩序還未有回復正常，客人們議論紛紛的，還在討論著剛才發生的兩齣鬧劇。

夏落紅要找于芃的晦氣，但是于芃早不知道在什麼時候離去了！哈洛克的宴會已經散去，這位「蒙古大夫」認爲很失面子，他在帳房間正在結帳。駱駝和何必正的交易已經談妥，喜氣洋洋地正要離開餐廳。

「義父，莫非是你用的詭計？把查大媽她們招來的？」夏落紅氣急敗壞地說。

駱駝趕忙雙手亂搖，說：「女人的事情我不管，查大媽那老太婆我更不敢惹，你瞧著辦吧！」

夏落紅再一看，孫阿七和彭虎也不見了，這兩個傢伙鬼鬼祟祟而來，又鬼鬼祟祟而去，究竟是什麼名堂？

夏落紅感到形勢孤單，所有的親人都一個鼻孔出氣，只有他一個人被排擠在外，這樣實在是太不公平了，他喃喃地詛咒，爲了古玲玉，他可以「壯士斷臂」，和他們一併絕交！

駱駝大搖大擺的，正打算離開餐廳時，夏落紅又追了出來，他滿額大汗，急得如熱鍋上的螞蟻。

「義父！我很明白，這全是你擺的噱頭，古玲玉被弄到什麼地方去了？相信你一定知道，爲什麼你要這樣做呢？我是好心好意幫助你解決問題來的……」

駱駝回答說：「這件事於我無關，查大媽不聽我的指揮，她做任何事情多是獨斷獨行的！」

「古玲玉被弄到什麼地方去？快告訴我！」

「在這時候，你不應該找古玲玉了，應該找你的未婚妻于芃解決問題！」

「不！我提出警告，假如不告訴我古玲玉下落何處的話，我會把何必正的事件公開的！」

「那麼你是惱羞成怒了！」

「是的，你們是欺我太甚了！」

「你去找你的未婚妻，將可獲得全盤的答案，這是最簡捷的途徑，爲什麼不這樣做呢？」

忽地，鄺長局和刁探長跟了出來，鄺長局格格大笑說：「這簡直是鬧劇！」

駱駝回首，他早發現這兩人在跟蹤他了，他平和地回答說：「給你們看笑話了，這是絕對意想不到的事情！」

「除此之外，沒有副作用嗎？」鄺長局問。說時，他盯了夏落紅一眼，他很希望夏落紅和駱駝鬧僵，將事實真相和盤托出，可以省掉他們很多的麻煩。「你們父子好像鬧得很不愉快呢！」

「這是家務事，免不了的！」駱駝說。

「哈洛克這個人頗有問題，在他的許多賓客之中也頗多問題人物，不瞞你的，所有的客人我全派人拍了照片，只要經過調查，就可以有端倪了！」鄺長局正色說。

駱駝嗤嗤笑了一陣，說：「鄺局長的辦案手法還是上一個世紀的，先行疑神疑鬼，然後再自找麻煩，搞得自己焦頭爛額爲止！試想那麼多的客人，逐個調查豈不浪費人力，物力，這等於是浪費公帑嘛！」

鄺局長不樂，說：「你的陰謀我頗了解，反正你做探長的時限已經近了，到時候就休怪我無情了！」

駱駝說：「有像你這樣的局長配合工作，說不定我到時候就繳白卷了！」

夏落紅乘他們在說話間，跳上他駕來的小汽車氣呼呼的走了。夏落紅猜想，于芃一定知道內情，她可能做了查大媽的傀儡，是查大媽在其中搗亂，這個老太婆一向是「一意孤行」的，十分可惡。夏落紅想到這一點，就不禁咬牙切齒，這個老太婆自從和于芃結了緣之後，一直是幫著于芃說話的，不管夏落紅做任何事情好像全都是錯的，只有于芃是個十全十美的賢良女人，縱然他們兩口子之間有了齟齬，一切的過失，全歸夏落紅承擔。

過了若干的時間，夏落紅的小汽車已停放在檀香山大酒店的門前了。他怒氣沖沖地跨進電梯上了樓，直接來至于芃的房門前。那扇門是虛掩著，夏落紅推門進內，只見于芃正淚流滿面地收拾行李，幾隻美國貨的旅行皮箱，全掀開了，有攤在地上的，有攤在床上的。

夏落紅畢生之中，最怕的是看見女人落淚，看見珠淚，他的一切怒氣也消失了。

古玲玉就是靠兩把珠淚「收拾」夏落紅的，現在他遭遇了兩方面的夾攻。

「你幹嗎？打算上哪兒去？」他吶吶地問。

于芃只瞪了他一眼，偷拭了一把眼淚，將衣衫、化粧品胡亂地向皮箱內拋，沒理會夏落紅的問話。

夏落紅心中有了內疚，也許于芃真的傷了心，這次她遠道赴邀而來，一直受著冷落，真是大不應該的事情，但這能怪誰呢？他們之間早應該結婚了的。于芃推三阻四，把大好的青春歲月葬送在書本之上，夏落紅又熬不住光棍的生活，拈花惹草是免不了的，碰上古玲玉，肚皮裡作了怪，夏落紅自己是由孤兒院裡出身的，他不願意再讓自己的骨肉進孤兒院去過那種冷漠的生活。

于芃和古玲玉兩個都好，夏落紅著實的左右爲難，魚與熊掌不能兼得，夏落紅沒有決定性的選擇。古玲玉身懷六甲，佔了優勢，在無可奈何的情況之下，他唯有放棄于芃。可是面對著一個流淚的女人，夏落紅又會連話也說不清爽的，他能狠著心腸，就在此時此地提出解除婚約的要求嗎？

「于芃，我很抱歉！千不念萬不念，念在我們過去的一段交情，我處在當前的困境之中，無論如何要請你幫忙我解決難題，請你給我指引一條路，教我應該怎樣走？」夏落紅鼓足了勇氣說。

「你滾到那個女間諜的身畔去吧！別再來打擾我！」于芃氣憤地說。

「古玲玉並非是女間諜，她早脫離組織了，同時，我和她之間，有過一段生死共存的關係，我希望不要凌辱她……」

「那麼你就滾吧！」于芃咬牙切齒地說：「我已經訂好了明天下午的飛機，回學校去了，不想再看你們的那些苟且的事情！」

「你就這樣走了麼？沒讓義父和查大媽知道麼？」夏落紅問。

「我不需要任何人同情，也不要任何人關心，我會活下去的！」

夏落紅愧形於色，吶吶說：「不管怎樣，我想知道你們怎樣對待古玲玉，把她弄到什麼地方去了？」

「那不關我的事！」

「你能告訴我查大媽現在在什麼地方嗎？」

于芃欲言又止，她癡呆著，不斷地拭淚。

夏落紅又說：「傷害了古玲玉，對你也不會有什麼好處，你何需要這樣做呢？」

「他們現在在『聖史堤芬婦產科醫院』，你快去吧，別再打擾我了！」于芃下了決心，直接告訴夏落紅說。

「奇怪，她們到婦產科醫院去做什麼呢？……」夏落紅搔著頭皮思索著，忽地打了個寒噤，心想莫非查大媽那個老妖怪打算把古玲玉腹中的那個孽種取出來麼？「這個老太婆，太可惡了……」他叫嚷著說。

于芃淌著淚，氣惱地說：「查大媽自小將你看大，等於是你的義母，她做任何的事情，於我是無關的！」

夏落紅深深地嘆了口氣，在當前的處境之下，他實在搞不清楚查大媽會弄出什麼樣的名堂，唯有暫時先對不起于芃，先去把古玲玉接出醫院。

「我希望你明天不要走，好讓我有充分的時間，向你解釋……」他說。

「去你的吧！我不願意和你們任何的一個人再見面！」于芃說著，下了逐客令，她拉開了房門，命令夏落紅外出。

夏落紅心情悒悒，無精打彩地穿出了房門，等到于芃砰然將大門關上時，他又忽地精神抖擻，猛然間拔腳飛奔，下了電梯，匆忙走出酒店，他的那輛小汽車仍停放在酒店的門前。夏落紅上了汽車，發動馬達，即駛上了大馬路，但是他檀市的道路並不熟悉，「聖史堤芬婦產科醫院」究竟在什麼地方，他一點也不知道。這間醫院並不怎樣著名，夏落紅累次的停下車來向路人請教，但是搖頭的多，點頭的少，有好心腸的人教他去查電話簿子。

夏落紅被一語提醒，趨進附近的商店借閱電話簿子，由「聖」字查起，終算不錯，給他找到

「聖史堤芬醫院」了，正就是在「聖史堤芬道」，那並不是一條著名的馬路，甚接近郊區。

夏落紅很耽擱了一點時間，匆忙駕車就道，經過一陣風掣電馳後，終算來至那間「聖史堤芬婦產科醫院」了。他走進門，即向辦事員詢問古玲玉的名字，辦事員搖頭。

夏落紅再問：「可有急診掛號的病人？剛才有救護車送來的病人，有大批的婦人陪伴著的，情況一定十分熱鬧！」

辦事員說：「不妨到急診處手術室去看看！」

「在什麼地方？」

「朝走廊一直向後面，走最後面的一扇門！」

夏落紅道謝後，按照辦事員的指示，急切向走廊進去，古玲玉被弄進了手術室，夏落紅愈想愈不對勁，他希望查大媽不要搞出傷天害理的人命案才好。

在那手術室的門前，夏落紅一眼就可看見查大媽了，那可惡的獨臂扒竊幫祖師娘正和她那批同來的長舌婦，嘰哩呱拉的不知在討論些什麼事，一個個神氣活現的，好像是勝利者的姿態。

當他們一眼看見夏落紅走進來，一個個的掩嘴噗嗤而笑。

夏落紅顯得有點難爲情，到底這是婦產科醫院，這群婆娘圍堵在手術室的門前阻路，只有夏落紅一個人是男的，他沒有理由就向手術室內闖。

「查大媽，古玲玉在什麼地方？」他氣呼呼地問。

「你來遲了一步！事情已經完全分曉！」查大媽笑嘻嘻地說。

「什麼名堂，查大媽，你擄人綁票什麼事情全幹了不成？」夏落紅氣惱地說。

「小畜生，我還不是爲了你好麼？」查大媽是一半嬉笑，一半帶著怒罵地說。

「古玲玉還在裡面麼？」夏落紅指著手術室問。

「現在一切的問題全解決了，古玲玉根本沒有懷孕，她是欺騙你的，訛稱身懷六甲騙取你的情感，然後駕馭你供她利用！」查大媽說。

「這是我個人的事情，用得著你煩心麼？」

「你頭一個孩子就是駱駝頭一個長孫，我們爲什麼不煩心？」

「動員這麼多的人，就只爲窺探古玲玉是否懷孕麼？」

查大媽並不否認，說：「我們只是給她檢查一番，這並沒做錯，同時，這足可證明古玲玉並沒有脫離他們的間諜組織，她的目的只是爲那份機密文件，想利用你將它詐出來！」

夏落紅很氣惱，說：「你們還當我是三歲的小孩子，別的事情還會上當，類似這種事情，要通過義父的，我再沒有腦筋，義父不會沒有腦筋呀……」他說至此間，忽而恍然大悟，跺腳說：「他媽的，我明白了，這件事情還是義父幕後主持的，是他讓你們這樣做的！」

查大媽點首說：「你能夠想通還不壞，現在該沒有我們的事情了，古玲玉原封不動還給你，該如何處置，那是你的事了！」

接著，查大媽一行人，吱吱喳喳由那漫長的走廊，退出醫院去了。

不久，自手術室內出來一位金髮護士，夏落紅忙向她招呼說：「現在，我可以進內麼？」

護士回答說：「那位女士是你的夫人麼？假如你不到的話，她還不肯出院呢！」

夏落紅已經等待不及，急忙推門進內，那手術室內設備倒是蠻健全的，古玲玉獨自兒躺在手術台上哭得如淚人似的，她還是那一身晚禮服的打扮，披頭散髮的，好像曾經過一番痛苦的掙扎。

當她看見夏落紅時，好像遇見了親人一樣，又是一陣嗚咽不止。

夏落紅忙趨上前，內心中愧疚不已，他說：「玲玉，你爲什麼要瞞我？你的懷孕是假的麼？」

古玲玉哽咽說：「我爲的是什麼？無非是想抓牢你罷了，想不到你會用這樣卑鄙的手段來對付我，這教我活在這個世界上還有什麼意義？」

夏落紅皺著眉宇，說：「這是查大媽她們幾個老太婆所搞的，她們是沒有學識的人，只會一味的胡來，實在怪不得我呀！」

「好吧，既然真相大白，我們的緣分也就到此爲止了，我們現在分手各奔西東吧！」古玲玉說。

「何需要說得如此的絕情絕義呢？」

「我不希望和你見面了，你走吧！」

「我來領你出醫院！」

「我不需要你的假仁假義！你給我滾吧！」古玲玉皺著眉宇，揮手說。

夏落紅低聲下氣，說：「玲玉，我很不了解，你爲什麼要告訴我，你已經懷孕了？」

「現在真相已經大白，你大可以置我不顧而去了！」

「那麼你說什麼要給未出世的孩子找一個爸爸，要不然給他送到孤兒院去，全都是假的了！」

古玲玉落著淚，哽咽說：「事前，我不知道你已經有了未婚妻，爲了抓牢你，我需得要有藉口，要不然，你隨時地都會離我而去的，我不得不出此下策……」

「你爲了抓牢我，竟不惜去過交際花的生活麼？」

「那是爲了賭氣！你在我的跟前口口聲聲不要你的未婚妻了，同時，又遲遲不肯把問題解決，大有魚與熊掌兼得之意，我受不了這種氣！」

夏落紅有點惱火，這是感情的債！古玲玉竟像放高利貸似的，不斷詐騙他的感情，直到現在才將真相戳穿了，夏落紅開始感覺真有許多地方對不起于芃了呢！

「你故意做交際花，原來只是爲了賭氣麼？」他嘆息著說。

「情人的眼睛裡不能有一粒砂子！你能使我嫉妒，我就不能使你嫉妒麼？」古玲玉忽地咬牙切齒地說：「我萬沒料想到查大媽會用這樣卑劣的手段對付我！這種行爲，比禽獸還不如……」

夏落紅並不相讓，說：「你是否和間諜組織尙未脫離關係呢？」

「哼，我的乾媽被你們害死！所有同夥的弟兄被你們串通官方，逮捕的逮捕，逃亡的逃亡，我可以說是走投無路了，你現在還問我這個問題麼？」

「我要知道你對我的用心！」

「不必了，由現在開始，我們可以各走各的路，你別再來煩我，我也不會再找你了，我們之間的緣分到此爲止，說實在的，剛才我躺在這張手術床上就不斷在想，我對你的厭惡已到了極點！」

夏落紅說：「我現在正在回想，你盜走我的幾十萬美金，它到哪裡去了！」

「哼，這得問你們父子幾個！故弄玄虛，逃到了香港，還要再回到夏威夷，仍在運用那份軍事機密文件要把戲，本來，我的生命是用那幾十萬美金才獲得赦免，但現在又不同了，組織又非得要有那份文件不可！這等於有意將我置之死地，我的愛情，生活與性命全遭遇了可怕的命運，實在說，我已經沒有勇氣活下去了，惟有逆來順受，走著瞧了！」她邊說著，哭得如淚人般的，使我見猶憐。

夏落紅生平最怕見女人落淚，他的一股怒火又告煙消雲散。

的確，他很不同意駱駝，偌大的年紀，還要過著那種冒險的生活，在金錢上斤斤計較，打如意算盤，一個人到了這把年紀，爲什麼不去設法享幾年清福呢？

忽地，一位女護士推門進來，向古玲玉說：「有一位哈先生來接你回去！」

古玲玉知道，可能是哈洛克先生，爲什麼他會找到這個地方？

「你和哈洛克究竟是什麼關係？」夏落紅又問。

「這一點你是管不著的，我們之間連什麼名分也沒有，我有交朋友的自由權利！」古玲玉說。

「哈洛克是否國際間諜？」

「這該由你自己去調查！你的義父不是足智多謀的嗎？他應該早就清楚了。」古玲玉說著，下了手術床，整理著她的衣裳。

是時，哈洛克已經推門進了手術室，這位身材高大臉孔肥團的「蒙古大夫」，臉孔鐵青，顯得非常的惱火，說：「是誰把你弄到這地方來的？她們打算幹什麼？」

古玲玉問道：「你怎會找到這地方呢？」

哈洛克說：「我回到酒店，就有人打電話給我，教我來接你回去！」

「是男人還是女人？」夏落紅問。

「是個女人的嗓子！」哈洛克答。

「那除了查大媽還會是誰？這個老太婆可謂可惡到家了！」古玲玉說。

哈洛克跺腳說：「檀島是民主政治地區，怎可以讓他們胡來？我們可以提出控告！」

「和這些卑鄙惡劣的下等人，我不再和他們計較了！」古玲玉像遇見了親人一樣，挽著哈洛克的臂膀，就要向手術室外出：「我們走吧！」

「這個年輕人他可有份兒？」哈洛克指著夏落紅怒氣沖沖地，好像有決鬥的神氣。

「於他是無關的！」古玲玉搖首說。

夏落紅又有了無名之火，厲聲說：「玲玉，你何不把真相向哈先生說明呢？」

「這件事情，是我畢生之中的最大恥辱，我不願再提了！」古玲玉說。

「這年頭，人心不古，你以後交朋友可要特別的小心才是！」哈洛克安慰著古玲玉說。

於是，他們兩人挽著臂膀，徐徐地走出了手術室，打那漫長的走廊外出。

夏落紅被拋落在後面，甚覺沒趣，他原是擔憂著古玲玉的安全而匆匆趕路而來的，沒想到所得到的結果竟是如此。

出了醫院，只見哈洛克扶持古玲玉進入了汽車，他倆狀至親熱，完全像一對情侶，夏落紅有著形影孤單之感。夏落紅畢生在女人叢中打滾，從來沒有這樣失敗過。

哈洛克駕著汽車離去了，夏落紅頓感悵惘，好像和古玲玉的一段孽緣也就到此結束。自然，他的心中仍是有不捨之感的。他垂頭喪氣地向歸程回去。

駱駝在他的辦公室內忽的通知了鄺局長和刁探長，說是要和他們舉行會議，商討大局。

鄺局長好像有點受寵若驚，究竟駱駝要在他們的面前耍些什麼把戲，實在不得而知呢？也正好借此機會和他把問題搞搞清楚。於是，鄺局長好像煞有介事似的，調動了大批的技術人員，如主持錄音的，速記的，文件鑑證專家，全集合在會議室內。駱駝被恭請進門，他嚇了一跳，說：「你們是打算唱戲麼？來那麼多的人幹嗎？」

鄺局長說：「這些全是技術研究組的人員，若遇有疑難時，我們可以請他們在技術上協助！」

駱駝搔著頭皮說：「間諜是無孔不入的，在這麼多技術人員之中，是否會有可疑人物呢？」

鄺局長忙說：「你說這句話實在有欠思考，對我們的警官是一項侮辱！」

「這不是侮辱的問題，而是我們的工作進行是否會受到阻礙？」

「所有的警官由我負全責！」

「光嚷嚷有什麼用？到時候出了問題，還不是只有乾瞪眼麼？」

刁探長也跟著幫腔說：「鄺局長既然肯負全責，不論出任何的事情，於你無干就是了。」

駱駝被拉著，坐進了會議席，他的臉色很嚴肅，摸出了煙斗，裝滿了煙絲，劃火柴點上之後，眼睛不住向所有在場的人打轉。鄺局長和他的隨員，全聚精會神地，看駱駝究竟要擺什麼噱頭。

「假如機密洩漏，我們的全盤計畫都得傾覆！」駱駝說。

鄺局長正色說：「我給你的期限已將接近，假如你再無法終案的話，就得解除探長的職務了，你還是擔心這個問題吧！」

「是的，全案已接近終了階段，在限期終了之前，一定會水落石出的！」駱駝自煙斗噴出煙霧說：「刁探長，我交給你的那張秘密圖樣可在麼？」

鄺局長翻開他的檔案宗卷，找出了那張圖樣，說：「圖樣在此，你已獲得答案了麼？」

駱駝接過那紙圖樣，仔細端詳了一番，頷首含笑，表示滿意，說：「在沙哇奴爵士的古堡大廈的地窖裡，我已發現了新的秘密，說實在話，這只是說明了你們警方無能，佔著毛坑不拉屎！自己尋找不出其中秘密，又禁止他人接近，我是逼不得已才使用鬥雞賭局，將你們的注意力吸引開，然後派人進內，終於把地窖裡的秘道找出來了！」

「地窖裡的秘道麼？……」鄺局長有點不大肯相信。

「是的，那秘道可以通往沙哇奴爵士的停機坪，裡面還有文件倉庫！」

鄺局長和刁探長面面相覷，著實的，他們已經用盡了最大的智慧，在古堡大廈裡可以說再沒有什麼值得發現的了。

駱駝再說：「找出這秘道的是孫阿七，他現正在酒店裡等候，請你們打個電話請他過來當場說明！」

檀香山大酒店和警察總署僅在斜對門，所以沒幾分鐘的時間，孫阿七就已經走進警署了，他很快的就被引進了會議室。

鄺局長和刁探長兩人從未有對駱駝的手下人如此禮待的，他倆立刻起立相迎，使得所有會議室內的技術人員也一併肅立。

鄺局長一招手，即有人替孫阿七送過了椅子，招呼孫阿七參加了議席。

駱駝說：「鄺局長請你來把古堡大廈地窖內的秘道陳述一番！」

孫阿七露出大牙笑嘻嘻地說：「偷闖禁地是犯法的行爲！你們是企圖叫我不打自招麼？」

鄺局長忙說：「你的行爲不算犯法……」

孫阿七指著身旁的錄音機說：「我的說話經過了錄音之後，罪證全在，我便脫不了身啦！」

鄺局長無可奈何，只有叫技術人員將錄音機關掉，邊說：「禁令已告解除，有什麼話你只管說就是了，我向來言而有信，絕對不會誣害你的！」

駱駝便故意將那張圖樣推至孫阿七的跟前，邊說：「既然有鄺局長的保證，你就不必顧忌了！」

孫阿七摸出紙煙，立刻有人替他擎亮打火機，他燃上煙之後，煞有介事地拾起那紙圖樣細細地端詳了一番，似在思索，然後喃喃說：「這圖樣，需得拿到現場上去對照才可以了解真相！」

鄺局長巴不得立刻採取行動，正打算要發言時，駱駝卻搶著說：

「你且先把經過情形詳述一遍！」

孫阿七便由那晚說起，由駱駝在沙哇奴爵士農場宿舍間的倉庫搞鬥雞賭局吸引了警方的注意力開始。

孫阿七繼續說：「我對那地窖開始懷疑時，純是因爲餐廳門前的那尊盔甲銅人，因爲它製造精密，又是電動的開關樞鈕，它的電流是裝置在牆壁內的，因之，據我的判斷，假如地窖內另有秘密的話，它也一定是電動開關的，所以，我對大廈裡的電流裝置特別的注意！」

刁探長忍耐不住，打岔說：「你究竟在地窖內發現了什麼？」

孫阿七說：「地窖下面，另外還有隧道，它的機關門就是設在石階的下面，只要稍稍運用腦筋，就可以尋著的！」

「開關在什麼地方？爲什麼我們一直沒發現呢？」刁探長自討沒趣地問道。

「偵查這類的事情，光靠官樣文章是絕對不行的啦！」孫阿七煞有介事地說：「一定要細心，又對鎖扣和電動機關有研究的人才行！我也化費了很多的時間，及動了許多腦筋才尋出它的秘密哩！」

鄺局長催促著問：「你在那新發現的秘道中發現了什麼？」

孫阿七說：「因爲時間迫促，我只打開那扇門，發現裡面孔道之多，根本難以計數！」他舉起手中的那紙圖樣，揚了一揚，又說：「所以，光有這紙圖樣沒有用，一定要到現場去比對不可！」

鄺局長說：「那麼，我們何不現在就到現場去？馬上就進行調查！」

駱駝忙搶著說：「不！我曾和ＦＢＩ有過協商，據我的推測，沙哇奴爵士的檔案室可能就設在那秘密隧道裡，那可能是沙哇奴爵士歷年來所有的工作的紀錄，ＦＢＩ需要那些文件，所以，我們有初步的合約，假如發現了檔案室，他們願意出高價購買，至少基數是十萬美金！……」

鄺局長大驚失色，說：「你爲我們服務，怎可以把情報賣給他們呢？」

駱駝嗤笑了起來，說：「鄺局長你雇用我做這個探長等於是臨時工，而且沒有薪水，經費一文不發，我不能白做，多少要撈一點血本回來！」

鄺局長拉大了嗓子說：「我已經答應過你，只要案子破了，獎金全是你的！」

第十章　垃圾船之戰役

駱駝說：「所謂獎金云云純是空中樓閣，你給我的職權限期，已漸趨結束階段，到時候若繳白卷的話，你不是就要收拾我嗎？」

鄺局長氣哽不已，吶吶說：「不管怎樣，你爲我做事就不能把文件賣給ＦＢＩ！」

「我向來言而有信，有約在先，不能不守信用，若說今晚上來啓開那秘密隧道的話，必須要邀請ＦＢＩ的朋友同行，不然，要將來限期結束，我連個脫身的機會也沒有呢！」

鄺局長在情急之下，說：「我可以給你延期，並且保證給你全部的獎金……」

駱駝說：「我堅持非得找安狄生同去，要不然，這件事情便作罷論！」

孫阿七忽的搶著說：「不！我還有一個條件，就是上次我在地窖裡曾經擊昏過一個警察，剝掉了他的制服，然後逃出古堡的，假如說，我再次到古堡去時，再和這位警察見面，他一定會記舊恨的，一定要局長給我一個保證，負責我的安全！」

鄺局長立刻說：「一切問題由我負責好了！」

以後，他們就開始做行動的準備工作。

孫阿七成爲鄺局長的上賓，坐進了局長的坐車，駱駝坐安狄生自備的小包車，他們混在車隊之中進行，這浩浩蕩蕩的車隊之中，包括有警戒的，有負責交通指揮的以及各項技術上的專家，急疾地向著沙哇奴爵士的古堡大廈而去。

鄺局長帶著大隊進入古堡大廈之後，即匆匆走進了地窖。

這時候大家都悉心等候要看孫阿七的表演。

孫阿七神色自若，先摸出了煙捲，刁探長忙將打火機遞過去。

「我們何不趕快動手呢？」鄺局長問。

「既來之，則安之，大家先定定神，這是電動玩意兒，略不小心，容易觸電，神經緊張就會失算！」孫阿七坐了下來，面對著由地面上下來的那道石階，不時以手比劃著，好像在測量什麼似的。

那些所謂的技術專家們都好像傻了眼，他們曾經奉命在此花費了許多時間加以研究，但並沒有找出任何的破綻。

憑孫阿七貌不驚人，他的智慧竟高於他們一夥人之上麼?大家都有點不大服氣。

「我們現在開始動手吧！」孫阿七揉了揉手，他扒至電門的開關處，猛力向上一堆，立時，只聽得一陣電力移動笨重的聲響，那座水泥砌造的石階慢慢地向牆內陷了進去，由它的正面卻露出一扇方型黝黑的門洞。

「把照明燈掣亮吧！」孫阿七吩咐說。

安狄生到底是幹這一行出身的，毫不猶豫，他掣亮了手中的手電筒，率先跨了進內，舉亮光四下裡一照，乖乖，深可通幽，那隧道裡面，四通八達的，數不盡有多少的孔道，而且牆壁上裝置著有電線，證明內部也完全是電器化設備的。

鄺局長不敢怠慢，親自持著一盞照明燈率領技術人員進內。

「大家不要性急！間諜機關內多的是陷阱，假如不小心，隨時都會中機關，人一生之中只能玩一次，不會再有第二次的機會！」孫阿七高聲向大家警告說。

鄺局長吃了驚，官做得愈大的人愈要愛惜性命，丟了官事小，沒有命連官也一併丟了。

安狄生卻不顧一切地繼續向前走，大致上，他是企圖搶先有新的發現。

鄺局長早關照刁探長和黑齊齊哈爾二人，命他們盯牢駱駝和安狄生。

鄺局長已費盡了力量，冒了更大的風險。把一份探長職務交付給駱駝，好容易才在古堡大廈發現這新的秘密，這可以說是他們的收穫，怎能讓安狄生討現成的便宜，捷足先登呢？

隧道裡的孔道縱橫交錯，簡直好像是「迷魂宮」一樣，假如單獨一個人進內，沒仔細辨別方向，說不定就走不出來了。

孫阿七領在前路，他不時用手中的圖樣比對，又故意不時和鄺局長加以研究。

「局長，怪事咧！我們一直沒走對位置，假如說，能走著和這圖樣相似或是接近的地方，也許這謎底就揭開了！」孫阿七說。

「管它的，我們只要發現有門道，就設法將它啓開，說不定就能發現新的秘密！」鄺局長說。

忽而，黑齊齊哈爾揪了揪刁探長的膊胳，說：「刁探長，我覺得很奇怪，我們走進古堡大廈之後，就好像一直沒見過駱駝的面，這個老妖怪跑到哪兒去了？」

「你不是盯牢著這老妖怪的麼？」刁探長反問。

「我走進古堡大廈之後，一直四下裡在尋這個人呢！」

「你始終沒有發現麼？」

「就是呀，駱駝好像根本就沒有和我們一起進入古堡大廈，」黑齊齊哈爾說：「鄺局長命我注意著這個人，所以我一直都是特別謹慎的！」

「且慢！」刁探長揮了揮手即追至最前面的安狄生，向他說：「你可知道駱駝到什麼地方去了麼？」

「啊，你是問駱博士麼？我也不知道他到什麼地方去了呢！」安狄生回答說。

「你豈不是和他同一輛汽車而來的麼？」

「啊，汽車還未走出檀市他就下汽車去了！」

「到哪兒去了呢？」

「駱博士說，宰雞不用牛刀！有孫阿七一個人，地窖隧道裡的事情全盤都可以解決掉，根本不用他操心，所以他回酒店去睡覺去了！」安狄生說。

刁探長和黑齊齊哈爾愈想情形愈是不對，在無可奈何的情況之下，還是只有向鄺局長報告。

「我們不要中了這老妖怪的『調虎離山』之計，他將我們全體人馬集中於此，然後去幹他的活！」鄺局長吶吶說。

「駱駝還有什麼活可幹呢？」刁探長搔著頭皮感到困惑地說。

「幹騙子的，有什麼事情不可以動腦筋的？」鄺局長兩眼瞬瞬地說，他考慮了好半晌，忽然像有了決策。便向刁探長說：「這裡的事情我全交給你了，假如在隧道裡真發現文件室檔案室或是寶藏類似的東西，首先立刻查封，以後再作道理！」

刁探長即說：「鄺局長打算去追蹤這老妖怪麼？你可有什麼線索？」

鄺局長很有把握地說：「駱駝自以為智慧高人一等，處處在賣弄聰明，殊不知道『強中自有強中手』，這一次，我早有了防範，他逃不出我的掌握的！」

於是鄺局長將地窖裡的事情，悉數交給了刁探長，即招呼黑齊齊哈爾一同外出。

檀島的海岸風光，是最美麗不過的，尤其是在晨曦初露之際，遠眺無涯的海水和天色一片，當晨曦要昇起來時，首先在邊緣的交叉處劃開了一道色彩燦爛的界線，然後在海面上繪出了萬道霞光。

駱駝喜氣洋洋的出現在垃圾船的碼頭上。

不久，海岸間急駛來一輛汽車，在堆疊垃圾的廣場前停下。

車內匆匆忙忙地走出一位穿風衣戴草帽並架著深黑色太陽眼鏡的大漢。

他忙向駱駝招呼說：「對不起，有些許的事情耽誤了，來晚了一步！」

駱駝說：「沒關係，反正沒有你，這齣戲唱不成，是一定要等到你到達不可的！」那人是何必正，是沙哇奴爵士派駐檀島的全權代表。

駱駝是在哈洛克的宴會中就和他相約好在這一天出海的。

駱駝自以爲得意，他滿以爲這次的設計是「天衣無縫」的，他利用了孫阿七帶領著鄺局長的一夥人赴沙哇奴爵士的古堡大廈去，把警方的注意力全吸引住了。

駱駝和何必正乘垃圾船出海是爲要和沙哇奴爵士會面作「軍事機密文件」買賣的談判。

駱駝和何必正登上了「金星號」，兩條垃圾船同時啓航，那沈重嘈雜的馬達聲響經過發動之後，兩條笨重的垃圾船並肩行，徐徐地向避風港外出。

原來，按照檀島的海港管理法，只有垃圾船是不必經過驗船，報關，檢疫等的手續，是可以按照規定的時間，自由進出海港的。

駱駝特別爭取的就是那兩艘利用作爲交通工具的垃圾船，由他負責去借用和調度。那麼就不怕沙哇奴爵士會在船上耍出什麼樣的鬼計。

駱駝在返檀島之後，首先就和垃圾船幫交上了朋友，他了解垃圾船的構造和性能，於是便胸有成竹了。

駱駝向外散佈說什麼有意打算經營垃圾船並購買「金星號」和「老黑奴號」那都是鬼話。

他和這兩位船老大都有密契，就是租用這兩條船一整天，預算付費若干。

「重賞之下必有勇夫」，「金星號」和「黑老奴號」的船老大是看在錢的份上答應了替駱駝冒這個險，他們負責掩護垃圾出海，並在公海之上接送客人。

這時候，垃圾船已經漸離開檀島的領海了，進入公海的海域就可以傾倒垃圾！

按照通常的習慣，「金星號」和「老黑奴」都在公海的邊緣就把垃圾傾往海裡去然後就返航的。

但是爲了恐防遇上其他的垃圾船，它們繼續向公海上航行出去。

何必正在「金星號」上上下下檢查了一遍，仔細查看過每一個可供藏人的地方，確實是沒有駱駝的黨羽躲藏著，始才放心走出船橋上和駱駝會合。

駱駝笑吃吃地說：「既然要和我交易，爲什麼對我不信任呢？」

何必正很平和地回答：「只因爲沙哇奴爵士曾經上過你的當，所以他吩咐我特別小心行事！」

駱駝又說：「假如我對沙哇奴爵士不予信任的話，又該如何的檢查呢？」

何必正說：「這點你只管放心，沙哇奴爵士只求能得到那份文件！已經願意付出任何的代價，他不會再使用什麼陰謀的！」

「我但願如此，同時我們還得爭取時間呢！」

「老黑奴號」已經開始傾卸垃圾了，垃圾船是電動的，只要擰開樞紐，那整個的船艙就會向上昇，像起重機似的把所有經過焚燬的渣滓向海水裡倒下去，然後恢復原狀，那像鍋蓋似的艙門又會自動關閉。

不久，兩條垃圾船便接在一起了，何必正跨過「老黑奴號」去，邊說：「我就去接沙哇奴爵士來了！」

駱駝叮囑說：「要快去快回，切莫浪費時間！」

沙哇奴爵士的一條遊船早駛至檀島的公海上等候著，他利用何必正和駱駝接觸，相約好今天在公海上一手交錢一手交貨。

由於在事前，雙方都不知道對方所在的位置，利用「老黑奴號」垃圾船卸下垃圾之後，駛往沙哇奴爵士的遊船所在地點，把這老奸巨滑的國際大間諜接來了。

他們雙方都是懷著鬼胎的，大家都得顧慮著對方心懷不軌，得儘量地設法提防著。

何必正負責領航，帶領「老黑奴號」來接沙哇奴爵士回至「金星號」的所在地和駱駝會面，因爲事先言明除了當事人之外，不得帶任何從員，任何槍手，所以沙哇奴爵士只帶了兩隻皮箱，皮箱內滿滿的裝載著鈔票，上了「老黑奴號」。

這時候，兩條垃圾船是漸漸的接近了。沙哇奴爵士不斷地用望遠鏡瞭望。

他看到「金星號」垃圾船上，駱駝在垂釣，在用午餐。

「這個老傢伙愈是鎮靜，愈使我感到不安！」沙哇奴爵士疑惑地說：「你確實搜查過全船，沒發現他藏著有什麼人，或是有什麼鬼祟嗎？」

何必正回答說：「我兩條船都搜查過，一點也不用煩心，駱駝是誠心誠意公平交易來的！」

「假如再出一次差錯，我們就連ＫＧＢ也回不去了！」沙哇奴爵士說。

「駱駝這個人，唯利是圖，只看在錢的份上，他不會放著現成的洋財不發，去要弄什麼手段的？」何必正再說。

「哼，這個人頗難說呢，你確實知道，他已經把交換的文件帶在身畔了麼？」

「駱駝說過，他只求公平交易，只希望你不要玩弄手段！」

沙哇奴爵士笑了起來，吩咐說：「馬上告訴杜雲生我們的位置，讓他在十分鐘之內，以最快的速度趕來！」

原來，沙哇奴爵士存心不良，他早有預謀，除了攜帶兩隻皮箱之外，還帶著有一隻無線電話機。是計畫得到機密文件之外，連駱駝一起綁走的。

何必正即取起了無線電話，喊過了呼號，在遊船上負責連絡的是杜雲生。

何必正說明了航線多少度，教杜雲生約歇十分鐘即起程來會合。

不久，「老黑奴號」和「金星號」漸接攏了，駱駝站在船頭上和沙哇奴爵士揮手，他們好像老朋友久不見面，互相假親切一番。

金二哥已拋過纜繩，由何必正接住，在鐵墩上縛上，駱駝一看，「老黑奴號」垃圾船上沒有喬路易的影子，心中就感到不妙。

他說：「那位老黑人怎麼不在了？」

沙哇奴爵士已躍過了船，一面叫何必正將他的兩隻皮箱也遞過「金星號」。邊說：「喬路易在船艙底下，機器有點毛病，他需得下去修理一番！」

駱駝說：「奇怪，『老黑奴號』不是行駛得很好麼，看不出有什麼毛病！」

「唉，我們是談交易來的，你管那個老黑人作什麼？」沙哇奴爵士說。

「我們的交易，只有兩個見證人，缺了一個怎麼行呢？」

「事先言明，我們一手交錢，一手交貨，你可把文件帶來了？」

駱駝說：「你可把錢帶來了？」

沙哇奴爵士指著那兩隻皮箱，說：「錢在皮箱內，分文不少！」

駱駝露出笑臉，揉了揉手，說：「我得先數點一番！」說著，他就要去啓開那兩隻皮箱。

沙哇奴爵士連忙攔阻，說：「別忙，我得先驗看文件！」

駱駝說：「假如鈔票不對，我可以不賣！」

沙哇奴爵士說：「假如文件不對，我可以不買！」

兩個人互相堅持著，一個要先啓開皮箱點查鈔票，一個要先看見文件才允許開箱，局面便好像僵著。

何必正在旁邊打圓場說：「既然是事先言明一手交錢，一手交貨，那麼一面交出文件，一面啓箱，問題不就解決了麼？」

駱駝說：「倘若箱子是空的，我交出文件豈不就上當了麼？」

沙哇奴爵士說：「鈔票在皮箱內，它不會飛掉的，若是你交不出文件，我絕不讓你看它一眼！」

駱駝搔了搔頭皮，說：「既然如此，交易好像是談不成了咧！」

沙哇奴爵士勃然大怒，說：「原來你是要噱頭的，你根本沒有把文件帶來！」

駱駝一聲冷笑，指著置在甲板上的野餐盒子，說：「文件是在野餐盒子裡！」

剎時間，沙哇奴爵士轉怒爲喜，趕忙趨上前將那野餐盒子拾起，那裡面有著麵包、醬菜、香腸、沙丁魚罐頭……他將那些食品一一搬了出來，果真的，在盒子底下有著大疊的文件。

駱駝也匆匆忙忙的將兩隻皮箱打開，赫然俱是花花綠綠的美鈔。

沙哇奴爵士翻閱那些文件，看了又看，忽的臉色發青，破口大罵起來：「這是什麼文件？又同樣的是新型的化糞池……」

駱駝翻閱皮箱，也哇啦哇啦的怪叫：「鷹鉤鼻子的禿賊！你真是賊性不改，想用僞鈔來換我的文件麼？……」

沙哇奴爵士怒目圓睜氣呼呼地說：「我早就猜想到你存心不良，所以不得不先用僞鈔試試你的良心，果然，你的醜態畢露了，還是那幾張化糞池的圖解，就當做了珍珠港海軍招待所失竊的文件麼？你的算盤未免打得太如意了吧？這些僞鈔可以看得使你心癢難熬，可看而不可用，你會終生感到遺憾的！」

駱駝格格謔笑了起來。說：「鷹鉤鼻子鬍子嘴的賊！我早就算好你會心懷不軌的呢，你的如意算盤早打好了，以爲這一次我無論如何會把真文件帶在身上，所以故意作種種神秘的安排好使我踏進你的圈套，那份化糞池圖樣解說，會使你看過之後，全身的細胞死掉大部分以上，證明你的間諜工作離不開化糞池！永遠處在啼笑皆非的地位，我可憐的沙哇奴，你敗北了，你打算帶著何樣的面目回去見你的主子？要就是流亡海外，要就是到西伯利亞集中營去重新學習，再不然，槍斃有份……」

駱駝說得開心，口沫亂飛，忽的，一支冷冰冰的硬傢伙頂在他的禿頭之上。

「你再嚕嗦，我只要一扣槍機，就把你的腦袋炸開個大洞！」

駱駝回首一看，只見沙哇奴爵士手中持著一支短槍正對準了他的腦門。

隔著一條船，那個善用笑臉攻勢的何必正也摸出了短槍，正對準了駕船的「金二哥」呢。

「你也不許亂動，否則先解決你！」他吼喝說。

「金二哥」見他們動了兇器，嚇得膽裂魂飛，自然就不敢胡來了。

駱駝卻滿不在乎，冷冷地說：「哼，你們真是不知廉恥爲何物了，事先言明，雙方都不攜帶兇器的，你已經多帶來一個人了，還帶著兇器，不就是早有了存心不良的準備麼？」

「對付你這種人，也惟有不擇手段！現在告訴我，文件藏在什麼地方？乖乖的拿出來！否則，你也知道我是死路一條，我也不會讓你活著！」沙哇奴爵士說。

駱駝踢了甲板上的皮箱一腳，說：「你想用這印刷得像冥幣似的僞鈔來換我的文件麼？未免想得太便宜了吧！」

「假如真文件交出來，我不會虧待你的！真鈔票還在遊船之上！」

駱駝雙手抱著胳膊，搖首說：「事先已有言明，我不過是個掮客，替人作買賣拿佣金而已，把這些僞鈔拿回去，我將如何向貨主交代？」

「不必囉唆，一個人的忍耐是有限度的，你把文件交出來，我絕不少你一文錢！」

「我要先看到鈔票，後交文件！」

「你要我動手時，就是自討苦吃了！」沙哇奴爵士加以警告說。

「我還是堅持一手交錢一手交貨！」駱駝說。

「砰——」槍聲響了，是沙哇奴爵士怒極扣了槍機，槍彈向駱駝擦耳而過。

「你真開槍了麼？」駱駝瞪大了眼，吶吶而問。「好像是惱羞成怒呢！」

「再第二槍，就打碎你的腦袋！」沙哇奴爵士原形畢露，氣勢凌人地說。

駱駝雖然沉著，但在性命關頭，也不免尷尬，他露出了大齙牙，強笑著說：「何必動肝火呢？天底下沒有談不攏的事情！」

「對付你這種人，除了見血以外，不會有結果的，假如你不把文件交出來，就休想再看見陸地了！」

駱駝說：「你的手段又何需做得這樣毒辣呢？」

沙哇奴爵士說：「是的，我非但要殺了你，而且還要沉掉這條船，做成一樁無頭公案，天底下不會再有任何人知道我在這裡又有另一次的失敗！」

「沉船？」立在船橋上的「金二哥」嚇得魂出軀殼，爲了貪圖一點小利，他做夢也想不到會惹來這場大禍，他一聲怪叫之後渾身發顫，吶吶地說：「駱教授，究竟是怎麼回事？你不是說過是爲接洽買賣來的麼？究竟你做的是什麼買賣？接洽的是什麼生意？爲什麼要動刀槍，又爲什麼要沉我的船？」

沙哇奴爵士立刻找到對象了，他揚槍指向金二哥說：「我是購買一份文件來的，你可知道這個老妖怪把文件收藏在什麼地方？」

駱駝不待「金二哥」開口，立刻搶著說：「不必多囉唆了，沙哇奴，這一次是你完全勝利了，我肯認瘸，因爲從來我做任何案子，都是以不流血爲原則的，你非但要殺人，還要連累無辜，我認輸了！」

沙哇奴爵士便吼喝道：「文件在什麼地方？」

「在垃圾艙內！」

「什麼垃圾艙？」

「就在你的背後啦！」駱駝說著，揮了揮手，向船橋上的「金二哥」招呼，說：「麻煩你把垃圾艙打開吧！」

「這樣貴重的東西豈可以藏進如此骯髒的地方去？」沙哇奴爵士咒罵。

駱駝說：「天底下沒有比殺人放火的間諜更骯髒了！」

「哼，想不到名聞天下的大騙子駱駝也會敗在骯髒的國際間諜手裡。」沙哇奴爵士得意地說。

垃圾艙像鍋蓋似的圓型門是電動開關的，「金二哥」扳了樞鈕，一陣沉重的機械聲音響過，那鐘形的艙門便打開了，船艙會像起重機似的昇降，只見艙內是一片黝黑和潮臭。它還是剛經過洗刷和清理了的呢。

「文件在什麼地方？」沙哇奴爵士問。

「一隻公事包，掛在艙門的鐵環上！」駱駝說。

沙哇奴爵士半信半疑，沒等艙門完全打開，就趨上前探首向內窺望。

驀地，只見他兩腳騰空，飛了進內，跟著，那鐵皮地板上轟然一聲巨響，像是被摜在地上。

垃圾艙的艙門頂上蹲著的是彭虎，沙哇奴爵士伸脖子進內，彭虎正好一隻手就像攫小雞似地將他攫起，猛力向地上一摜，沙哇奴爵士倒頭栽到鐵皮地板上，跌得七暈八素。跟著有人衝上前，踩著他的手腕，將他的手槍踢開了。

那是夏落紅，他手執一支雙管的大獵槍，彈藥是十幾號鐵砂子的，他一個竄身，衝出艙門。「砰！」就是一槍，隔著船，向何必正的頭頂上打去。

何必正慌張失措。夏落紅便高聲怪叫說。

「姓何的，你想活著，就把手裡的短槍扔進海裡去！」

何必正只看當前的形勢就知道受騙了，大號獵槍用的是鐵砂子彈藥，殺傷力極強，爲了活命他不得不屈伏。立時就將手中的兇器拋進海裡去了，同時還自動高舉雙手。

何必正的心中納悶不已，他是和駱駝同時乘「金星號」出海的，曾經小心奕奕，搜查過這船的每一個角落，沒發現這條船上有任何可供躲藏人的地方。

爲什麼船上會多出兩個人呢？莫非他們一直藏在其臭無比的垃圾堆裡麼？何必正雖然是個老牌的間諜，但是他對垃圾船的研究卻不夠透徹。殊不知道每一艘垃圾船都有一個專供裝載違禁品的小倉庫，這小倉庫也只有船老大自己一個人可以知道，由於它是無需經過任何手續自由出進海港的，所以經常可以做點夾帶買賣，要不然誰願意吃這一門子的骯髒垃圾飯呢？

彭虎和夏落紅就是躲藏在小夾帶倉庫裡隨同出海的，何必正沒有發現。直到他乘上「老黑奴號」去接沙哇奴爵士時，「金星號」卸下了垃圾，洗刷了船艙，駱駝才把他倆放了出來，讓他們躲進垃圾艙裡去。

局面大轉變，駱駝便吩咐夏落紅迅速過船去實行搜查。他說：「以沙哇奴爵士的習慣，他不會光只帶著兩箱僞鈔就來交換文件的，說不定有真鈔票就在那條船上！」

夏落紅提著獵槍躍過船去，他用槍口在何必正的胸脯上一點，說：「鈔票擺在什麼地方？」

何必正有點氣忿，說：「你們真是君子人格：在事前雙方曾約法三章，不許多帶人，也不許攜帶武器！你們卻兩項都有了！」

夏落紅叱斥說：「和你們這些無恥之輩還談什麼君子不君子的，錢擺在什麼地方？」

何必正冷嗤著回答：「你們打錯算盤了！試想沙哇奴爵士所有的錢財全在檀島凍結了，他早已經是一文不名，哪還有錢買你們的圖樣呢？」

「這樣說，除了僞鈔之外，什麼錢也沒有了？」夏落紅問。

「抱歉，連一個銅幣也沒有！」何必正回答。

「義父，你聽見了沒有？」夏落紅回首，隔著船向駱駝說。

「放屁，沙哇奴爵士早已得到他主子的諒解和接濟了！」駱駝大肆咆哮說。

「接濟麼？那只是接濟所有的員工，免致大夥散掉！」何必正說。

「你說謊話，我把你扔到海裡去餵王八！」駱駝指手劃腳地恐嚇。

「何必正沒有說錯！我根本籌不出錢購買你的文件！」被懸掛在垃圾艙掛鉤上的沙哇奴爵士甦醒過來，有神無氣地說：「那除非是你肯交出文件，我再向組織申請撥款！」

駱駝不樂，詛咒說：「騙子，騙子，你們才是真正的騙子……」

沙哇奴爵士繼續要求說：「駱教授，請相信我一次，假如說，你肯和我衷誠合作的話，將文件交給我，我非但可以保你發財，而且還可以推薦你做官……」

「呸！你以爲我還會相信你的謊言麼？你的目的是在那文件之上，你存心不良，有打算得手之後，將我們殺害，並沉船毀屍滅跡，幸而我還有先見之明，早有防範，沒有中了你圈套！」

沙哇奴爵士又說：「駱教授，我很誠摯的問你一句話，你那份真正的文件可有帶在身邊？」

經這一問，駱駝的臉上呈現尷尬之色，露出大齙牙，吃吃笑個不迭。說：「很抱歉，試想，我駱某人就算沒有良心，也不會做這種泯沒天良的事情，將全世界人類的和平寄望加以毀滅麼？那是不可能的事情！」

「你存心行騙，根本沒有把文件帶出來？」沙哇奴爵士失望地再問。

駱駝笑得尷尬，點了點頭。

「騙子，你才是真正的騙子，完全賊性不改呢！」沙哇奴爵士憤慨地說。

「義父，我們算是白幹一次了，這殘局如何處理？時間也差不多啦，我們該回航了！」夏落紅高聲向駱駝招呼說。

「老黑奴號船上有一位老黑人喬路易，他們不知道將他禁閉在什麼地方了？快把他尋出來，我們實行回航！」駱駝吩咐說。

何必正搭口說：「喬路易被扣留在爵士的遊艇上做了人質！」

「做人質？拿一個老黑人做人質對付我們麼？」夏落紅怪叫起來。

「這是沙哇奴爵士的命令，駱駝一向自稱人道主義者，人道就不分膚色、地位和種族，扣留一個老黑人，正好拆破他僞君子的假面具，且看他將來如何面對江湖上的朋友！」何必正說。

「別聽他的，你去搜查！」駱駝再次吩咐夏落紅說。

「不必浪費時間，確實是如此，是我的意思扣留喬路易做人質的！」仍懸掛在掛鉤上的沙哇奴爵士說。

「真王八蛋……」駱駝跺腳嘆息，好像他又面臨了新的考驗。

忽地，「老黑奴號」舵盤的底下發出了古怪的聲音：

「杜雲生的呼號，爵士請注意，我們正全速趕往會合地點……」

夏落紅注意一看，乖乖，原來地面置著有一架無線電通話機。

「義父，這裡有著一副無線電……他們早佈置好陰謀啦！」夏落紅忙向他的義父招呼說。

「他們說了些什麼？」駱駝問。

「杜雲生正要全速趕來！」夏落紅回答。

駱駝憤然指著沙哇奴爵士說：「你快通知他們停留在原地上，否則，他們就是用你和何必正的性命做賭注……」

「已經來不及了！」沙哇奴爵士說著仰首看海面上。說：「瞧，他們已經追上來了呢！」

「他奶奶的！不守信用的無恥歹徒，竟然用這種卑鄙齷齪的手段！」駱駝跺腳說：「金二哥，我們趕快回航吧！」

金二哥在船橋上，張惶失措，吶吶說：「唉，沒有用，我們的垃圾船，笨重得可以，而且還拖上一條『老黑奴號』，重上加重，怎及他們的快艇呢？不需用多久的時間，就會被它們追上了呢！」

駱駝即向夏落紅招呼說：「小子，把何必正綑起移到這條船上來，然後斬纜，減輕了負擔，我們就可以逃得快些，他們只能在公海上施虐，不敢駛進檀島的領海的，要不然，就等於是自投羅網啦！」

沙哇奴爵士冷冷說：「他們不在乎追到什麼地方去，哪怕是龍潭虎穴也得去闖，除非是我命令他們停止！」

駱駝說：「那麼你爲什麼不命令他們停止呢？」

沙哇奴爵士說：「你若要求言和的話，可以先把我和何必正放開，並放下武器……」

夏落紅解下了領帶，用槍頂在何必正的脊背上，命他雙手伸至背後，即用領帶將他的雙手縛起，然後命他跨過「金星號」去，邊向他的義父說：「義父，我們別信他們打打談談的那些鬼計，沒什麼好言和的，到這時候，非你死我活不可了，我們若軟弱的話，他們便得逞了！」

彭虎也插口說：「夏落紅說得對，我們若不抵抗，就是接受屠殺，抵抗反而可以拚出生路！」

駱駝說：「沙哇奴爵士的那條遊艇上盡是槍手，我們的這條垃圾船上就只有夏落紅的一隻雙管獵槍，怎樣和他們對抗呢？」

彭虎遞高了手，說：「剛才俺奪得沙哇奴爵士的短槍在這裡，給你吧！」

「彭虎你留著用吧！」駱駝說。

「俺是練武的人，不用這種火藥器械的，還是你持著用！」彭虎即將短槍拋了過去。

「唉！」駱駝一聲嘆息，說：「我的能耐是講究唇槍舌劍，誰要動用真傢伙呢？」

夏落紅已斬斷了「金星號」和「老黑奴號」兩條船之間縛著的繩纜，剎時間，「老黑奴號」隨浪潮飄流離去。

「金星號」好容易才調轉了船頭，搖幌著那其笨無比的船身，徐徐地駛向回航。

「哈，你們想逃出我的掌握，做夢！」沙哇奴爵士好像有把握扭轉逆局，格格笑了起來。

何必正也說：「據我所知道，杜雲生恨你們幾個人恨之入骨，他曾指天發過誓，有機會時，一定將你們剝皮啖骨的，現在是時候了，你和沙哇奴爵士的交易失敗，剛好就是大家拚性命的時候到了，憑你們一支雙管獵槍，可以應付十餘個久經慣戰的槍手麼？假如想求生的話，不如還是投降了吧！」

駱駝高聲咒罵：「呸！我有你們兩個王八蛋做人質，就算是千軍萬馬，他們又能奈我如何？」

夏落紅將何必正押向船尾，那兒有著一支旗桿，他乾脆將何必正縛在旗桿之上，說：「麻煩你在這裡給我們做一隻活肉盾，假如他們要開火的話，你先一步上西天！」

沙哇奴爵士再次高呼說：「駱駝，千萬不要傻，還是把我放下來，只有我可以制止他們開火的！」

駱駝說：「你還是掛在上面比較妥當，可以叫你的爪牙老遠就看見槍靶！」

垃圾船的速度在這時候可以看得出，真急煞人。簡直像蝸牛漫步，機械有了年份，就等於一個人到了「風燭殘年」相同，一搖一晃的，不時機械房內還發出古怪的聲音，駱駝真擔心它或者會拋錨，那豈不糟糕了麼？

夏落紅攜帶了一盒獵槍用的鐵砂子彈藥，共有二十餘發，他已將那些彈藥悉數裝進西裝口袋裡去，準備隨時應用，伏身在船欄間等待著接觸大戰。

被縛在旗桿下的何必正向他譏諷說：「鐵砂子彈藥的獵槍，射程不及兩百碼，你們無異是打算自取滅亡呢！」

夏落紅說：「不管怎樣，我們就算不測，有你給我們墊棺材！」

駱駝在江湖上闖蕩數十年，向來臨危不變的，但這會兒，他急得如熱鍋上的螞蟻似的，在這汪洋大海之中遭遇了這種兇險事件，已非智慧所能解決的了！

是時，那條遊艇快船，已逐漸地向他們追近了，若以兩條船的速度計算，頂多還有半個小時就會在火網接觸之下，距離檀島領海似乎還早呢！

駱駝忽地格格大笑起來，自言自語說：「這一次真是偷雞不著蝕把米了！……」

夏落紅嗤笑說：「何止蝕把米呢？恐怕連老命都要賠進去了呢！」

「我的腦筋向來靈活，這會兒智慧都到哪兒去了？」他拍著那淌著汗光禿禿的腦袋說。

「義父，我早說過，你這把的年紀，早應該收山了，你的財富足夠你過一個闊綽寬裕的晚年，何苦還要擔驚冒險的，放著舒舒服服的日子不過，到海洋上來受罪，這又是何苦呢？」

駱駝一聲長嘆，說：「人是為什麼而活著的，光只為享受餘年麼？我們的腦袋裡都有著智慧的發條，假如不經常的發條上絞鏈，去開動它，必會生鏽無疑，生命苦短，將它浪費掉多可惜，只有畜牧場鐵欄裡的毛豬是珍惜著牠們腦袋裡的發條的，絕不去動用它，只講究吃喝、睡眠，認為那是最高的享受，直至牠們挨宰為止！」

夏落紅便譏笑說：「那麼你的智慧發條是打開了，但是你的智慧到哪兒去了呢？」

「不知道！」駱駝再次拍著他的腦袋。

「天底下許多的事情並非是靠智慧能夠解決的，比喻說，沙哇奴爵士手底下的那批爪牙，他們也珍惜著腦袋裡的發條，不去用它，讓它生鏽，但是他們最大的享受就是屠殺，喜歡看那種血淋淋腥臭的場面，憑你的智慧，能夠把他們如何？」

駱駝露出尷尬的笑臉，說：「夏落紅，你認爲人生之間，最大享受是什麼呢？」

「我知道！」彭虎正撿起駱駝的野餐盒子，撬開了所有的罐頭，擺開在甲板上，正用一隻湯匙逐項品嚐，嘴巴裡啃著一大塊黑麵包，忽然好像心血來潮似地搭了腔，說：「夏落紅的最大享受就是左擁右抱！」

「彭虎，你再囉唆的話，我先打你一槍！」夏落紅被刺痛了心坎，發了狠勁說。

駱駝掉轉頭來。又問彭虎說：「彭虎，你認爲畢生之中最大的享受是什麼呢？」

彭虎格格而笑：「我不好意思說！」

「唉！我們之間，還怕什麼難爲情的麼？」

「我怕你惱羞成怒！」

駱駝感到意外，說：「關我什麼事呢？」

彭虎正色說：「我畢生之中最大的享受是看見駱大哥焦頭爛額的時候！」

「呸！」駱駝唾了一口。引得夏落紅格格大笑。

「這真是極其難得有的機會，大名鼎鼎的騙子老祖宗駱駝居然會汗流浹背如坐針氈似的束手無策，這種形色，看得使人過癮之至！」彭虎說完，又繼續開始大嚼。

「彭虎，假如在這種情況之下，你該會怎樣應付呢？」駱駝指著那艘追近了的賊船問。

「這一點也不用我擔心，用不著我去費腦筋，駱大哥一定會迎刃而解的！」彭虎說。

「唉！」駱駝氣哽不已。他抓耳搔腮的，眼看著那條遊船已逐漸的追近了。

「駱駝，死在臨頭，你還不覺悟？唯有釋放我，可以給你生路！」被懸掛在垃圾艙鐵門掛鉤上的沙哇奴爵士，又再次向駱駝恫嚇。「杜雲生和山下保羅，都是一等槍手，有百步穿楊絕技，可以打掉你們每一個人的腦袋，絕不會傷及我的……」

「彭虎，你啃的黑麵包可有剩著？」駱駝忽問。

「還剩下大半截呢！」彭虎答。

「麻煩你用它將沙哇奴爵士的大嘴巴堵塞起來，免得他擾亂我們的情緒！」

彭虎格格大笑，他拾起那拳頭大的黑麵包，趨上前，一把捏著沙哇奴爵士的雙頰，強逼張開嘴，沙哇奴爵士強掙扎，可是有什麼用？彭虎力大如牛，一大截麵包猛塞進他的大嘴，沙哇奴爵士不能再說話了，除了用鼻子哼哼。

「駱教授！形勢危急，不如我發信號槍，我們垃圾船幫都有互助精神，若遭遇上海難時，發現求救信號，不論在遠近都會趕來的！」忽而，金二哥自船橋上探出頭來向駱駝說。

駱駝皺著眉宇，一想，搖了搖頭，說：「垃圾船幫，都是手無寸鐵的，怎能應付一群殺人不眨眼的槍手？那只是多此一舉呢！教他們來白送死，於心不忍，何況遠水不救近火！」

金二哥說：「這樣說，我們不等於坐以待斃麼？」

「你且別焦急，也許奇蹟會出現的！」駱駝說。

「噯，等奇蹟出現麼？」金二哥感到失望了。

「砰！」槍聲響了。

是杜雲生他們開了火，雖然他們還未追及在射程之內，但先行示威，彈藥落在海面上濺起了浪花。

「我的媽呀……」金二哥嚇得六神無主，他不管三七二十一，取信號槍向天空打去，兩枚帶彩色像照明燈似的東西昇向天空。

按照「國際海洋公法」，不論任何國籍船隻，發現海難信號，都得就近駛往援救。但四望汪洋大海，什麼船隻的影子也沒有，這求救信號，會被任何船隻發現麼？

「砰！」夏落紅也扣了槍機，他是試槍性質，也是還以示威，但是這種雙管的大號獵槍，射程不及二百碼，反而暴露了自己的弱點呢。

「以卵擊石，等於自取滅亡！」被縛在旗桿下的何必正說。

「你也想吃麵包不成？」夏落紅叱斥說。

「駱大哥，你可有了退兵之計？」彭虎態度安若無事地問。這楞漢真好像不知道生死為何物呢！

駱駝搔著頭皮，聳肩搖首說：「也許夏落紅說得對，我著實應該收山了，腦袋裡的智慧發條好像已經腐鏽，也許就從此停擺了！」

「砰，砰，砰⋯」歹徒的汽艇又次開火。一排槍彈掃射在「金星號」船旁的海面上。濺飛起一道整齊的浪花。匪船追得更近了，杜雲生站立在船頭上，以喊話筒向他們呼喊：「騙子駱駝，你們已經逃不了啦。還不快停下船舉手投降麼？那就是你們自尋死路自取滅亡了！我們的船上有十多個槍手，可以殺得你們片甲不留！」

「砰！」夏落紅還擊一槍以作答覆。

「別浪費彈藥，等他們接近一些再打！」駱駝吩咐說。

「再接近一些，我們就只有處在挨打的地位了！」夏落紅答。

「至少可以逼他們不敢接近！」

「那能維持多久呢？憑我們這條垃圾船，他們可以繞著我們四面打轉，使我們四面受敵疲於奔命，直至應付力歇而後已……」

果真的，那條遊船追攏來時，立刻環繞而行，十餘名槍手內伏在船舷旁實行全面開火，他們絲毫不留情。劈劈一連串槍聲響個不已，剎時間垃圾船上的甲板被打得像蜂窩一樣，彈孔斑斑。

金二哥有生以來，未遭遇這種場面，嚇得尿屁直流。由船橋上他的座位跌了下來，滿地亂爬亂滾，企圖找尋地方藏身，貪生怕死的一副形狀，說也可憐。

「金星號」便好像在無人駕駛的狀態之下，竟自行打轉了。

匪船圍繞著「金星號」猛烈攻擊，十餘支長短槍械同時開火，但見彈雨如蝗，火光四射，沙哇奴爵士的嘴巴被麵包堵塞，懸掛在垃圾艙門的當眼處，有口不能言語，手臂又被綑綁不能活動，他隨時都有中流彈的可能，沒命地掙扎，但是一點用處也沒有。

何必正是被縛在船尾的旗桿底下，他窩囊得號啕大哭起來，好像死到臨頭似的。

「金星號」垃圾船上，就只有夏落紅一個人好像是不甘示弱的，只要那遊艇稍爲接近，他就開槍，這種鐵砂子彈藥的大號獵槍，若在射程的範圍內殺傷力甚強，只是射程範圍有限，絕不出兩百碼，所以還是處在挨打的地位。駱駝也雙手抱頭，伏在船舷旁躲避流彈，他急得滿額大汗，還想不出退兵妙計。

彭虎剛打開了一隻布丁罐頭，躺在甲板上很安逸地正以湯匙，一匙一匙的舀著吃。

「在這個時候你還吃得下麼？」駱駝裂大了嘴巴問。

「判了死刑的囚徒，在執刑之前也要給他飽吃一頓，免作餓死鬼，何況我們的生死尚在未定之天。」

「唉，你們盡是在諷刺我，這又何苦呢？」駱駝愁眉苦臉地說。

「我們的船，直在打轉，已無從分辨方向了，我好像發現有好幾條船向我們的方向駛過來，也不知是敵是友，也說不定是發現金二哥施放的信號槍而趕過來援救的呢！」

駱駝開始感到一線的希望，稍抬起了頭，嚇，一枚流彈就打他的頭頂上擦過。四下裡是汪洋大海，除了海和天之外，恁什麼也沒看見，哪來的援救船隻？「唉，你是在做夢罷了！」他叱斥說。

其實是駱駝看差了眼，的確有著一條快艇，在遙遙數海哩之外，向他們追蹤著。那是一條出租供人釣魚樂的摩托漁艇，在船頭間立著的是哈洛克和古玲玉。

哈洛克正手執望遠鏡窺探這兩條船火拚，他向古玲玉說：「看情形，駱駝的那條垃圾船處在劣勢，只有招架之功，沒有還擊之力，但是他們擄獲了沙哇奴爵士和何必正，所以那條遊艇又無從進逼，唯有採取迂迴方式，直打到他們彈盡援絕再進行逼降！」

古玲玉說：「可有人受傷嗎？」

「距離過遠，沒有辦法看得清楚呢！」

「我們現在應該怎麼辦？」

「我們緩慢過去，等到他們打得差不多的時候，不管哪一方面獲勝，我們衝進其間，表明身分，索取那份軍事機密文件，我們的任務就完成了！這是鷸蚌相爭，漁人得利的策略！」

「但是假如沙哇奴爵士不服從你的領導呢？」古玲玉問。

「那就是他自找晦氣，永遠不再獲得組織的諒解了！」

「金星號」仍在繼續頑抗，杜雲生指揮下的遊船果然是以迂迴戰略步步緊逼。他們繞著「金星號」打轉，在接觸夏落紅據守的一方面時，遊船駛出較遠，但繞向了另一方面時又接觸得非常的近，十餘支快槍佈伏在各種角度之下齊齊射擊。

夏落紅孤軍奮戰，不時還得躲避背面的襲擊，這種作戰，既吃力又不討好，但總比束手待縛受凌辱較爲好些。

「夏落紅，頑抗對你們沒有好處，還是快把那支破獵槍扔進海裡去舉手投降吧，要不然，你打到最後一彈，也是要被活擒的，到時候，可知道我們怎樣對付頑固不冥的人麼？剝你的皮，抽你的骨，挖你的心，把你折磨而死，那種痛苦非你的想像能受得了的！那時候，你就會懊悔不迭了！」杜雲生一面用喊話筒展開了「心戰」。

「有本事你們就衝過來！」夏落紅又還敬了一槍。

駱駝數點落在夏落紅身畔的紅顏色紙筒彈殼，乖乖，已經去掉了十餘發了，他總共攜帶一匣彈藥，那還能維持多久呢？

「啊！瞧！大蜻蜓！」彭虎忽地高聲怪叫起來。

這時候，真的可以聽到一陣軋軋的機聲，大家抬頭看去，只見天空間出現了一架直昇機。在這時間，忽然有飛機在天空上出現，也是奇蹟。它是軍方的巡邏機？也或是金二哥打出了信號槍，把援救海難的飛機引來了？……

駱駝說：「糟糕，這一下子連我們也脫不了身了！」

彭虎說：「你不是在禱告奇蹟出現嗎？」

「我禱告個屁……」

那架漆著了紅尾巴的直昇飛機，好像是屬於「海港警察署」的，它竟低飛下來，好像是窺探他們兩條船的火拚。

直昇機的駕駛室內坐著兩個人，除了機師之外是一位肥團臉孔全副武裝的警官。那可不是鄺局長嗎？

駱駝的行蹤竟然被鄺局長尋著了。

這時候，哈洛克和古玲玉所乘的那艘摩托漁船，發現情形不對，爲了不惹事上身，立刻來了個大轉彎，實行回航，杜雲生指揮下的那條遊船，見了警方的直昇機，知道情況不妙，即時停了火，也顧不得他們的主子被擒在駱駝的手中，即開足馬達，向公海上逃出去。

沙哇奴爵士的嘴巴被麵包堵塞著，有口不能言，瞪大了眼睛乾著急。但那又有什麼用處，間諜可是會被判死罪的，杜雲生等一夥人逃命要緊。

海上警察隊的緝私艇已經在海面上出現了，分出好幾路包抄過來。

杜雲生他們還是逃脫不了，經過一陣頑抗，但是緝私艇上有小型鋼砲。只吃了一砲，遊船就吃不消了，他們唯有棄械舉手投降。

「金星號」上的危機已告解除，鄺局長在直昇機上利用擴音器吩咐他們立刻回航。

彭虎笑呵呵地向駱駝說：「你的假想一點也不錯，果然奇蹟就出現了！」

駱駝嘆了口氣，說：「奇蹟個屁！被鄺局長這麼的逮著，我們的麻煩可就沒完沒了的啦！」

垃圾船碼頭上，軍警林立，如臨大敵似的，整條的海岸馬路上實行了全面戒嚴。兩艘緝私快艇護送著「金星號」垃圾船回航，靠攏了碼頭，這時候，碼頭上站滿的俱是武裝警察。

沙哇奴爵士和何必正早被戴上了手銬，各由兩名武裝警察押解著登上了碼頭，隨著即送上了囚車。

杜雲生他們的那艘遊船也被警方的緝私艇拖回來了，船上所有的槍手被一網打盡。他們的命運是相同的，一一被押上囚車，相信在不久之後就要接受審判了，他們即算能脫死刑之罪，也會在監獄裡挨上一段很長的歲月，也或者是終生的監禁。

鄺局長所乘的直昇飛機在碼頭的廣場前著陸，他趨至碼頭前以「勝利者」的姿態，洋洋得意地迎接駱駝他們幾個人登岸。駱駝和夏落紅、彭虎三個人步上碼頭，駱駝是一臉尷尬不已的形狀。

他揉著手，笑嘻嘻地向鄺局長說：「你交給我這份探長的職務並不冤枉！瞧，第一件任務已經達成！沙哇奴間諜案的主犯元兇，已經替你逮捕歸案了呢！」

鄺局長雙手叉腰說：「我可以用盜售國防機密文件的罪名控告你！」

駱駝故作大驚小怪之狀，說：「話打哪兒說起？」

鄺局長說：「你利用垃圾船偷出公海和沙哇奴爵士會面，目的何在？」

駱駝說：「我的目的是要逮捕沙哇奴歸案！」

「沙哇奴爵士憑什麼和你在公海上會面呢？」鄺局長還是一板正經的。

「利用那份文件爲餌，總該是可以的罷！」駱駝笑嘻嘻地說：「我得告訴你，金星號的船老大金二哥、老黑奴號的船老大喬路易，他們都爲這件事情擔驚冒險，尤其是喬路易被匪船擄去作人質，如今安全歸來，功不可沒，理應給他們一筆獎賞，假如鄺局長爲難他們的話呢，就是倒行逆施了，那是會有報應的！」

鄺局長說：「我不會難爲他們，但是你應該交出那份文件，現在是時候了！」

駱駝譏諷說：「鄺局長真是好大喜功的人物，剛替你把漏網的間諜元兇逮捕歸案，你竟又來索取文件了，這是屬於兩部分的事情……」

「因爲閣下過探長的官癮，已經到期了呢！」

「鄺局長曾答應過可以無限期延長的！」

「提前結案，不對我們雙方面都有好處嗎？」

駱駝搔著頭皮，忽說：「古堡大廈方面進行得如何了？我們何不過去看看呢？我和安狄生的一筆買賣還未有交易成功呢！」

鄺局長趨至他的局長坐車之旁，取起無線電話，和古堡大廈方面駐守的警探連絡。

「事情非常的糟糕，他們引用炸藥，竟把大隊人馬困在地窖內了！」對方的警官回答。

鄺局長大愕，說：「爲什麼要引用炸藥？」

「不知道！我們正在挖掘搶救之中！」

鄺局長立時招呼駱駝和夏落紅等上了座車，風掣電馳急速趕往沙哇奴爵士古堡農場去。在這段時間，駱駝好像心安理得，竟坐在汽車上呼呼睡熟了。

車行約有半小時，已來到沙哇奴爵士古堡大廈，這時候，只見所有的員警急得一團亂糟糟，他們把農場方面的雇工全招來了，有帶著鋤頭、鐵鍬、圓鑵，好像正進行挖掘工作。

「怎麼回事？」鄺局長走下了汽車即問。

「他們在地窖之中尋著了文件室，內中大部分都已經過焚燒，孫阿七指出通往乾晒場的道路，但是找不著開關的暗門，於是便實行爆破，技術人員安裝了炸藥和雷管之後，樞紐一按，乖乖，許多地方都塌了，刁探長和一些高級警官全困在裡面……」一位負責駐守的警官回答。

「可有人受傷嗎？」

「不知道！我們正設法營救！」

鄺局長即匆匆忙忙地向地窖內走，駱駝跟在旁邊看熱鬧，好像一點也不關心。

「你的那個寶貝弟兄孫阿七也埋在裡面了，你一點也不著急麼？」

鄺局長問。「噢，這小子最擅長土遁，他壓不死的！」駱駝散閒地說。

「難道說，你們用了什麼心機？」

駱駝摸出了煙斗，點了點頭，他向鄺局長一招手，就往屋子外面跑。「跟我來！」

鄺局長頗感納悶，跟著駱駝，坐上了汽車，駱駝向司機吩咐說：

「向乾晒場的方面駛過去，就是以前沙哇奴爵士停放飛機的地方！」

那位司機回首看看鄺局長，似在等這位老上司的同意，鄺局長點了點頭。

於是，那輛汽車便越過了警察的警戒線，風掣電馳，駛往乾晒場去了。那座乾晒場，在開始建設時就好像有了陰謀的，一條極其長的黃泥道正好供作飛機起飛降落的跑道。在跑道的盡頭，有著好幾座倉庫，同時還有一塊供飛機停歇的廠棚。駱駝下了汽車，朝那廠棚過去，他推開門，只見孫阿七獨個兒躺在供修理用的機器臥槽上，正在燃吸香煙呢。

「你倒舒服，一個人在這裡納福，酈局長他們可急昏頭了！」駱駝說。

「奇怪，酈局長怎麼和你在一起了？」孫阿七頗感驚奇地問。

駱駝搔著頭皮，流露出一副尷尬的形色，說：「沙哇奴爵士不守信用，我被困在海洋上，酈局長特地乘飛機去援救，好不容易才脫險呢！」

孫阿七一聽，就知道駱駝公海之行失敗了，瞪著眼說：「沙哇奴爵士可有脫身？」

「他們被一網打盡，但是我所得到的只是兩箱僞鈔！哈！」

孫阿七格格笑了起來：「終日打雁，終於被雁啄了眼，想不到赫赫大名的駱駝也會有這麼的一天！」

駱駝說：「事已至此，不必把他們困得太久，還是快把地牢打開，將他們放出來吧！」

「我無非給他們一個考驗，看他們是否能尋著出路？……」

「他們急昏了頭，相信有出路擺在跟前，也不會看到的！」

孫阿七便移動安裝在地上的一副車床，拉動了扳手，只聽得一陣格勒勒的聲響，那臥槽底下便露出了一扇幽深的暗門，是可以直接通往地下秘道的，原來，孫阿七是有意搗亂，他爲了幫助駱駝出公海去和沙哇奴爵士談交易，特地裡將那些警探截留在地窖裡。他尋著沙哇奴爵士的「機關」文件室，可是那些文件大部分都已被焚燬。沙哇奴爵士在當日事敗逃亡之先，在這兒放了一把火。可是那些剩餘未被焚燬的檔案，對安狄生仍有研究的價值。

當大家注意力集中在那些未焚燬的檔案文件上之時，孫阿七向刁探長建議，說：「爲了爭取時間，我們得設法將這通道炸開，它該如何通上地面上去，也就是還有其他的秘密，就可以一目了然！」

刁探長猶豫了很久，若憑他的智慧，去設法按部就班的偵查的話，所有的機密大概是永無揭開之日。

第十一章　再會吧檀香山

這時間，安狄生像發現了什麼「寶藏」似的，全副精神貫注在那些文件之上。

刁探長心中想，用炸藥爆破，也許會發現新的秘密，那麼在FBI的人員跟前，至少可以給他們警方挽回一點面子。於是他立刻召集了技術人員，按照孫阿七的指示，安裝炸藥和信管。建設是很費時日的，爆破卻只是舉手之勞，一切安裝停當之後，刁探長親自動手去撳那樞鈕。

在這時間，孫阿七早已經爬上一個方形像「狗洞」似的孔道，那就是通地面上供修理飛機的廠棚去的通道。孫阿七是「識途老馬」了，自從解開了地窖底下之謎後，他曾在這些地方進出不知道多少次，所有的機關秘密，進出孔道，多已瞭如指掌，這時間，無非是玩噱頭故意作弄人罷了。

「轟」的一聲巨響，像「天崩地裂」似的，那條狹窄的地道上，前後全塌了，刁探長和他的從員全被困在其中，幸好他們遭困的地方尚還有空氣流通，要不然，都會被悶煞，但是空氣由什麼地方來？他們又沒有查出。大家的情緒都亂極了，這是求生的慾望使然，在刁探長的指揮之下，同心協力地打算挖出一條道路藉以逃返地面上去。他們正盲目亂扒亂挖之際，忽有一道亮光自頭頂上降下，空氣像清風似的飄忽。

刁探長和他的從員多已是塵首垢面像「泥猴子」似的，抬頭一看，那是一扇巨窗，只見鄺局長、駱駝、孫阿七三個人立在上面，正朝著地窖下面探首觀看呢。

刁探長恍然大悟是怎麼回事，他指著孫阿七詛罵說：「小子，我殺了你！」

孫阿七皺起朝天鼻子，笑吃吃地說：「是你們的爆破技術錯誤，怪不得我！」

「局長，你又怎會和這個駱騙子搞到一起的？」刁探長爬出了那扇巨窗時說。

「我在公海上將他逮回來的！」鄺局長說。

「別說話難聽，否則後悔不迭！」駱駝加以警告說。

被困在地道內的人員陸續走出地面，連安狄生也爬出來了，他的腋下還挾著大疊的文件，那是他認爲最有研究價值的。

駱駝像看見了老朋友，趨上前和他握手說：「我們的交易該可以談成啦，瞧，你已經得到你所需的了，在事前我們曾有協議，尋著了文件，你就付款！」

安狄生搖首，說：「文件已經殘缺不全，曾經有人搗亂過，又放火焚燒……已經失去它的價值了！」

「你想黃牛不成？」

「不！錢是一定要付的，可是在代價方面可要酌減了！」安狄生說。

「五萬美金不能再少了吧？」

「假如呈示我的上司，能批准一千美金！已經是你的造化了！」

駱駝並不懊惱，相反的哈哈大笑，說：「呵，呵，一個人在時運不濟時會在各處被人觸霉頭的！好在我只是個拉攏生意拿佣金的掮客，生意是否談得攏？如何成交？那是顧客們自己的事情，我白跑腿貼了車資，自認晦氣就算啦，由現在起這宗買賣就算告一個段落，我們誰也不必囉唆誰了，也或許時日會沖淡我的感傷，到了時來運轉時，我或會找到更好的主顧！」

安狄生一聽，這大騙子的話中好像有因，他早就懷疑地窖內的「文件室」似乎是有人移動過的，不管那些已被焚燬的文件，內中一些頗爲完整的檔案內中也有缺頁，好像內中有部分曾經被人盜走。

「憑心而說，那文件室雖然神秘，但大部分的文件多沒有價值！」安狄生說：「所以出不起價錢……」

駱駝便以譏諷的語氣說：「得了便宜賣乖！所以說和做特務的人不能交朋友，算我有眼無珠，在江湖上混了一輩子，這一次算是「砸鍋」了，費了多大的心思，啓開了無人能發現的秘密中的秘密，到頭來竟是不值錢三個字結束，若以我的行業而言，全遇上你們這些主顧的話，喝西北風有份，到此爲止，我們一切都不必談了！」

「假如說，這些所剩下的文件，都還是完整的話，我們仍還有生意可談！」

「洋二哥！生意是人做出來的，吃一回虧學一次乖！以後你再找我談生意吧！」駱駝冷冷地說。

鄺局長發現安狄生的腋下挾有大宗的文件，便提出抗議說：「地窖內的秘密是我們破獲的，我們得整理資料，所有一切的物件，你片紙也不能帶走，假如要調閱這些文件的話，請送公函過來！」

安狄生自然不樂，但鄺局長說的事實，公事上的手續也應該是如此的，已經有警官過來接過了他手中捧著的文件。安狄生只有立刻打電話去向他的上司報告請示。

鄺局長即偷偷地向駱駝說：「聽你的語氣，文件室內好像另外還有值得討價的秘密？」

駱駝露出了大齙牙，聳肩竊笑不已，說：「幹我們這一行的，從來『賭梭哈』絕不攢到底的，到了『脫底』時，想翻本就難了，總歸要留一手的！」

鄺局長又改變了態度，說：「你留的一手是什麼把戲呢？」

「對你這位主顧，我已經不投信任票，最好是一手交錢一手交貨！」

「這一次我把你接回檀島，並沒有對不住你的地方！」

「威逼利誘，這一套膚淺的手段，我見得多了！同時，沙哇奴爵士我已經替你逮捕歸案了，他手底的黨羽也一網打盡，以立功而言，對你是足夠有餘的，但是你對我允下的諾言，何時實現呢？」

鄺局長說：「當然，獎金是非給你不可的，問題是珍珠港海軍招待所失竊的那份文件，什麼時候可以歸還？」

駱駝說：「線索分爲兩頭，不可籠統混爲一談！」

「所有的獎金一次發給不好麼？」

「葬一個死人挖一個墓，鄺局長採取亂葬崗政策，我不敢苟同！」

「我得警告你，匿藏國家安全文件是間諜罪，會判死刑的！」鄺局長又要「硬功」了，他的老習慣改不了。

「你的恫嚇手法並不夠高明，我早不吃這一套，同時，匿藏文件的並不是我！」

「是誰？」鄺局長急問。

「可能是你啦，鄺局長！」

「呸！」鄺局長氣惱不已，搖著那肥大的腦袋，恨不得立刻將駱駝修理一頓。

孫阿七伺機趨至鄺局長的跟前，伸大了手掌說：「鄺局長，地窖內的秘密完全揭開了，我的報酬總可以賞給我了吧！」

鄺局長怒目圓睜，拉大了嗓子咆哮說：「你動用危險品，幾乎活埋了我十多名警官，居然還有膽量討賞，我要把你關起來！」

孫阿七即繃下臉，說：「堂堂的人民褓姆首長，居然一再食言！」

鄺局長便作威作福，指著孫阿七向駱駝說：「這個人是你的雇員，我交給你看管，假如逃脫的話就是罪上加罪！」

駱駝皺眉說：「孫阿七是立功之人，他爲何要逃走呢？有現成的大筆獎金放在那兒，他能不去取麼？」

鄺局長搖著他那肥大的腦袋，表示這筆獎金，他並不高興給付。

地窖內的挖掘工作仍在繼續進行，鄺局長特別吩咐，無論如何，要將地窖內所發現的東西，全列冊報備，尤其是那些文件，派出專人負責保管。

一個負責技術部門的警官說：「地窖內的情形我們不夠熟悉，還是要請那位姓孫的帶路！」

鄺局長瞪了孫阿七一眼，正色說：「假如你願意將功折罪的話呢，我不追究你打算活埋危害我一批警官之罪，你可願意繼續爲他們帶路？」

「不可以再爆炸麼？」孫阿七問，「禁止再用炸藥，那麼再有人迷路的話可不能怪我了！」

「反正我已經向你提出了警告，假如你再玩弄什麼手段的話，就是自討苦吃了！」

孫阿七聳肩膀吐舌頭，扮了鬼臉，隨即帶領著那些警官又下地窖去了。

鄺局長招刁探長過來附耳說：「假如這小子再調皮搗蛋的話，就把他銬起來！反正整個地窖都要測量好，先把圖形繪妥當！」

刁探長不斷的點頭，彈去身上的泥垢，隨後就下地窖去了。

安狄生已打過電話向他的長官作詳細的報告，經過了請示後，回來和鄺局長說：「我的長官請你把文件移過去，同時，儘快問沙哇奴爵士和他的黨羽的口供，這干人犯也要移過去呢！」

鄺局長說：「口說無憑，我要看到正式的公文！」

安狄生說：「公文在明晨一早就可以到！」

鄺局長說：「公文到後，我也得請示我的上司呢！」

安狄生說：「不可通融，讓我先把文件攜走嗎？我打給你收條……」

駱駝從旁插嘴說：「生意我和你談妥的，若要把文件帶走的話，一定要先給我貨款！」

鄺局長冷嗤說：「這些文件不是供你做買賣用的！」

駱駝說：「你們若過河拆橋，當我是猴把戲耍的話，一定會後悔無窮的！」

「你耍的把戲，我們全領教過了，很覺得乏味呢！」

駱駝不樂，說：「好戲還在後面，你們且等著瞧就是了！」

鄺局長說：「限期到時，你得把珍珠港海軍招待所的那份文件交出來，否則你會由天堂跌進了地獄，只在一瞬之間！」

駱駝不服氣，冷冷地說：「我向來吃軟不吃硬，活到這把年紀，把一生轟轟烈烈的事蹟，砸在夏威夷上，似覺得有點不甘心呢！」

「哼！那就及早把文件交出來！」

「假如文件讓你很快的到手，你們拆橋更快了……」

「這樣說，你是承認文件在你的手中了？」

「口說無憑！」

「嗯！一個人的忍耐是有限度的，你只管向我要貧嘴吧！」鄺局長最後賭氣說。

「這年頭，買賣真難做，尤其是碰著言而無信的主顧！」駱駝自言自語嘆息說。

午夜間，警署的訊問室內是一片「修理」之聲，「鬼哭神號」的，沙哇奴爵士手底下的那些黨羽都吃足了苦頭。一些愛硬嘴逞好漢的傢伙如杜雲生、山下保羅之流，都被修理得像灰孫子似的，連頭也抬不起來。反正抬頭也有罪，無論如何句句要從實招來！

人證物證俱在，沙哇奴爵士自己也明白，狡賴也沒有用處，那無非是枉費唇舌徒費氣力罷了，倒不如乾脆漂亮一點，省卻了許多麻煩。

他要求那些問案人員不要打擾他，索取了紙，及一架英文打字機，獨個兒在牢房裡，像個「大作家」似的，不斷地思考，大做其文章，寫出他的「自白書」。

沙哇奴爵士的自白書最末的一段是感嘆萬千的，他說，受了多年間諜特技的嚴格訓練，多少有資格的間諜元老，將他們的經驗、智慧盡情灌注在他的一身，到了最後，竟敗北在一膚淺的江湖大騙子手裡，好像很有點不甘心。

沙哇奴爵士在訊問期間，每天有五頓餐點供應，早上是營養豐富的早餐，午晚兩頓是特別大餐，還配備了少量的美酒，下午茶有精緻可口的點心，夜間的宵夜卻是中國式的。

這並非是警署在囚糧方面對這位大間諜有特別優待的額外開支，這筆餐費卻是由駱駝私人掏腰包的。駱駝一貫「要錢不要命」，這次是逼不得已把沙哇奴爵士打進了死牢，假如說，逮著了人「一槍斃命」倒也痛快，關在牢裡等候死期是很殘酷的事情。所以駱駝自動花這筆錢，彌補心中的不安。

ＦＢＩ的公文已經到了警署，要調閱沙哇奴古堡大廈地窖內所獲得的文件，同時，催促警署從速訊問要把沙哇奴爵士等的一干人犯也調過去。

安狄生是每天都得到警署裡來察看訊問進行的情形的。他不時和駱駝接觸，以試探的方式希望能知道駱駝在這內中還有什麼樣的古怪？

孫阿七和彭虎都很著急，他們認為沙哇奴爵士既然已經被逮捕，這件轟動遐邇的間諜案就告一個結束，他們應該及早離開檀島為妙，要不然，到了最後，必遭鄺局長和刁探長他們的收拾。

駱駝倒好像是有恃無恐的，他說：「我們辛辛苦苦往返香港檀島多次，總不能空手來空手去，偷雞不著蝕把米惹人笑話，這件事情到此結束我有點不甘心呢！」

彭虎說：「你開始到檀島來的時候就是爲渡假養病來的！」

駱駝說：「但是後來事情變了質，我把鈔票已經貼進去了！」

孫阿七說：「錢是生不帶來死不帶走的，你已經有足夠的財產可供你帶進棺材裡去了，何必還斤斤計較賠上這點點的花費呢？留個好名聲，下次有機會時再撈另外的一票不好麼？」

駱駝搖首說：「於心不甘！」

「你還有什麼怪名堂不成？」

「常言說得好，『賊不空手』！事情既已鬧到這個步驟，幾乎無時無刻都好像可以看得見鈔票在向我們招手，爲了保持好名聲，不論多少，總得帶一點走路！」駱駝笑著說。

「向警察署要錢，那簡直是太陽打西邊出了！」孫阿七說。

「我就對爆冷門的事情特別感到興趣，就等於賭黑馬一樣賭足輸贏！」

「你有著什麼好主意，可以透露一點給我們知道嗎？」彭虎皺著眉宇問。

「我還在考慮！」他咬著煙斗又在思索。

他們正在探長的辦公室內聊著，忽的，夏落紅臉色紙白滿額大汗地推門進來，上氣不接下氣吶吶地說：「不好，于芄被綁架了……」

駱駝一楞，揚起了脖子，和孫阿七、彭虎互相瞪了一眼，然後說：「誰綁架了于芄？」

夏落紅臉色尷尬，舉起了手中的一張字條，說：「今天早上，有人將它塞在我的門縫之上，你們且看看……」

大家引長了脖子，只見字條上寫著：

「于芃在我的手中，你們知道該用什麼東西交換？玲。」

彭虎問：「這署名『玲』字的是什麼人？」

夏落紅瞪大了眼，說：「這還用問嗎？除了古玲玉還會是誰？」

立時，駱駝和孫阿七捧腹大笑，笑得前合後仰的，尤其是孫阿七，他的眼淚也迸出來了。

「值得這樣可笑麼？你們在幸災樂禍不成？」夏落紅生了氣，怒目圓睜地說。

孫阿七拭去眼淚，忍著笑說：「一位是你的未婚妻，一位是你的情婦，現在情婦把你的未婚妻綁票了，豈不是天大的笑話麼？」

駱駝也說：「常言說：『熊掌與魚不可兼得！』但是你的人生信條，是『熊掌與魚一併佐膳』，如今熊掌把魚綁票而去，你豈非熊掌也沒有了，魚也沒有了……」

夏落紅氣急敗壞，頗爲憤怒地說：「你們冷嘲熱諷的有何作用？事到臨頭，難道說你們就袖手旁觀不成？」

孫阿七說：「你是替哪一方面說話的呢？于芃抑或古玲玉？」

夏落紅說：「當我和古玲玉在一起時，你們千方百計破壞，如今事情搞僵，又不斷地在說風涼話，簡直是在落井下石，令人齒冷！」

「以你和古玲玉的交情，不能把于芃討回來嗎？」彭虎問。

「呸！這字條上寫得很清楚，要什麼東西去交換！」夏落紅硬起了脖子說。

「什麼東西去交換？」孫阿七故意問。

「當然就是珍珠港失竊的那份文件了！」夏落紅說。

「你不是信誓旦旦地說，古玲玉早已經和間諜組織脫離關係嗎？她還要那份文件幹嗎？」駱駝慢條斯理地問。

「也許她因爲情場失意又重新沾上那條線了！你們別只顧冷言冷語的，請爲于芄著想！……」

「別老在臉上貼金，古玲玉會因爲你又重新去做間諜嗎？同時，沙哇奴爵士已經兵敗如山倒、『蛇無頭不行』，在檀島地區，短時間絕不再會有這種國際間諜活動了，這是樹倒猢猻散的原理，古玲玉又豈會在這個時候重新投效赤色間諜網？那是絕不可能的事情，你只管冷靜，不去理會她就得了！」駱駝裝做出漠不關心的一副形狀。

「不行，這關係于芄的安全！」夏落紅說。

「你對于芄又開始關心起來了麼？足證明你已經回心轉意了，這是好現象，可喜可賀！」孫阿七拱手說。

「孫阿七，你再貧嘴的話，小心我的拳頭不饒人！」夏落紅跺著腳說。

「你稍爲冷靜，古玲玉必會自露馬腳，我們只要找到了于芄被幽禁著的地方，事情就好辦了！」彭虎的心腸比較慈悲，他向夏落紅安慰說。

「唉，女人的妒嫉性比較嚴重，假如古玲玉沒得到答覆。可能會加害于芄，那樣，我們豈不罪孽深重了麼？」

「你只管放心，古玲玉不會對于芄怎樣的，于芄會很平安歸來的！」駱駝泰然地說。

夏落紅不解，說：「你怎會這樣的有把握呢？」

「古玲玉一個女流之輩，孤掌難鳴，而且憑你的交情，她應該無條件釋放于芃的！」駱駝這樣說著，彭虎和孫阿七兩個人更是一副傻相向著夏落紅吃吃而笑。

夏落紅的心中更是疑惑，他想不通，究竟這內中還有什麼蹊蹺？

「你只管安心回酒店去睡大覺，或是多用一點腦筋，設法營救未婚妻，演出一齣英雄救美，這也許對你同未婚妻的感情大有增進！」駱駝含笑慢條斯理地揮著手，意思是叫夏落紅別再打擾他了。

夏落紅眉宇緊鎖，引長了脖子向他們三個人注視了一番，然後說：「你們三個人，在這裡鬼鬼祟祟的，顯得有點神秘，究竟有著什麼事情瞞著我嗎？」

孫阿七回答說：「你的義父認爲，我們這次在檀島辛辛苦苦，既擔驚冒險，又復舟車疲勞，貼下的老本不少，假如說，就這樣的兩手空空而去，好像有點於心不甘，常言說：賊不空手。我們多少要帶一點回去！」

「錢！又是錢……」夏落紅跺著腳，伸張雙手遞至半空，態度幾近有點瘋狂，好像「錢」是一個很卑鄙的名詞，他根本不屑一顧。

「小子，你好像不是用錢養大的？」駱駝反駁說。

「唉，義父，以你的財富，足夠供你過下輩子的榮華富貴了，爲什麼老在錢上打轉？人生之中不再有更有意義的事情嗎？」夏落紅拉大了嗓子說。

「金錢、麵包、愛情！」駱駝正色說：「金錢列第一位，麵包其次，愛情是最無聊的東西，沒有金錢和麵包，愛情也不必談！有了金錢和麵包，愛情唾手可得！小子！天底下最有意義的事情，除了金錢之外就是睡覺，你不見嬰兒降生，第一件事情就是睡覺嗎？一個人在生命的旅途結束時與世長眠，所以睡覺是人生中的第二件大事，小子，你就快回酒店去睡大覺吧！」

「難道說，你們不能給我一點幫忙，提供一點線索找尋于芄的下落麼？」

「苦樂都是由你自己造成，應該由你自己去排解！」

夏落紅惱怒不已，氣呼呼地就離去了。駱駝和孫阿七、彭虎三人，相對格格笑了一陣子。駱駝摸出煙斗，裝上煙絲，劃火柴燃點了之後，即撥電話到安狄生的辦事處去。

「怎麼樣，文件已經調閱過去了，我應得的報酬如何？」他問。

「我已呈給上級了，但還沒有核准呢！」安狄生回答說。

「數字究竟是多少？」

「因爲文件殘缺不全，所以，也許數字不會太大！」

「五萬元應該不算太多了吧？」

「一千元也應該不算太少！」

「假如有人能補足內中部分殘缺，你們可以出多少的代價？譬如說，過去的工作紀錄，還有那些內圍外圍的名單！」駱駝笑嘻嘻地說，以一副做買賣的姿態。

「是你扣起來的麼？」安狄生問。

「情報不問根源，吃我們這行飯的都應該明白！」駱駝說。

「我能先看文件嗎？」對方問。

「最好還是老規矩，一手交錢，一手交貨，否則免談！」駱駝回答。

「閣下老是擺噱頭，要擺到什麼時候爲止？我們曾因爲你的胡鬧浪費了不少的時間，你可否以最誠懇的方式交易呢？」

駱駝冷笑說：「這只因爲你們屢次言而無信，信用已完全掃地，所以，不得已，先行談錢，假如你不感興趣的話，我可以另外再找主顧了！」

「我得向上級請示才行……」

「那是你的事情，同時不妨順便把珍珠港海軍招待所失竊的文件也一併提提！究竟可以出多少懸賞？本人離檀島在即，不願意空手而來空手而去，多少總要弄幾個盤費走路，否則虛耗此行，太可惜了！」

安狄生猶豫不決，說：「我們可否找一個地方詳談？」

「沒什麼好談的，一手交錢一手交貨？」

「檀香山咖啡廳見面，大家磋商一番！」

「不！假如有興趣，請到警署裡來，要知道，本人隨時隨地都是在被限制行動之中，爲避免被人無謂跟蹤，警署內是最好談買賣的地點！」駱駝說著，就把電話給掛上了。他向孫阿七和彭虎兩人聳了聳肩膊。吐了吐舌頭，扮了怪相悄聲說：「我可以和你們打賭，鄺局長一定在偷聽電話，而且很快的就會到這裡來……」

駱駝話猶未完，那辦公室的玻璃門推開，只見那身軀肥大，臉孔團團的鄺局長，雙手叉著腰，氣呼呼地站在門首。

「好的，老騙子，果然你是打算出賣我了？文件還在你的手中，打算高價待沽麼？」他很氣惱地說。

駱駝搔著頭皮，故意露出一副頗爲尷尬的臉色：「一個人在缺乏盤費時，是什麼買賣都得做的！」

「你的目的就是要錢？」鄺局長不高興的問。

「『馬無夜草不肥，人無橫財不富！』我沒有打算發洋財，但是叫我貼老本。還要到處去募借盤費回老家，好像有點窩囊，因此，我得設法做成一筆真可以拿到鈔票的買賣！」駱駝嬉皮笑臉地說。

鄺局長側首，考慮了好半晌，忽的向駱駝招了招手，說：「你且跟我來！」

「上哪兒？」他問。

「教你的兩個手下留在這裡，你跟我來就行了！」

駱駝一笑，即向彭虎和孫阿七霎了霎眼睛，表示有苗頭了。他跟隨鄺局長走出了他的探長室越過了那漫長潔靜的走廊。

鄺局長來到他那寬大佈置得堂而皇之的局長室，再次一招手，招呼駱駝進內。

黑齊齊哈爾還在局長室內收聽駱駝辦公室的傳聲播音，鄺局長揮手，命他離去。

「請抽一支雪茄！」這位警察首長改變了態度，拿起了他辦事桌上的煙盒對駱駝禮待一番。

駱駝舉起了大煙斗，說：「別客氣，我有煙斗！」

鄺局長的臉色嚴肅，向他的旋轉坐椅上一坐，說：「你的目的就是要錢！是嗎？」

駱駝聳肩說：「老做賠本生意不幹。」

「假如說，你肯把珍珠港海軍招待所失竊的機密文件交出來，不就有一筆鉅額的獎金等你領取嗎？」

「光說不練，事後過河拆橋，這種信用很可怕呢！」

「事實上是你不可靠，我早把現鈔準備好了，只要看得到東西，鈔票就由你領去！」

「口說無憑！我們要拿出事實，當面攤牌才能構成信用！」

鄺局長擰轉身子，去扭他座位背後的那隻保險箱的號碼，不久即掏出鑰匙，將保險箱的鐵門啓開了。嗨，裡面是一疊一疊，直版嶄新的花旗鈔票……

「喏！五萬美金，只要你把文件交出來，就完全是你的了！」他說。

駱駝裂大了口，連涎水也要淌出，含笑說：「這倒是蠻誘惑人的，但是保險箱的鑰匙在你的手中，到時候又食言的話，我豈不又上當一次了？」

「我身爲警局的最高長官，怎會對你失信？」

駱駝伸手抓著他那光禿的頭頂，兩眼朝向天花板，獃想了片刻說：「也許安狄生會出更高的價錢！」

鄺局長立時怒火沖天，臉孔脹得通紅，額上爆青筋，指著駱駝嚴詞厲色地說：「你假如敢這樣做的話呢，我不會讓你走出檀島！」

駱駝平和地說：「你曾經把我驅逐出境一次。」

「但是這一次卻完全相反，我不讓你走出檀島，連你所有的爪牙在內！」

「那麼你是霸王硬上弓了？」

「你逼得我無可奈何才這樣的！」

「假如我把文件交給你，就什麼事也沒有了嗎？」

「當然，我給你們簽證，同時，五萬元獎金也給你帶走！」

「言而有信麼？」

「我以檀島整個的警察機構作爲保證！」

駱駝哈哈一笑，說：「但我仍得聲明，這件買賣我仍是掮客的地位，我還得和我的委託人磋商才行！」

「別裝蒜，我警告你，限期不多了，你最好從速作決定！」

駱駝點頭，說：「在我作決定之先，請你先把簽證弄好！」

鄺局長點首應允！

晚間，駱駝走進了檀香山酒店孫阿七的房間，他興高彩烈地揉著雙手說：「孫阿七，我有了新的靈感，鉅額的鈔票，我們不費吹灰之力唾手可得！」

孫阿七頗感到平淡，他知道駱駝一定又是在動什麼歪腦筋了，便說：「先告訴我鈔票在哪裡？」

駱駝說：「在鄺局長辦公室內的保險箱裡！」

「我知道，那必定是失竊文件的懸賞！」孫阿七說：「你只要把文件交出來，那筆錢就是你的，無需要動什麼歪腦筋！」

駱駝搖首說：「你別想得天真，鄺局長是條老黃牛，假如文件交給他，一定會反整我們一手，到時候人財兩失，吃不完兜著走，我們不得不防！」

「且說你打算怎樣弄得那筆錢？偷麼？」

駱駝的情緒頗感興奮，咬著煙斗，躺在沙發椅上，翹起了二郎腿，猛搖了一陣子，說：「你可記得沙哇奴爵士交給我們的那兩大皮箱僞鈔？」

孫阿七也是個鬼靈精，立刻就明白駱駝肚子裡的鬼把戲，即說：「我明白了，警局把那兩箱僞鈔沒收，正擺在鄺局長的辦公室內還未處理，你打算讓我去把它和鄺局長保險箱內的鈔票更換？」

「對！」駱駝拍掌大笑，說：「你真了不起，一語道破我的心思，這種錢不拿白不拿，我們爲警察局夠賣力了，到最後他們全部黃牛，假如不給他們一點顏色，也未免顯得我們太窩囊了！」

孫阿七雙手亂搖，對駱駝的計畫不敢苟同，說：「鄺局長的辦公室，門衛森嚴，想溜進去『動手術』，談何容易？第二，就算『動了手術』之後，你想把那兩大箱鈔票運出警局的大門之外，必然全局敗露，那是枉費心思的，而且會招來更多的麻煩！」

駱駝說：「不！我只問你一個問題，鄺局長的辦公室你曾經進內去過的，他的那隻保險箱你也看到的，當然，你是這方面的專家，將它打開，約需多少的時間？」

孫阿七說：「那是構造最爲普通的保險箱，頂多不消十五分鐘可以將它啓開！」

「嗯！十五分鐘的時間，把保險箱裡的真鈔票搬出來，又把皮箱裡的假鈔票裝進保險箱裡去，再把真鈔票裝進皮箱，還原，……總共，大概也要十五分鐘至二十分鐘，合起來便是半小時，頂多也是四十分鐘時間！」駱駝兩眼抬向天花板，霎霎地掐指盤算著，最後，他決定了主意：「我總共給你四十分鐘的時間，應該是夠了吧？」

孫阿七沒作肯定答覆，說：「問題是你怎樣把那兩箱鈔票搬出警察局？」

「那是我的事情了，非常的簡單，在我臨離開檀島之前，先把行李搬進警局裡去，實行魚目混珠，再把行李搬出來，神不知鬼不覺，五萬元到手了！」

孫阿七仍然搖頭，說：「現在鄺局長是否會發給我們簽證離開檀島還不知道呢；假如東窗事發，就算上了飛機，他也會把我們從飛機上抓回來的，到時候再出洋相豈不更難看？」

駱駝說：「你為什麼作這樣壞的打算呢？這幾個糊塗蟲，等到案情有了交代之後，巴不得及早讓我們離開檀島，等到他們發覺保險箱內的鈔票已被調包時，恐怕已為時晚矣！」

「千慮必有一失，那等於是意外爆了冷門，我們在打如意算盤時，總得提防會有意外事件發生！」

「對意外事件的發生，我多半是臨機而動的！」

「你怎樣讓我進入局長室，四十分鐘內不讓任何人打擾？」孫阿七再問。

「我仍在考慮，一定要佈置得十全十美天衣無縫，假如說，連這一點小腦筋都動不出來的話，那麼，我駱某人豈不枉為『天下第一大騙』了？哈！」

駱駝在深夜間作客，去拜訪國會議員克勞福夫婦。人家是新婚燕爾，閒著無事，上床都特別的早，駱駝是不速之客，三更半夜光臨，這夫婦倆又是特別好客的，倉促下床更衣，出來接待這位午夜來訪的貴客。他們的寓所，佈置得甚爲豪華，是純美國式的生活，客廳裡設有酒吧間。克勞福延請駱駝在酒吧間裡坐著，並爲他調了一杯「馬丁尼雞尾酒」。駱駝搖著腿，摸出他的大煙斗，邊吸著，並說明了他的來意。

「沙哇奴爵士間諜案，現在已經告一個結束，本人自從受雇爲臨時探長之後，爲了加速偵破全案，廢寢忘食，不眠不休，終於將沙哇奴爵士逮捕歸案，連同他的黨羽也悉數一網打盡，應該我的責任是完了，但是鄺局長對本人的才華卓越特別青睞，所以情商挽留，他不打算讓我離開檀島……」

克勞福夫人譚金枝女士大爲驚訝，透出了無比的喜悅說：「沙哇奴爵士已經落網了麼？他不是已經逃離檀島的嗎？你用什麼方法將他逮捕的？」

駱駝吃吃而笑，說：「我略施小計，沙哇奴爵士就自動回到檀島束手就縛，但警察局應給我的一筆獎金卻黃牛了！」

克勞福國會議員皺著眉宇不肯相信駱駝的話，警察局懸賞拿人，用的是公款，既然人犯已經落網，警方沒有理由苛扣公款，內中一定另有原因，便說：「鄺局長不給你獎金的理由何在呢？」

駱駝說：「當然，這是案中之案，內中關係著『珍珠港海軍招待所』失竊的一份軍事機密文件還未有歸檔，鄺局長將兩案合併，一定要我替他尋找那份軍事機密文件的下落！」

「到底那文件的失竊是否和沙哇奴爵士案有關連呢？」

駱駝說：「間諜案當然是有關連的，整個世界上也只有一個ＫＧＢ，軍事機密文件是間諜偷的，兩案可以合併為一，也可以化分為二！」

克勞福說：「若以你的才華，把軍事機密文件尋找出來不成問題了。」

駱駝說：「不過，克勞福先生！鄺局長是心懷不軌的，他計畫著以『豬八戒倒打一釘耙』的做法，已經訂好了方案，誰收藏那份軍事機密文件，就會有盜賣國防機密文件的罪嫌，那是死罪呀！假如我將軍事機密文件尋出來，鄺局長立刻就會將我扣押以間諜罪起訴！」

克勞福議員跺腳說：「沒有這種理由，你未免說得鄺局長太不講理了！」

駱駝說：「事實就是如此！」

「這是不可能的事情，也許是你的討價還價太苛，鄺局長受不了才這樣做！」

「不！假如克勞福先生肯幫我的話，可否給我做一個證人？我願意負責找尋軍事機密文件，但是我的條件卻是那筆獎金和我與我手下的離境簽證！」

克勞福是屬於「衝動派」的民意代表，他立刻就拾起了電話筒，打算撥電話給鄺局長為駱駝辦交涉。

但駱駝將電話按住，說：「在電話裡交涉，不發生作用，明天晚上，我請你赴警局去，在現場上給我做證人！」

克勞福兩眼一瞬，說：「莫非你又要耍什麼特別的把戲？」

駱駝笑著說：「是的，我有意變一套魔術，也許你們都會欣賞的！」

譚金枝便向她的丈夫慫恿說：「看這種熱鬧機會難得，我也願意參加！」

駱駝忙說：「克勞福夫人光臨的話，更增加我的光彩了！」於是，他們一齊乾杯，算是一言為定了。

這天晚上，駱駝把克勞福國會議員夫婦請到了警察局，安狄生和他的一名長官早已在座了。

鄺局長和刁探長忙碌不堪，他們搞不清楚駱駝又要耍什麼樣的噱頭？

警察局長是人民褓姆，國會議員是民意代表，替人民說話還管政府的荷包，在大體上他們的別稱是「官見愁」，有看不順眼的問題，可以在議會裡「亂放砲」！

這樣的貴賓光臨時，鄺局長不能不親躬接待，他們全進入了駱探長的辦公室。

彭虎和孫阿七兩人侍候在駱駝的身畔，幫忙他整理所有的檔案文件。

駱駝並準備了有香檳美酒，用冰桶冰著，端出了琉璃杯，讓孫阿七負責，款待每位客人。

駱駝將一紙辭呈攤在桌子上，並當眾簽了字，他說：「我是被情商邀請客串，到檀島來擔任臨時探長的職務，如今，任期已滿，所辦的案子也結束了，主犯已經落網，所有沙哇奴爵士的黨羽也一網打盡！本人不求有功，但求無過，所以特別要求鄺局長批准我的辭呈，至於薪水方面，那是小意思，我不想浪費公帑，只請鄺局長贈送我一張回程的機票就是了，我的屬員方面，請求鄺局長給他們離境簽證，讓他們自由離開檀島，我的心願即了！」

鄺局長的額上也現了汗跡，在駱駝的語氣之中，好像他對駱駝一夥人離境的問題有故意刁難的跡象。他忙說：「他們的離境簽證早準備好了，只要案子一結束，你們隨時可自由自在的離去，但是至今，這案子還拖了一個尾巴呢！」

駱駝說：「那是屬於獎金方面的問題，『懸賞』在先，再後又把『懸賞』按捺不發，案子當然要拖個尾巴了！」

「獎金當然是要發的，但是在沒有看見東西之前，我們不能隨便動用公款……」

駱駝又指著安狄生說：「譬如說，安狄生先生曾答應過以四萬元高價，只要啓開沙哇奴爵士古堡大廈的地窖之謎，能看得到文件室，就立刻付現，但是至今，文件檔案全搜刮出來了，就是不肯付錢！」

安狄生看了他的長官一眼，即說：「但是文件室內的文件早有人搞亂了，我們得把它重新整理，並研究它的價值……」

「這就是你們不肯付錢的理由嗎？」

「錢不是不付，只是要等候批准！」

「由四萬變成一千嗎？」

安狄生即展開了他手中的一冊記事簿子，順著它的記錄，說：「我的長官認爲，在所有的文件當中，一冊組織名單至爲重要，沙哇奴爵士的黨羽在表面上可以說是一網打盡了，但其中必有漏網之魚，我們要用名冊核對，同時還要搜捕餘犯，所以這一冊組織名單一定要追回，同時，這內中還有『記功表』，是登記有功的案件，還有他們的『大事記』，是歷年工作報告……這些較有價值，有值得我們研究的文件全被抽掉了內頁，譬如說，那名冊上，只剩下了番號，我們要番號作什麼呢？」

駱駝正色說：「假如說，那些文件是沙哇奴爵士在逃亡之前燒掉的話，那一點辦法也沒有，他的目的是湮滅證據，我們無從查起了，但是說，假如是沒有燒掉的文件，那一定是完整的，安狄生是陪同我的手下孫阿七一塊兒去啓開那秘密隧道的，當時的情形看得非常清楚，所有的文件都有目共睹，是由鄺局長派人查封的，絕不會被人盜竊的，即使有，也一定是警察局內部的人！」

鄺局長頓是唬了一跳，駱駝裝瘋扮傻，是有意這樣說的，但不無有血口噴人之嫌，他忙搶著說：「駱探長，你簡直是在胡說八道，我調配到沙哇奴爵士農場去的警探，差不多都是經過嚴格挑選的，絕不會有污七八糟的分子在內，怎會有人偷竊文件呢？這是絕不可能的事情！」

駱駝抓耳搔腮的咬著唇皮，倏而向安狄生說：「你們二位願意出多少懸賞？」

安狄生和他的長官面面相覷，跟著交頭接耳磋商，過了一會。終於由安狄生說：「我的長官願意先付五千，然後看文件的價值而決定！」

駱駝說：「文件的價值你剛才已經評定過了！」

「若符合我們的要求，我們已經有懸賞在先，四萬元是絕對不會少的！不過，現在還是先付五千！」

「五千元怎樣付？」

「我們立刻開出支票！」

駱駝搔著禿頭，咬著唇皮，兩眼霎霎地思索了一陣，說：「我有附帶的條件，就是我的出境簽證！」

安狄生忙說：「出境簽證沒有問題，甚至於我們可以保護你出境！」

「那麼一言爲定，就請你們兩位開支票吧！」駱駝說。

鄺局長大爲焦急，他不知道駱駝又在擺什麼噱頭，忙說：「駱探長，別忘了在我辦公室的保險箱內有著五萬元等著你去取呢！」

駱駝搖頭說：「那是另外的一筆帳！」

「這是警局的懸賞……」

「那是屬於『珍珠港海軍招待所』失竊的文件的懸賞！」

安狄生便慫恿著他的長官開出五千元的支票，雙手遞交到駱駝的手裡。

駱駝異常高興，他心中想，至少這是搞這一件案子以來的頭一筆收入；好的開始，就是成功的一半，財源可以接踵而至了。

「跟我到這邊來看！」他向安狄生一招手，在他的探長室靠進門的地方，是一列陳年的檔案鐵櫃，他隨便拉開一兩隻抽屜，邊又說：「二位且看，這裡面不就有著你們需要的檔案嗎？我就知道有人將它收藏在這裡面！」

安狄生大喜，整隻的抽屜拉了出來，置在地上，連忙翻閱。

赫，也真是怪事咧，安狄生所需要找尋的文件就是夾在那些陳年的老檔案裡。

鄺局長急得額上汗珠子直冒，不用說，這分明是駱駝搗的鬼，要不然，誰會把這些文件收藏進檔案櫃裡去呢？原來，這又是在駱駝的授意之下，由孫阿七施的手腳。

孫阿七在沙哇奴爵士古堡大廈的地窖裡發現了隧道的秘密後，曾多次進出，他將文件室內重要的文件，經過精選後取了出來，交由駱駝，收藏進這檔案櫃裡，這套「戲法」，在駱駝畢生的騙局裡是非常尋常的手法，可是看在鄺局長和安狄生他們的眼裡，卻是夠驚人的。

鄺局長明知道這是騙局，但是瞪目惶悚，不知所措，他無法提出反證，證明這是駱駝耍弄的手段。

那位民意代表，國會議員克勞福先生卻認定了警察局內有奸細，非得整肅一番不可！

他的妻子也贊同先生的意見。

在這同時，孫阿七乘大家的注意力集中在駱駝的身上，他溜出了探長室，僞裝上洗手間，打了一轉，那走廊上有著一名守衛，乘他不注意時，孫阿七早已配好了百合匙，他閃身擰門匙進入了局長室。

四十分鐘後，孫阿七持著手電筒，在室內四下裡檢查了一番，一切都恢復了原狀，沒有絲毫差錯。他拉開了門縫，向外窺探了一番，走廊外沒有人，於是閃身而出，又重新進入了洗手間。

這一次，他坐在抽水馬桶上，燃著了煙，舒舒服服地打盹，瞌睡一番。

是時，探長室內正熱鬧著，駱駝自檔案櫥內將沙哇奴爵士古堡大廈地窖內所有被抽出失竊的文件全尋出來了，他一份一份地在桌子上攤開，和安狄生加以核對。鄺局長氣惱萬分，額上汗如雨下，青筋暴跳，他知道這是駱駝的搗鬼，文件自是這大騙子偷竊出來的，又將它移藏在警察局裡，這是栽贓法，造成了好像是警察局的人員偷的，這簡直是豈有此理。

駱駝的目的，是向ＦＢＩ索取獎金，但這樣卻造成了警察局和ＦＢＩ有充分不合作之嫌，這對國家的安全不無影響，以此爲藉口，可能還會動搖鄺局長的官職呢。

「這傢伙可惡極了！」鄺局長喃喃詛咒著說，他肚子裡有了盤算，不管駱駝如何刁狡，等到事情完全下地之後，一定要將他「收拾」一番。他撈進多少的錢，一定教他完全吐出來。

「二位可感覺到滿意了嗎？餘款也可以開出支票了吧？」駱駝又向安狄生說。

「在手續上我們總得再做一番檢驗工作！」安狄生說。

「二位不就是檢驗過了嗎？」

「不！這需得專家才行！」

「難道說，二位不是專家嗎？」

「我們只是跑腿的！」

「哼！」駱駝又是一聲冷嗤：「十成又是黃牛了！請你們注意，你們可是全美國最高的安全機構，說話不算話，若傳出去……」

「不！」安狄生拍胸脯說：「我可以用人格保證，絕對不黃牛，問題的關鍵，還是在珍珠港海軍招待所失竊的那份文件還沒有下落！」

駱駝格格大笑起來。說：「你們的信用不敢恭維，這總得要好好的討價還價一番始才行咧……」

鄺局長大爲焦急，又再次加以警告說：「我可以告訴你，盜竊國防機密文件，不論他是何人，什麼職業，過去對國家有什麼貢獻，一律是以間諜治罪，那是死刑！」

駱駝搔著頭皮，說：「鄺局長對我的恫嚇，這是第二次了。」

「我是提醒你罷了！」

「那麼警局的懸賞豈不就變成陷阱了？誰能尋得著那份文件就以間諜治罪，那麼，那份文件將永無重見天日的一天了！」

安狄生忙說：「我們可以做到不追究來源，同時，獎金一定如數付給！」

駱駝說：「但是警局的一關通不過，抱著ＦＢＩ的獎金，進警察局去坐牢，成為富翁囚犯，豈不滑天下之大稽乎？」

「我們可以給你安全保證！」安狄生說。

「我還是覺得你們的信用太差了！」

黑齊齊哈爾上洗手間時，發現了孫阿七坐在抽水馬桶上打盹，即把他喚醒。

「嗨，探長室內吵翻天，你竟有這樣的閒情逸緻在這裡打瞌睡麼？」

孫阿七的目的，就是要有人發現他在洗手間內睡著了，他伸了一個懶腰，說：「唉，偷得浮生半日閒，也是人生一大樂事，連日裡，為你們賣命弄個吃力不討好收場，實在乏味呢！」

黑齊齊哈爾說：「你是有企圖打這裡溜走麼？駱駝不許離去，你想溜走也是枉然！」

孫阿七說：「夫妻本是同林鳥，大難臨頭各分飛，夫妻況且如此，何況我和駱駝只是道義之交，我不必陪他坐牢的！」

黑齊齊哈爾將孫阿七帶返探長室內。

是時，譚金枝女士在沙發椅上睡熟了，克勞福以國會議員的身分希望對全案作深一步的了解，將來他在議會上可以大肆質問一番；這足夠他出風頭的。

鄺局長和安狄生仍在繼續動腦筋，希望駱駝把文件交出來，不管這文件交落哪一方面的手中，目的是相同的，但功績卻大有差別。

駱駝「穩如泰山」，他和手底下的幾個夥伴是否能安然離開檀島，就只靠這最後的一著了，同時，他不想空手而來空手而去，金錢事小，丟人事大，給江湖上留下笑柄那卻是不好受的。

孫阿七走進了探長室，即向駱駝擠了眼睛，表示完全ＯＫ。

駱駝很感滿意，即說：「鄺局長有意扣留我做人質，是否我手底下的雇員可以先行發給簽證讓他們先行離境？」

「你們既然是同道而來，爲什麼不結伴而走呢？」鄺局長反問。

克勞福國會議員很感到不滿，插嘴說：「我們是自由國家，人民有來去的自由，爲什麼不發給簽證？這是違法的！」

鄺局長說：「這幾個人的行動關係著國家的安全……」

駱駝說：「孫阿七是有功之人，他以最高的智慧破獲了沙哇奴爵士地窖下的秘密隧道，警察局非但沒有論功行賞，還要扣留簽證，此後尚有什麼人肯和治安機關合作呢？」

「警察局長真是大權在手，一手可以遮天呢！」孫阿七故意諷刺說。

鄺局長頗爲惱火，別的事情，他還可以挺得住，得罪民意代表那可不是鬧著玩的。將來在議會之中提出質詢，那就有理說不清，吃不完兜著走了。

他即吩咐刁探長說：「你立刻替他們幾個人把簽證弄好，以保持我們治安機關的信譽！」

刁探長哭喪著臉孔說：「三更半夜的，如何弄簽證？」

「那麼明天早晨，第一件事就拿給我簽字！」

刁探長唯唯諾諾，連聲答應。

駱駝便說：「有了簽證，其他的事情就好解決了！」

安狄生又說：「那麼那件文件的事情該如何解決呢？」

駱駝伸了一記懶腰，說：「今天各位的問題已經解決大部分了，明天的事情該留待明天再去動腦筋了。最主要的還是錢的問題，假如看不見鈔票，我就會連什麼興趣也沒有了！」

「好的，明天上午之前，我們一定把金錢問題辦好，只要看到文件，獎金就雙手奉上，那時候，你大可以悠哉悠哉上飛機，遨遊海外了！」安狄生又說。

「那麼我們明天中午見面！再見了！」駱駝說著，戴上他的那頂寬邊大草帽，一面向克勞福議員夫婦道過辛勞，感謝他們的義務見證，一面向彭虎和孫阿七一招手。

他們三個人便大搖大擺的走出了警察署。

是時天色已漸告黎明。

駱駝打了呵欠搖首說：「今天是個好天氣，我們的生活像耗子般的老在夜間活動，等到有陽光時，就上床睡眠，把陽光都浪費掉，實在是可惜呢！」

克勞福夫婦二人也出了警署坐上汽車，駱駝鞠躬相送，汽車遠颺後，駱駝忽的抓住了孫阿七的臂膀，說：「保險箱裡的鈔票，你真的全搞妥當了麼？」

孫阿七露出大齙牙，皺起了鼻子而笑，說：「天衣無縫，一點也不露痕跡！」

駱駝說：「鄺局長簽字的封條也給它還原了麼？」

「當然，那是最重要的一著，我相信連鄺局長親自去查驗，也會認爲它是原封未動的呢！」

駱駝高興了，揉著雙手，滿臉春風笑個不迭，說：「所以說，天下無難事，只怕不用功，有人認爲鈔票很難弄到手，其實稍動腦筋即行了！五萬美金，那不是個小數目，足夠我們環遊世界的旅費呢！」

彭虎有疑問，說：「你如何把那兩隻皮箱搬出警察署呢？」

駱駝說：「那還不簡單麼？大皮箱裝小皮箱！」

「警察署發現兩箱僞鈔失蹤時，那豈不糟糕？」

「那時候，我早在飛機上啦，已經和檀島說再見啦！」

孫阿七插口說：「千慮必有一失，萬一機場檢查行李，發現有兩大皮箱的鈔票時，你怎麼辦？」

「哈，皮箱上有鄺局長的簽字！同時，我早做好了一份警局的獎金頒發證明書！瞧！」駱駝說時，自衣袋中摸出一張以警局公文紙打字的證書上面，有鄺局長的蟹文簽字，另外還有一行「龍飛鳳舞」的英文簽名，他遞給孫阿七和彭虎二人過目。

「在鄺局長底下簽名的是什麼人？」孫阿七問。

「是駱探長的簽名，專案組的組長！」駱駝說。

「你自己的簽名可以生效麼？」彭虎問。

「唬人就靠這麼的一行字，鄺局長的簽名是模仿簽的，只有這麼的一行是真筆跡，誰也不知道駱探長是誰，問題很容易解決！」

「怪哉，這動的是什麼腦筋？」

「天底下的事情往往是如此，往往不被人注意的人物在必要時最能生效，等到那些檢查人員弄清楚那位專案探長是誰時，飛機早已離境，飛行在綠波蕩漾的太平洋上了！哈！」

剎時間，他們三人一陣哈哈捧腹大笑，各自回房歇息。

午間，駱駝被電話鈴聲驚醒，是查大媽由「扒手老祖宗」何仁壽的公館打來的。她說：

「你的兒子夏落紅要上山當和尚去了！」

「當和尚麼？這小子愈玩愈新鮮了！」

「他纏著我，一定要我設法找尋于芄，否則立刻上山削髮爲僧！」

「別聽他的，這小子會捨得下這花花世界麼？……噢！不！別理會他就行了！」

查大媽再說：「唉，在檀島的和尚寺，出家人要填寫出家證明書的，還要家長簽字同意，夏落紅逼著我替他簽字，正在糾纏不清呢，我煩透了！」

「嗨，這年頭，連做和尚也洋派了！」駱駝頗不耐煩地說：「那麼你就替他簽個字又何妨呢？」

「呸！你是夏落紅的義父，是他的監護人，我算什麼名堂？」

「夏落紅已經成年，還需要什麼監護人呢？」

「不管，你到這裡來一趟，否則以後你再有什麼事情我也不管！」

駱駝搔著頭皮，無可奈何地掛上電話之後，簡單的洗漱了一番，整理好衣裳即匆匆外出。

孫阿七早坐落在走廊外的會客處沙發椅上了，他揚著手中的一疊紙片說：「這一次鄺局長頗講信用，大清早就派人把我們的出境簽證送來了！」

駱駝笑著說：「他保持信用，目的是要和我們做最後的一票買賣！」

「我們訂什麼時候的飛機票？」

「待我先把夏落紅的問題解決再說！」

「夏落紅又犯什麼毛病了？」孫阿七皺眉宇關心地問。

「這小子紅樓夢看多了，要學賈寶玉看破紅塵出家做和尚！」駱駝說。

孫阿七大樂，說：「這小子的罪也受夠了，何不就給他把謎底揭開算了呢？」

駱駝頷首含笑說：「我正有此意，不過，這小子的荒唐事也太多了，多少總得要給他多一點教訓！」

到了「扒手老祖宗」何仁壽的公館，駱駝下車按門鈴後，出來應門是查大媽。

她看見駱駝即瞪目說：「老妖怪，爲什麼這個時候才到？」

駱駝一陣苦笑，問查大媽說：「夏落紅那小子呢？」

「宿醉未醒，還躺在沙發椅上呢，這小子打算做和尚去了，你的衣缽還傳授給誰呢？」查大媽有意取笑說。

「這小子要出家的話，也不過是做脂粉和尚，遇見了美女就會還俗的，我很篤定。」駱駝說。

「但這一次，夏落紅是頗認真的！」

駱駝進入屋子去，只見他們的麻將桌還沒有收拾，麻將牌和籌碼和在一起，好像剛散局不久。

夏落紅是躺在麻將間的沙發椅上，他的形狀，略帶著憔悴，臉孔像豬肝似的顏色。呼吸勻和，好像是在酣睡。

駱駝雙手叉腰，在夏落紅的跟前站了片刻，說：「小子，每一次你幾乎都是真醉，只有這一次是『扮鬼嚇唬人』的！」

查大媽和何仁壽等的人站在駱駝的背後等著看熱鬧，查大媽說：「你怎樣證明夏落紅是裝醉的呢？」

「這小子在真喝醉酒時，從來不會安安靜靜的，你瞧他連領帶也沒有散開呢！」駱駝說。

查大媽便上前去推夏落紅的肩膊邊說：「既然你義父說你裝醉的話，你就起來吧！」

夏落紅睜開惺忪醉眼，吃吃笑了起來，說：「我也不必僞裝了，還是請義父趕快幫忙我找尋于芃的下落吧！」

駱駝招了招手，說：「小子，既然如此，快跟我來吧！」

夏落紅說：「義父好像是胸有成竹呢！」

「不怪別的，于芃不遠千里而來尋找你時，你把她冷落了，到現在失蹤了，你又急得神魂顛倒，怪不得一般人說，像你這樣的男人真是賤骨頭！」

「于芃究竟在什麼地方？她會有生命的危險嗎？義父，你可有什麼計謀，可以把她平安救出來嗎？」

駱駝話也不說，只招招手，調轉頭向屋子外面去了。

夏落紅毫不考慮就跟了上去。

駱駝啓動了馬達之後，即推上牌擋匆匆行駛在馬路上。

「現在到哪裡去？」夏落紅問。

「還是老地方『希爾頓酒店』！」

「到那地去幹嗎？」

「你不是要找于芃麼？」駱駝反問。

「古玲玉綁票于芃怎會在這地方？」

「天底下就是有許多奇奇怪怪的事情。」

「義父，你是存心和我開玩笑的吧？」夏落紅大惑不解，向駱駝尷尬地說。

駱駝笑嘻嘻地說：「你就上八樓第八八〇號房間去，你的未婚妻正等著你呢！」

夏落紅半信半疑，但立刻就放開了腳步，急速進入自動電梯匆匆昇上八樓去。

夏落紅昇至八樓，跨出了電梯，連忙找尋八八〇號房間。

希爾頓酒店之所以世界聞名，就是他的服務週到，一切給顧客最高的享受。那走廊上，是以棗紅色的厚毛地氈舖著，任何人路過之時，絲毫不帶出聲息。走廊的兩邊都有著穿小禮服的侍者，日夜更值。

「八八〇號房間在哪裡？」

侍者一鞠躬，說：「你是找于小姐麼？」

夏落紅一聽見于小姐三個字，喜出望外，果然駱駝並沒有開他的玩笑。于芄竟真的住在這間酒店之內呢！不知道古玲玉是否也在其間呢？

「于小姐是一個人住在這裡，還是另外還有其他的人？」

「于小姐是單身一人在此，先生你貴姓？我替你傳報！」侍者說。

「不用傳報了，你只要領我到房間去就行了！」夏落紅說。

「你們是朋友嗎？」

「我是于小姐的未婚夫！」夏落紅先賞了小費。

侍者聽說，連忙在前引路，彎過了一條走廊，侍者在八八○號房間前止步，並舉手敲了門。

「誰？」房間內傳出了于芃的聲音。

「于小姐，有客到訪！」侍者說。

「請他進來！」

於是，房門啓開了。出來開門的正就是夏落紅擔心著她的安全的未婚妻于芃。

于芃看見了夏落紅，立刻就沉下了臉色，話也不說，隨手即要將房門猛力關上。

夏落紅的動作快，一伸腿，架在門縫當中，算是沒吃著「閉門羹」。

「你來幹什麼？」于芃怒氣沖沖地說。

夏落紅的形狀甚爲尷尬，又再次掏出小費，給侍者打發說：「沒你的事了，你去吧！」

侍者猶豫著，他得看于芃的臉色，希爾頓酒店是以顧客至上的，假如于芃下令要把這個訪客攆出去，侍者立刻就會動手。

于芃沒有反應，侍者便去了。

「于芃，你得聽我的解釋！」夏落紅進入房間後，隨手將門掩上。沒有第三者在場，恁怎樣賠禮，他也無所謂了。

「沒什麼好解釋的！」于芃猛然坐到沙發椅上去，仍然板著臉孔。

「我聽說你被綁票，擔心了幾天幾夜……到現在爲止，我始才知道古玲玉是爲國際間諜工作的！」

「哼，她在開始竊盜珍珠港海軍招待所文件時就是替國際間諜做狗腿的！」

「但是有一個時間她確實是和他們分開了……」

于芃一皺眉頭，冷冷地說：「原來搞了老半天，你是爲古玲玉解釋而來呢！」

夏落紅面紅耳赤，吶吶說：「不管怎樣，隨便你要我怎樣賠禮，我都可以做到！」

「你我的情分既然已到了終點，我還是按照你的原意，解除婚約吧！」

「現在情況不同了，我們之間的障礙已經排除，你應該接受我的道歉……」

「當我是什麼人？招之來，揮之去，老是多餘的麼？」于芃說時，眼眶也紅了，就只差落淚，說：「我由老遠趕來，所得到的只是如此！」

「我有足夠的時間給你補償！」

「解除婚約！」于芃仍然堅決地說。

夏落紅兩腿彎膝，幾乎就要跪下，在他的畢生之中還沒有這樣丟人過。

正在這時候，房門又自動打開了，走進來的是那形狀古怪的駱駝，他揉著雙手，至爲輕鬆地說：「讓我來做個和事佬罷，千不該萬不該，全都是我的不好，常言說：養子不教父之過！這是我的責任，都是我平日把這小子太放縱了！于芃是我的賢媳，千不看，萬不看，看在我這老頭兒的分上，原諒他這一次，我今後把這責任完全交付給你，由你好好的看管他吧！」

于芃聽駱駝這麼的一說，反而嚶嚶哭泣起來。

站在房門口的是跟在駱駝背後的黑齊齊哈爾和兩名幹探，「家醜不可外揚」，夏落紅趕忙上前打招呼，說：「這不關你們的事，非常抱歉，請在外面多待一會兒！」他說著，即把大門掩上了。

駱駝還繼續安慰于芃說：「這件事情若說出來，你也有莫大的責任，你們訂婚多年，爲什麼遲遲不結婚呢?夜長夢多!固然學業要緊,像我這把年紀抱孫子也要緊,像查大媽他們就經常向我取笑,這樣大的一把年紀爲什麼不收山?試想,老年人的寂寞是可想而知的,假如有幾個孫兒圍繞膝下玩玩的話,可以減少些許的空虛,要不然就是幹幾件案子也等於遊戲人間……」

于芃抽泣著說:「什麼都是我的不好,連義父你也責怪我了!」

「過去的就算了,在美國結了婚求學的人多的是,我打算把這一次所有的全部收穫在美國買下一棟稱得上豪宅的房子,當做贈送給你們的結婚禮物,此後你們就好好的過活,等到我需要休息時也有個去處!」

「謝謝義父!」夏落紅忙說:「此後我一定好好做人,不再做偷雞摸狗的勾當了!」

駱駝臉色一沉,說:「什麼叫做偷雞摸狗的勾當?」

「我是指愛情方面!」

「你是三句不離本行,再有下次,我絕不替你說情!」駱駝以開玩笑的口吻,正色說。

夏落紅搔著頭皮,說:「我仍有著一點疑問想請義父指教,關於古玲玉綁架于芃的事情是真的?抑或義父故意佈的疑局?」

駱駝極其愼重地說:「我活了這把年紀,和你開這種的玩笑多沒有意義?難道說,你仍相信古玲玉而對我們懷疑麼?」

「我只奇怪于芃脫險得太容易,又住在這種豪華的酒店裡,好像根本沒遭遇到什麼的風險!」

「哈!」駱駝笑了起來,說:「謎底,很容易就能揭開的,主要的關鍵是在哈洛克的身上!」

「哈洛克也是個國際間諜?古玲玉的幕後主使人麼?」夏落紅再問。

「不！這一點你可完全弄錯了，哈洛克非但與國際間諜無關，而且是特地裡由遠道而來給我們幫忙的，他是常老么的拜把弟兄，這話又要由你和古玲玉在澳門被綁架說起了，同時，我也跟著落在沙哇奴爵士的手中，孫阿七和彭虎束手無策，拍電報向查大媽求援，查大媽自知力量薄弱，無計可施，在情急智生之下，想到了常老么，有打算請常老么出馬助陣，於是給常老么去了急電，可巧那時候常老么正在幹一件大案子，事情一時頗難收手，他在百忙中曾抽空抵此，與查大媽商量結果是找他的把兄弟哈洛克出馬，但是當哈洛克趕抵香港時，情勢又告改變，我們幾經艱苦困難的情形下已扭轉了局面，可是哈洛克是個不甘寂寞的人，既然他已經遠道而來，空著一著棋，沒有不下的道理，於是我便將他放在古玲玉的身邊，原先的目的，只是希望他能從旁協助，拆穿古玲玉的真面目，助你猛醒回頭，可是哈洛克一直無所發揮，他的智慧是較常老么稍遜一籌！直至我們將沙哇奴爵士騙返檀島，所有沙哇奴爵士的黨羽一網打盡。古玲玉企圖綁架于芃挽回殘局，哈洛克才做了這麼一件事，勸教古玲玉放棄並速悔改，洗臉革心重新做人！古玲玉是個最沒有主見又是耳朵最軟的人，她聽信了哈洛克的話，他們就雙雙的把于芃送到威基基海灘的希爾頓酒店來了，事情的經過就是如此！于芃大概被幽禁約五六個小時之久，就回復自由了！」

夏落紅恍然大悟，原來是這麼的一回事，回憶過去，一直視哈洛克爲眼中釘、死對頭，真是太不應該！若以輩分而言，哈洛克該是他的爺叔輩了，對爺叔輩大不恭敬，是罪無可赦的。

「唉，這樣說我真對不起哈叔叔呢！」他感嘆說。

「沒關係，哈洛克並不吃虧，他還是有收穫的！」駱駝說。

「哈叔叔有什麼收穫？」

「至少，他得到了一個古玲玉！今天，下午四時他倆雙雙登機去遨遊歐洲，你要不要去送他們的飛機？」駱駝問。

夏落紅連忙雙手亂搖，說：「不必了，不必了……」

他的一副形狀引得駱駝哈哈大笑，笑得前合後仰的。夏落紅更是尷尬不已。

鄺局長和安狄生等人正等候在警局的辦公室內，是等候著駱駝爲他們解決珍珠港海軍招待所失竊的那份軍事機密文件的問題。

下午約三點多鐘，駱駝、孫阿七、彭虎，三個人施施然地走進了警署的大門。孫阿七和彭虎都替駱駝扛著行李，大箱小箱大包小包的。他們進警署是打算發洋財而來。駱駝似有著「人逢喜事精神爽」的形狀，他精神奕奕的，興高采烈，嘴巴裡哼著不知名的洋文歌曲。彭虎和孫阿七在駱駝第二次回返檀島之後，還從未有看見他這樣的高興過。

他們越過了警署的大門，在那廣大的天井裡，孫阿七忽的嗅到一陣焦臭的氣味。他皺起了鼻子說：「奇怪，這是什麼味道？你們可嗅到了沒有？」

「好像是燒什麼東西！」彭虎說。

「我們循著這氣味趕過去看看吧！好像是燒臭牛皮呢？」孫阿七說。

「也許是警署內燒垃圾廢紙！」駱駝說。

「不！在公事機關裡哪有大白天燒垃圾的道理，不要是他們在燒文件吧！」

於是，他們三個人循著氣味的來源，逐步的追查過去。那大天井轉過去的狹巷裡，正是警署焚燒廢物的垃圾場，差不多一些該報廢的公文多半是在這裡焚燒的。這時候，只見一位警員正在焚燒鈔票，另外一位洋警官在監督著。那地面上有著兩隻大皮箱，駱駝一看之下，幾乎昏倒，因爲那兩隻大皮箱上有著鄺局長親筆簽字的封條，孫阿七曾經千辛萬苦的費了幾許力量，好容易才把那兩大皮箱的僞鈔將鄺局長保險箱內的真鈔票換了出來，現在他們卻拿去焚燒。

「喂，你們發什麼神經病？把這些鈔票全燒了？」駱駝哭笑不得跺著腳說。

「哈！」那洋警官笑了起來，說：「你只管放心，這不是真鈔票，它是僞鈔，只是印製得和真鈔沒有兩樣，這東西不論收藏在什麼地方，遲早還是一個禍患，不如及早將它處理掉，我們今天早上始才獲得上面的批准將它焚燬！」

駱駝氣急敗壞地說：「不！它是真鈔呀！」

「不！是僞鈔，只是因爲它的印製技術高明，所以讓人真僞莫辨罷了！」洋警官再說。

那位警員竟毫不珍惜地大鏟大鏟的將那些花花綠綠的鈔票向火堆上洒上去。

「唉！」駱駝一聲長嘆，他無法解釋那兩隻皮箱內的僞鈔早被他換進鄺局長的保險箱裡去了，而他們正在焚燒的正是由保險箱內調換出來的真鈔票。花費了許多心機，眼睜睜地看著那大筆的財富化爲灰燼。

孫阿七和彭虎也傻了，他們做了這筆損人不利己的事前，對鄺局長將來怎樣交代保險箱裡的五萬元僞鈔絕未加以考慮，但是那五萬元真鈔票弄到手始才「利己」，現在真鈔票全被焚燬了，就是「損了人不利己」啦！

駱駝忽地哈哈大笑起來，笑得眼淚迸出，說：「天底下的事情，往往是如此的，假如這筆錢是屬於你所有，會連山也擋不住，但命中註定非你所有，那會連飛到了嘴的肥鴨子也飛掉的！」

「這筆財富命中註定非你所有麼？」孫阿七問。

「可不是嗎？我不過聊以解嘲罷了！」駱駝說。

「它燒得連渣滓也不留呢！」孫阿七說。

「這齣惡作劇叫鄺局長怎樣收場呢？」彭虎關心地問。

「別考慮鄺局長了，這一回到檀島來，好像是冥冥中有了安排，任何的一點便宜都沾不到了，算是白忙了一大陣了！」駱駝感嘆說。

「這樣也好，可以教你息心安穩的洗手歸山了！」彭虎也從旁勸說。

沒多久的時間，所有的鈔票燒得片紙不留，洋警官還吩咐那位警員，要把兩隻皮箱子也一併燒掉。

「唉，走吧，別教我傷心了，我們且回辦公室裡去，也或許那兒還有油水可撈！」駱駝仍然不死心。

「假如鄺局長真要給你獎金時，你豈不又要啞子吃黃蓮了麼？」孫阿七問。

「呸，我乾脆大方一點，拒絕要他的獎金了！」駱駝說著，回頭就走，好像連些許的留戀也沒有。

「哈，我從未看見駱駝的臉色如此的難看過！」孫阿七說。

不久，駱駝走進了他的探長室，心中愈想愈懊喪，好容易費盡了幾許的心機，以爲是「臨去秋波」，五萬元鉅鈔可以安安穩穩的落到手中悠哉悠哉去也。沒想到那幾個飯桶竟把它當做僞鈔焚燬，假如不是駱駝的世面看得多，胸懷寬闊，可以提得起放得下的話，真會氣得吐血呢！

他坐在他的辦公桌上，伸了一記懶腰，無精打彩地，仍對那五萬元鉅鈔念念不忘。偌大的一筆財富讓它擺進垃圾場去燒掉了也是足夠笑話的了；駱駝極感窩囊，他自怨自艾地，相信這一回是絕對的空手而來空手而去了！孫阿七和彭虎倒不覺得怎樣，他們對這件事情好像毫不關心。鄺局長和刁探長、安狄生等人魚貫走進了他的辦公室。

鄺局長說：「你把我們等苦了，由正午等到現在，不知道你在耍什麼噱頭？」

駱駝一聲長嘆，說：「唉，一切成爲泡影了！」

「什麼意思？」安狄生楞著問。

「一個人在做生意不順手時，總免不了要發些許牢騷的！」駱駝攤開了雙手說：「你們二位可把我的獎金準備好了沒有？」

鄺局長說：「我有五萬元現鈔擺在保險箱裡，只要見到文件就可以把它取出來！」

駱駝忙搖手說：「不必取出了，我不希望你動用公款！」

「這是無所謂的，只要看見文件，我就可以動用公款，這是應該用的！」

安狄生也掏出了一張支票，說：「只要看見文件，這筆錢就是你的了！」

駱駝搖著首，他摸出了一張飛機的時間表，說：「現在什麼都不需要了，明天凌晨有一班飛機，請鄺局長爲我們訂幾張機票，記得，要頭等艙的；並安全護送我們出境，就功德無量了。」

鄺局長說：「只要你肯把文件交出來，機票和出境還成問題嗎？簽證不是早送到你們的手中了麼？」

駱駝說：「文件不在我手中，收藏文件會被以間諜名義治罪，我不幹這種傻事！」

「那麼文件在誰的手中呢？」

「讓我加以研究，不過還是要鄺局長替我們把機票訂好以示昭信！」駱駝說著，拉起了電話聽筒遞交到鄺局長的手中，邊說：「你是很方便的，只要撥一個電話即行！」

鄺局長猶豫不決，接過聽筒說：「在文件還未有下落之前，我怎能替你訂機票呢？」

「我保證在登機之前將文件尋著！」駱駝笑嘻嘻地說。

「你可是又在擺什麼噱頭麼？」

「絕不，我已是歸心似箭，恨不得能及早離開檀島呢！」駱駝抓著頭皮，露出乏味的表情。安狄生注視著鄺局長，要看他的決定。

鄺局長下了決心，就撥了電話，替他們一行的機票全給訂妥了。

駱駝便吩咐彭虎和孫阿七回酒店去分別通知夏落紅、于芄和查大媽立刻準備行裝，搭明天凌晨的飛機離境。彭虎和孫阿七知道事情是要告結束了，便迅速離去。

駱駝拉開抽屜，自檔案中取出了用紙繪畫的圖形，裝模作樣地端詳了一番。

鄺局長便說：「你認爲那份文件仍是留在沙哇奴古堡大廈的地窖隧道內麼？」

駱駝說：「不！你們應該給我一頓餞別酒，馬上就可以給你們正確的答案！」

鄺局長和安狄生面面相覷，終於鄺局長教刁探長去對面的「檀香山酒店」弄來一瓶香檳美酒，給駱駝簡單的餞別。

駱駝乾杯後，笑口盈盈地指著那張圖畫說：「我經過了一番研究之後，發覺這並不是地窖的隧道圖樣，而是辦公室的圖樣呢！瞧這些大的方塊是房間，當中是通道！小方塊是辦公桌！大家跟我來！我們跟著圖樣走！這有著X記號的辦事桌內，就會有著那份珍珠港海軍招待所失竊的文件！」

只見這老騙子持著那張圖樣行在前面，出了他的探長室越過了走廊，朝前走，沒走多遠已來至鄺局長的辦公室前，他皺起了鼻子一笑，即推門進內。大家也跟著走進去。

駱駝坐到鄺局長的那張寬大的辦公桌上，高聲說：「是在這裡了！」他隨手抽開了鄺局長辦公桌當中的那隻抽屜，裡面是亂七八糟的，什麼雪茄煙斗、咖啡糖……頓時，鄺局長臉紅耳赤，吶吶說：「你是什麼意思？擅開我的辦公抽屜？」

駱駝沒理睬他，將整隻的抽屜拉了出來，置在桌上然後彎下身子，向抽屜架內空著的裡面窺看，他伸手向桌子底下摸，結果他扯出了一冊厚厚的，用膠紙貼在桌內板壁上的文件；正就是大家搜尋已久的，那件「珍珠港海軍招待所」失竊的文件。

駱駝吁了口氣，雙手將文件交給了鄺局長，邊說：「鄺局長說過，私藏國家最高軍事機密文件是應該以間諜罪名治罪的，但是我相信這是意外事件！」

鄺局長有點顫慄，趕忙翻開文件驗看，但是他看不懂，只有安狄生能夠明白，安狄生接過手看了之後，證明確就是那份極具軍事價值的文件，而且還是原封未動的。

「唉，這幾萬元的獎金，是一定得給這位駱教授不可了！」安狄生喜悅地感嘆說。

「王八蛋，一定是那老妖怪故意收藏在這裡的！」鄺局長說。

但是當他們回過頭時，駱駝竟失蹤了，他趁大家的注意力集中在那份文件之上時，竟偷偷的溜走啦。

「王八蛋，我非扣留他不可！」鄺局長再說。

「何必呢！文件已失而復得，是國家的一大僥倖，證明駱駝還是敵友分明的；得饒人時且饒人吧！」安狄生說。

次晨一架豪華的子爵式飛機正待啓航。駱駝一行，孫阿七、查大媽、彭虎、夏落紅、于芄，正隨同旅客登機，鄺局長趕到了，他走進了機坪，給駱駝送來了「ＦＢＩ」給他的獎金，一紙三萬五千美金的本票。

「我恨不得將你扣留，加以治罪，你是什麼時候將那件文件收藏在我的辦公桌內的？」鄺局長問。

駱駝說：「你不敢扣留我的，因爲你自己還有極大的麻煩，必須要我幫忙不可！」

鄺局長愕然，說：「我還會有什麼麻煩呢？」

「你可以想像得出的，我還有五萬元是屬於警局應給我的獎金，我都放棄了，你猜是什麼道理？」

鄺局長搖了搖頭，說：「我不懂這是什麼道理，你是死要錢的人，居然會連這筆鉅額的獎金也放棄掉，你不是曾經費了許多的唇舌爭取嗎？」

「所以毛病就出在這裡！」

「什麼毛病？」鄺局長莫名其妙地問。

「你把預備好的五萬元獎金擺在什麼地方？」駱駝反問。

「我擺在我的辦公室的保險箱內……」鄺局長漸覺情形有點不對了！

「那麼你沒收沙哇奴爵士的那筆僞鈔，又置在什麼地方？」

「置在我的辦公室內，兩隻大皮箱上還貼了封條，不過，我已呈請上級將它處理掉，在昨天下午將它焚燬了！」

駱駝一聲長嘆，說：「糟糕就在此，我費了九牛二虎之力，將你保險箱內的鈔票更換出來，又把那些僞鈔悉數擺進了你的保險箱裡去，原打算在搬運行李時，混水摸魚將它搬走的，想不到你們這些糊塗蟲竟將它燒燬了，唉，大好的五萬元美金！」

鄺局長大驚，吶吶說：「你是說，我們所燒的鈔票……」

「鄺局長很聰明，你該知道你們把什麼東西燒掉了！」駱駝惋惜不已。

鄺局長忽地一把將駱駝揪住，惱怒地說：「這樣，我還能放你走嗎？」

「你用什麼罪名逮捕我？」

「你盜開我的保險箱……」

駱駝說：「你稍安毋燥，要知道，事情不能向外張揚，試想，堂堂的警察局長辦公室內的保險箱有著數十萬元僞鈔，而五萬元真鈔票又告失蹤，事情鬧開了，大家會怎樣想？一定會指局長挪用公款，利用僞鈔塘塞，那時候，鄺局長你除了丟官之外，恐怕坐牢有份呢！不如向我求助，因爲只有我能救你，大家的面子上也好看些。」

鄺局長真個是魂不附體了，汗如雨下，吶吶說：「你能怎樣幫我的忙呢？」

「非常簡單，只要能彌補那筆數字，你不妨向上級大肆表揚我的功勞，呈請發給我五萬元獎金，我再替你簽字打收條，那麼，五萬元就可以報銷了！」駱駝笑著說。

是時，站在機艙門口的空中小姐已催促著駱駝登機。因爲起飛的時間已漸接近。

「再見了！我會把收條寄給你的！」駱駝說著，扭頭就向扶梯上跑。

鄺局長呆若木雞，那架豪華的子爵式飛機已離開了機坪，徐徐駛向跑道，經過滑行後，它即振翅飛上雲霄，只片刻間，消失在晴空間。鄺局長仍然呆在機坪之上，他的心中疑惑不已，不知道那個老騙子是否說話算數？真的會寄給他一紙收條？要不然，那些僞鈔該怎麼辦？怎樣報銷向公家交帳？

「王八蛋，怎麼會上了這麼個大當呢？……」他喃喃自語說。

全書完

國 家 圖 書 館 出 版 品 預 行 編 目 資 料

情報掮客／牛哥著. — 初版.— 臺北市：風雲時代，2008.12

冊；　　公分

ISBN 978-986-146-513-5（下冊：平裝）

857.7　　　　97021925

懷念好書懷念老書系列

情報掮客〈下〉

作者：牛哥
出版者：風雲時代出版股份有限公司
出版所：風雲時代出版股份有限公司
地址：105台北市民生東路五段178號7樓之3
網址：http：//www.books.com.tw
信箱：h7560949@ms15.hinet.net
郵撥帳號：12043291
服務專線：(02)2756-0949 傳真：(02)2765-3799
執行主編：劉宇青
美術編輯：方檢

法律顧問：永然法律事務所 李永然律師
北辰著作權事務所 蕭雄淋律師
版權授權：李馮娜妮（牛嫂）

初版日期：2009年1月

ISBN　978-986-146-513-5

總經銷：成信文化事業股份有限公司
地址：台北縣新店市中正路四維巷二弄2號4樓
電話：(02)2219-2080

行政院新聞局局版台業字第3595號
營利事業統一編號22759935

定 價：240元